Leïla Slimani

Le pays
des autres

PREMIÈRE PARTIE

La guerre, la guerre, la guerre

Gallimard

P. 11 : Édouard Glissant, *L'intention poétique.* © Éditions Gallimard, 1997.

*À la mémoire d'Anne et d'Atika
dont la liberté ne cesse de m'inspirer.*

À ma mère adorée.

La damnation de ce mot : métissage,
inscrivons-la en énorme sur la page.

ÉDOUARD GLISSANT,
L'intention poétique

I

La première fois que Mathilde visita la ferme, elle pensa : « C'est trop loin. » Un tel isolement l'inquiétait. À l'époque, en 1947, ils ne possédaient pas de voiture et ils avaient parcouru les vingt-cinq kilomètres qui les séparaient de Meknès sur une vieille trotteuse, conduite par un Gitan. Amine ne prêtait pas attention à l'inconfort du banc en bois ni à la poussière qui faisait tousser sa femme. Il n'avait d'yeux que pour le paysage et il se montrait impatient d'arriver sur les terres que son père lui avait confiées.

En 1935, après des années de labeur comme traducteur dans l'armée coloniale, Kadour Belhaj avait acheté ces hectares de terres couvertes de rocaille. Il avait raconté à son fils son espoir d'en faire une exploitation florissante qui pourrait nourrir des générations d'enfants Belhaj. Amine se souvenait du regard de son père, de sa voix qui ne tremblait pas quand il exposait ses projets pour la ferme. Des arpents de vignes, lui avait-il expliqué, et des hectares entiers dévolus aux céréales. Sur la partie la plus ensoleillée de la colline, il faudrait construire une maison, entourée d'arbres fruitiers et de quelques allées d'amandiers. Kadour était fier que cette terre soit à lui. « Notre terre ! » Il prononçait ces mots non pas à la manière des nationalistes ou des colons, au nom de principes moraux ou d'un idéal, mais comme un propriétaire heureux de son bon droit. Le vieux Belhaj voulait être enterré ici et qu'y soient enterrés ses enfants, que cette terre le nourrisse et qu'elle abrite sa dernière demeure. Mais il mourut en 1939, alors que son fils s'était engagé dans le régiment des spahis et portait fièrement le burnous et le sarouel. Avant de partir sur le front, Amine, fils aîné et désormais chef de famille, loua le domaine à un Français originaire d'Algérie.

Quand Mathilde demanda de quoi était mort ce beau-père qu'elle n'avait pas connu, Amine toucha son estomac et il hocha la tête en silence. Plus tard, Mathilde apprit ce qui était arrivé. Kadour Belhaj souffrait, depuis son retour de Verdun, de maux de ventre chroniques, et aucun guérisseur marocain ou européen n'était parvenu à le soulager. Lui qui se vantait d'être un homme de raison, fier de son éducation et de son talent pour les langues étrangères, s'était traîné, honteux et désespéré, dans le sous-sol qu'occupait une chouafa. La sorcière avait tenté de le convaincre qu'il était envoûté, qu'on lui en voulait et que cette douleur était le fait d'un ennemi redoutable. Elle lui avait tendu une feuille de papier pliée en quatre qui contenait une poudre jaune safran. Le soir même, il avait bu le remède dilué dans de l'eau et il était mort en quelques heures, dans des souffrances atroces. La famille n'aimait pas en parler. On avait honte de la naïveté du père et des circonstances de son décès car le vénérable officier s'était vidé dans le patio de la maison, sa djellaba blanche trempée de merde.

En ce jour d'avril 1947, Amine sourit à Mathilde et il pressa le cocher, qui frottait ses pieds sales et nus l'un contre l'autre. Le paysan fouetta la mule avec plus de vigueur et Mathilde sursauta. La violence du Gitan la révoltait. Il faisait claquer sa langue, « Ra », et il abattait son fouet contre la croupe squelettique de la bête. C'était le printemps et Mathilde était enceinte de deux mois. Les champs étaient couverts de soucis, de mauves et de bourrache. Un vent frais agitait les tiges des tournesols. De chaque côté de la route se trouvaient les propriétés de colons français, installés ici depuis vingt ou trente ans et dont les plantations s'étendaient en pente douce, jusqu'à l'horizon. La plupart venaient d'Algérie et les autorités leur avaient octroyé les meilleures terres et les plus grandes superficies. Amine tendit un bras et il mit son autre main en visière au-dessus de ses yeux pour se protéger du soleil de midi et contempler la vaste étendue qui s'offrait à lui. De l'index, il montra à sa femme une allée de cyprès qui ceignait la propriété de Roger Mariani qui avait fait fortune dans le vin et l'élevage de porcs. Depuis la route, on ne pouvait pas voir la maison de maître ni même les arpents de vignes. Mais Mathilde n'avait aucun mal à imaginer la richesse de ce paysan, richesse qui la remplissait d'espoir sur son propre sort. Le paysage, d'une beauté sereine, lui rappelait une gravure accrochée au-dessus du piano, chez son professeur de musique à Mulhouse. Elle se souvint des explications de celui-ci : « C'est en Toscane, mademoiselle. Un jour peut-être irez-vous en Italie. »

La mule s'arrêta et se mit à brouter l'herbe qui poussait sur le bord du chemin. Elle n'avait aucune intention de gravir la pente qui leur faisait face et qui était couverte de grosses pierres blanches. Furieux, le cocher se redressa et il agonit la bête d'insultes et de coups. Mathilde sentit les larmes monter à ses paupières. Elle essaya de se retenir, elle se colla contre son mari qui trouva sa tendresse déplacée.

« Qu'est-ce que tu as ? demanda Amine.

— Dis-lui d'arrêter de frapper cette pauvre mule. »

Mathilde posa sa main sur l'épaule du Gitan et elle le regarda, comme un enfant qui cherche à amadouer un parent furieux. Mais le cocher redoubla de violence. Il cracha par terre, leva le bras et dit : « Tu veux tâter du fouet toi aussi ? »

L'humeur changea et aussi le paysage. Ils arrivèrent au sommet d'une colline aux flancs râpés. Plus de fleurs, plus de cyprès, à peine quelques oliviers qui survivaient au milieu de la rocaille. Une impression de stérilité se dégageait de cette colline. On n'était plus en Toscane, pensa Mathilde, mais au far west. Ils descendirent de la carriole et ils marchèrent jusqu'à une petite bâtisse blanche et sans charme, dont le toit consistait en un vulgaire morceau de tôle. Ce n'était pas une maison, mais une sommaire enfilade de pièces de petite taille, sombres et humides. L'unique fenêtre, placée très haut pour se protéger des invasions de nuisibles, laissait pénétrer une faible lumière. Sur les murs, Mathilde remarqua de larges auréoles verdâtres provoquées par les dernières pluies. L'ancien locataire vivait seul ; sa femme était rentrée à Nîmes après avoir perdu un enfant et il n'avait jamais songé à faire de ce bâtiment un endroit chaleureux, susceptible d'accueillir une famille. Mathilde, malgré la douceur de l'air, se sentit glacée. Les projets qu'Amine lui exposait la remplissaient d'inquiétude.

*

Le même désarroi l'avait saisie quand elle avait atterri à Rabat, le 1er mars 1946. Malgré le ciel désespérément bleu, malgré la joie de retrouver son mari et la fierté d'avoir échappé à son destin, elle avait eu peur. Elle avait voyagé pendant deux jours. De Strasbourg à Paris, de Paris à Marseille puis de Marseille à Alger, où elle avait embarqué dans un vieux Junkers et avait cru mourir. Assise sur un banc inconfortable, au milieu d'hommes aux regards fatigués par les années de guerre, elle avait eu du mal à retenir ses cris. Pendant le vol, elle pleura, elle vomit, elle pria Dieu. Dans sa bouche se mêlèrent le goût de la bile et celui du sel. Elle était triste, non pas tant de mourir au-dessus de l'Afrique, mais à l'idée d'apparaître sur le quai où l'attendait l'homme de sa vie dans une robe fripée et maculée de vomi. Finalement elle atterrit saine et sauve et Amine était là, plus beau que jamais, sous ce ciel d'un bleu si profond qu'on aurait dit qu'il avait été lavé à grande eau. Son mari l'embrassa sur les joues, attentif aux regards des autres passagers. Il lui saisit le bras droit d'une façon qui était à la fois sensuelle et menaçante. Il semblait vouloir la contrôler.

Ils prirent un taxi et Mathilde se serra contre le corps d'Amine qu'elle sentait, enfin, tendu de désir, affamé d'elle. « Nous allons dormir à l'hôtel ce soir », annonça-t-il à l'adresse du chauffeur et, comme s'il voulait prouver sa moralité, il ajouta : « C'est ma femme. Nous venons de nous retrouver. » Rabat était une petite ville, blanche et solaire, dont l'élégance surprit Mathilde. Elle contempla avec ravissement les façades art déco des immeubles du centre et elle colla son nez contre la vitre pour mieux voir les jolies femmes qui descendaient le cours Lyautey, leurs gants assortis à leurs chaussures et à leur chapeau. Partout, des travaux, des immeubles en chantier devant lesquels des hommes en haillons venaient demander du travail. Là des bonnes sœurs marchaient à côté de deux paysannes, portant sur leur dos des fagots. Une petite fille, à qui l'on avait coupé les cheveux à la garçonne, riait sur un âne qu'un homme noir tirait. Pour la première fois de sa vie, Mathilde respirait le vent salé de l'Atlantique. La lumière faiblit, gagna en rose et en velouté. Elle avait sommeil et elle s'apprêtait à poser sa tête sur l'épaule de son mari quand celui-ci annonça qu'on était arrivés.

Ils ne sortirent pas de la chambre pendant deux jours. Elle, qui était pourtant si curieuse des autres et du dehors, refusa d'ouvrir les volets. Elle ne se lassait pas des mains d'Amine, de sa bouche, de l'odeur de sa peau, qui, elle le comprenait maintenant, avait à voir avec l'air de ce pays. Il exerçait sur elle un véritable envoûtement et elle le suppliait de rester en elle aussi longtemps que possible, même pour dormir, même pour parler.

La mère de Mathilde disait que c'était la souffrance et la honte qui ravivaient le souvenir de notre condition d'animal. Mais jamais on ne lui avait parlé de ce plaisir-là. Pendant la guerre, les soirs de désolation et de tristesse, Mathilde se faisait jouir dans le lit glacé de sa chambre, à l'étage. Lorsque retentissait l'alarme qui annonçait les bombes, quand commençait à se faire entendre le vrombissement d'un avion, Mathilde courait, non pas pour sa survie, mais pour assouvir son désir. À chaque fois qu'elle avait peur, elle montait dans sa chambre dont la porte ne fermait pas mais elle se fichait bien que quelqu'un la surprenne. De toute façon les autres aimaient rester groupés dans les trous ou dans les sous-sols, ils voulaient mourir ensemble, comme des bêtes. Elle s'allongeait sur son lit, et jouir était le seul moyen de calmer la peur, de la contrôler, de prendre le pouvoir sur la guerre. Allongée sur les draps sales, elle pensait aux hommes qui partout traversaient des plaines, armés de fusils, des hommes privés de femmes comme elle était privée d'homme. Et tandis qu'elle appuyait sur son sexe, elle se figurait l'immensité de ce désir inassouvi, cette faim d'amour et de possession qui avait saisi la terre entière. L'idée de cette lubricité infinie la plongeait dans un état d'extase. Elle jetait la tête en arrière et, les yeux révulsés, elle imaginait des légions d'hommes venir à elle, la prendre, la remercier. Pour elle, peur et plaisir se confondaient et dans les moments de danger, sa première pensée était toujours celle-là.

Au bout de deux jours et deux nuits, Amine dut presque la tirer du lit, mort de soif et de faim, pour qu'elle accepte de s'attabler à la terrasse de l'hôtel. Et là encore, tandis que le vin lui réchauffait le cœur, elle pensait à la place qu'Amine, bientôt, reviendrait combler entre ses cuisses. Mais son mari avait pris un air sérieux. Il dévora la moitié d'un poulet avec les mains et voulut parler d'avenir. Il ne remonta pas avec elle dans la chambre et s'offusqua qu'elle lui propose une sieste. Plusieurs fois, il s'absenta pour passer des coups de téléphone. Quand elle lui demanda à qui il avait parlé et quand ils quitteraient Rabat et l'hôtel, il se montra très vague. « Tout ira très bien, lui disait-il. Je vais tout arranger. »

Au bout d'une semaine, alors que Mathilde avait passé l'après-midi seule, il rentra dans la chambre, nerveux, contrarié. Mathilde le couvrit de caresses, elle s'assit sur ses genoux. Il trempa ses lèvres dans le verre de bière qu'elle lui avait servi et il dit : « J'ai une mauvaise nouvelle. Nous devons attendre quelques mois avant de nous installer sur notre propriété. J'ai parlé au locataire et il refuse de quitter la ferme avant la fin du bail. J'ai essayé de trouver un appartement à Meknès, mais il y a encore beaucoup de réfugiés et rien à louer pour un prix raisonnable. » Mathilde était désemparée.

« Et que ferons-nous alors ?

— Nous allons vivre chez ma mère en attendant. »

Mathilde sauta sur ses pieds et elle se mit à rire.

« Tu n'es pas sérieux ? » Elle avait l'air de trouver la situation ridicule, hilarante. Comment un homme comme Amine, un homme capable de la posséder comme il l'avait fait cette nuit, pouvait-il lui faire croire qu'ils allaient vivre chez sa mère ?

Mais Amine ne goûta pas la plaisanterie. Il

resta assis, pour ne pas avoir à subir la différence de taille entre sa femme et lui. D'une
voix glacée, les yeux fixés sur le sol en granito,
il affirma :

« Ici, c'est comme ça. »

Cette phrase, elle l'entendrait souvent. À cet
instant précis, elle comprit qu'elle était une
étrangère, une femme, une épouse, un être à
la merci des autres. Amine était sur son territoire à présent, c'était lui qui expliquait les
règles, qui disait la marche à suivre, qui traçait
les frontières de la pudeur, de la honte et de
la bienséance. En Alsace, pendant la guerre,
il était un étranger, un homme de passage qui
devait se faire discret. Lorsqu'elle l'avait rencontré durant l'automne 1944 elle lui avait
servi de guide et de protectrice. Le régiment
d'Amine était stationné dans son bourg à
quelques kilomètres de Mulhouse et ils avaient
dû attendre pendant des jours des ordres pour
avancer vers l'est. De toutes les filles qui encer-
clèrent la Jeep le jour de leur arrivée, Mathilde
était la plus grande. Elle avait des épaules
larges et des mollets de jeune garçon. Son
regard était vert comme l'eau des fontaines de
Meknès, et elle ne quitta pas Amine des yeux.
Pendant la longue semaine qu'il passa au village, elle l'accompagna en promenade, elle lui
présenta ses amis et elle lui apprit des jeux de
cartes. Il faisait bien une tête de moins qu'elle
et il avait la peau la plus sombre qu'on puisse
imaginer. Il était tellement beau qu'elle avait
peur qu'on le lui prenne. Peur qu'il soit une

illusion. Jamais elle n'avait ressenti ça. Ni avec le professeur de piano quand elle avait quatorze ans. Ni avec son cousin Alain qui mettait sa main sous sa robe et volait pour elle des cerises au bord du Rhin. Mais arrivée ici, sur sa terre à lui, elle se sentit démunie.

★

Trois jours plus tard, ils montèrent dans un camion dont le chauffeur avait accepté de les conduire jusqu'à Meknès. Mathilde était incommodée par l'odeur du routier et par le mauvais état de la route. Deux fois, ils s'arrêtèrent au bord du fossé pour qu'elle puisse vomir. Pâle et épuisée, les yeux fixés sur un paysage auquel elle ne trouvait ni sens ni beauté, Mathilde fut submergée par la mélancolie. « Faites, se dit-elle, que ce pays ne me soit pas hostile. Ce monde me sera-t-il un jour familier ? » Quand ils arrivèrent à Meknès, la nuit était tombée et une pluie drue et glacée s'abattait contre le pare-brise du camion. « Il est trop tard pour te présenter ma mère, expliqua Amine. Nous dormons à l'hôtel. »

La ville lui parut noire et hostile. Amine lui en expliqua la topographie qui répondait aux principes émis par le maréchal Lyautey au début du protectorat. Une séparation stricte entre la médina, dont les mœurs ancestrales devaient être préservées, et la ville européenne, dont les rues portaient des noms de villes françaises et qui se voulait un laboratoire de la modernité. Le camion les déposa en contrebas, sur la rive gauche de l'oued Boufakrane, à l'entrée de la ville indigène. La famille d'Amine y vivait, dans le quartier de Berrima, juste en face du mellah. Ils prirent un taxi pour se rendre de l'autre côté du fleuve. Ils empruntèrent une longue route en montée, longèrent des terrains de sport et traversèrent une sorte de zone tampon, un no man's land qui séparait la ville en deux et où il était interdit de construire. Amine lui indiqua le camp Poublan, base militaire qui surplombait la ville arabe et en surveillait les moindres soubresauts.

Ils s'installèrent dans un hôtel convenable et le réceptionniste examina, avec des précautions de fonctionnaire, leurs papiers et leur acte de mariage. Dans l'escalier qui les menait à leur chambre, une dispute faillit éclater car le garçon d'étage s'obstinait à parler en arabe à Amine qui s'adressait à lui en français. L'adolescent jeta à Mathilde des regards équivoques. Lui qui devait fournir aux autorités un petit papier pour prouver qu'il avait le droit, la nuit, de marcher dans les rues de la ville nouvelle en voulait à Amine de coucher avec l'ennemie et de circuler en liberté. À peine eurent-ils déposé leurs bagages dans leur chambre, qu'Amine remit son manteau et son chapeau. « Je vais saluer ma famille. Je ne tarderai pas. » Il ne lui laissa pas le temps de répondre, claqua la porte et elle l'entendit courir dans l'escalier.

Mathilde s'assit sur le lit, ses jambes

ramenées contre son torse. Que faisait-elle ici? Elle ne pouvait s'en prendre qu'à elle-même et à sa vanité. C'est elle qui avait voulu vivre l'aventure, qui s'était embarquée, bravache, dans ce mariage dont ses amies d'enfance enviaient l'exotisme. À présent, elle pouvait être l'objet de n'importe quelle moquerie, de n'importe quelle trahison. Peut-être Amine avait-il rejoint une maîtresse? Peut-être même était-il marié, puisque, comme son père le lui avait dit avec une moue gênée, les hommes ici étaient polygames? Il jouait peut-être aux cartes dans un bistrot à quelques pas d'ici, se réjouissant devant ses amis d'avoir faussé compagnie à sa pesante épouse. Elle se mit à pleurer. Elle avait honte de céder à la panique, mais la nuit était tombée, elle ne savait pas où elle était. Si Amine ne revenait pas, elle serait complètement perdue, sans argent, sans ami. Elle ne connaissait même pas le nom de la rue où ils logeaient.

Quand Amine rentra, un peu avant minuit, elle était là, échevelée, le visage rouge et décomposé. Elle avait mis du temps à ouvrir la porte, elle tremblait et il crut que quelque chose s'était passé. Elle se jeta dans ses bras et elle tenta d'expliquer sa peur, sa nostalgie, l'angoisse folle qui l'avait étreinte. Il ne comprenait pas, et le corps de sa femme, accrochée à lui, lui sembla affreusement lourd. Il l'attira vers le lit et ils s'assirent l'un à côté de l'autre. Amine avait le cou mouillé de larmes. Mathilde se calma, sa respiration se fit plus lente, elle renifla plusieurs fois et Amine lui tendit un mouchoir qu'il avait caché dans sa manche. Il lui caressa lentement le dos et lui dit : « Ne fais pas la petite fille. Tu es ma femme maintenant. Ta vie est ici. »

Deux jours plus tard, ils s'installèrent dans la maison de Berrima. Dans les étroites ruelles de la vieille ville, Mathilde agrippa le bras de son mari, elle avait peur de se perdre dans ce labyrinthe où une foule de commerçants se pressaient, où les vendeurs de légumes hurlaient leurs boniments. Derrière la lourde porte cloutée de la maison, la famille l'attendait. La mère, Mouilala, se tenait au milieu du patio. Elle portait un élégant caftan de soie et ses cheveux étaient recouverts d'un foulard vert émeraude. Pour l'occasion, elle avait ressorti de son coffre en cèdre de vieux bijoux en or ; des bracelets de cheville, une fibule gravée et un collier si lourd que son corps chétif était un peu courbé vers l'avant. Quand le couple entra elle se jeta sur son fils et le bénit. Elle sourit à Mathilde qui prit ses mains dans les siennes et contempla ce beau visage brun, ces joues qui avaient un peu rougi. « Elle dit bienvenue », traduisit Selma, la petite sœur qui venait de fêter ses neuf ans. Elle se tenait devant Omar, un adolescent maigre et taiseux, qui garda les mains derrière son dos et les yeux baissés.

Mathilde dut s'habituer à cette vie les uns sur les autres, à cette maison où les matelas étaient infestés de punaises et de vermine, où l'on ne pouvait se protéger des bruits du corps et des ronflements. Sa belle-sœur entrait dans sa chambre sans prévenir et elle se jetait sur son lit en répétant les quelques mots de français qu'elle avait appris à l'école. La nuit, Mathilde entendait les cris de Jalil, le plus jeune frère, qui vivait enfermé à l'étage avec pour seule compagnie un miroir qu'il ne perdait jamais de vue. Il fumait continuellement le sebsi, et l'odeur du kif se répandait dans le couloir et l'étourdissait.

Toute la journée, des hordes de chats traînaient leurs profils squelettiques dans le petit jardin intérieur, où un bananier couvert de poussière luttait pour ne pas mourir. Au fond du patio était creusé un puits dans lequel la bonne, ancienne esclave, faisait remonter de l'eau pour le ménage. Amine lui avait dit que Yasmine venait d'Afrique, peut-être du Ghana, et que Kadour Belhaj l'avait achetée pour sa femme sur le marché de Marrakech.

Dans les lettres qu'elle écrivait à sa sœur, Mathilde mentait. Elle prétendait que sa vie ressemblait aux romans de Karen Blixen, d'Alexandra David-Néel, de Pearl Buck. Dans chaque missive, elle composait des aventures où elle se mettait en scène, au contact de populations indigènes tendres et superstitieuses. Elle se décrivait, portant bottes et chapeau, altière sur le dos d'un pur-sang arabe. Elle voulait qu'Irène soit jalouse, qu'elle souffre à chaque mot, qu'elle crève d'envie, qu'elle enrage. Mathilde se vengeait de cette grande sœur autoritaire et rigide, qui l'avait toute sa vie traitée comme une enfant et qui avait si souvent pris plaisir à l'humilier en public. « Mathilde l'écervelée », « Mathilde la dévergondée », disait Irène sans tendresse et sans indulgence. Mathilde avait toujours pensé que sa sœur avait échoué à la comprendre et qu'elle l'avait tenue prisonnière d'une affection tyrannique.

Quand elle était partie pour le Maroc, quand

elle avait fui leur village, les voisins et l'avenir qu'on lui avait promis, Mathilde avait éprouvé un sentiment de victoire. Elle écrivit d'abord des lettres enthousiastes où elle décrivait sa vie dans la maison de la médina. Elle insistait sur le mystère des ruelles de Berrima, en rajoutait sur la saleté des rues, le bruit et l'odeur des ânes qui transportaient les hommes et leurs marchandises. Elle trouva, grâce à une des religieuses du pensionnat, un petit livre sur Meknès où étaient reproduites des gravures de Delacroix. Elle posa sur une table de nuit le livre aux feuilles jaunies et elle voulut s'en imprégner. Elle apprit par cœur des passages de Pierre Loti qu'elle trouvait si poétique et elle s'émerveillait en pensant que l'écrivain avait dormi à quelques kilomètres d'ici et qu'il avait posé les yeux sur les murailles et le bassin de l'Agdal.

Elle raconta les brodeurs, les chaudronniers, les tourneurs sur bois assis en tailleur dans leurs boutiques creusées en sous-sol. Elle raconta les processions des confréries sur la place El-Hedim et le défilé des voyantes et des guérisseurs. Dans une de ses lettres, elle décrivit sur près d'une page la boutique d'un rebouteux qui vendait des crânes de hyènes, des corbeaux desséchés, des pattes de hérisson et du venin de serpent. Elle pensa que cela ferait forte impression sur Irène et sur son père Georges et que, dans leur lit, à l'étage de leur maison bourgeoise, ils l'envieraient d'avoir sacrifié l'ennui à l'aventure, le confort à une vie romanesque.

Tout dans le paysage était inattendu, différent de ce qu'elle avait connu jusqu'alors. Il lui aurait fallu de nouveaux mots, tout un vocabulaire débarrassé du passé pour dire les sentiments, la lumière si forte qu'on vivait les yeux plissés, pour décrire la stupeur qui la saisissait, jour après jour, devant tant de mystère et tant de beauté. Rien, ni la couleur des arbres, ni celle du ciel, ni même le goût que le vent laissait sur la langue et les lèvres, ne lui était familier. Tout avait changé.

Dans les premiers mois au Maroc, Mathilde passa beaucoup de temps derrière le petit bureau que sa belle-mère avait installé dans leurs appartements. La vieille femme lui vouait une déférence touchante. Pour la première fois de sa vie, Mouilala partageait sa maison avec une femme instruite et, lorsqu'elle voyait Mathilde penchée sur son papier à lettres brun, elle ressentait pour sa belle-fille une immense admiration. Elle avait interdit, dès lors, qu'on fasse du bruit dans les couloirs et elle obligea Selma à ne plus courir entre les étages. Elle refusait aussi que Mathilde passe ses journées dans la cuisine car elle pensait que ce n'était pas la place d'une Européenne capable de lire les journaux et de tourner les pages d'un roman. Alors Mathilde s'enfermait dans la chambre et elle écrivait. Elle y prenait rarement du plaisir tant, à chaque fois qu'elle se lançait dans la description d'un paysage ou

dans l'évocation d'une scène vécue, son vocabulaire lui semblait limité. Elle butait sans
cesse sur les mêmes mots, lourds et ennuyeux,
et elle percevait alors, de manière confuse, que
le langage était un champ immense, un terrain
de jeux sans limites qui lui faisait peur et qui
l'étourdissait. Il y avait tant à dire et elle aurait
voulu être Maupassant pour décrire le jaune
qui recouvrait les murs de la médina, pour
rendre vivante l'agitation des jeunes garçons
qui jouaient dans les rues où les femmes glis-
saient comme des fantômes, enveloppées dans
leurs haïks blancs. Elle convoquait un vocabulaire exotique qui, elle en était certaine, plairait
à son père. Elle parlait de razzias, de fellahs, de
djinns et de zelliges de toutes les couleurs.

Mais ce qu'elle aurait voulu, c'est qu'il
n'y ait aucune barrière, aucun obstacle à son
expression. Qu'elle puisse dire les choses ainsi
qu'elle les voyait. Décrire les gosses au crâne
rasé à cause de la teigne, tous ces garçons qui
couraient d'une rue à l'autre, qui criaient et
qui jouaient, se retournaient sur son passage,
s'arrêtaient, et qui d'un regard sombre, d'un
regard plus vieux qu'eux, l'observaient. Elle
eut la bêtise, un jour, de glisser une pièce dans
la main d'un petit en culotte courte qui n'avait
pas cinq ans et portait un tarbouche trop large
pour sa tête. Il n'était pas plus grand que les
sacs de jute pleins de lentilles ou de semoule
que l'épicier posait devant sa porte et dans
lesquels Mathilde avait toujours fantasmé de
plonger le bras. « Achète-toi un ballon », lui

avait-elle dit et elle s'était sentie toute gonflée d'orgueil et de joie. Mais le petit avait crié et des enfants avaient surgi de toutes les rues adjacentes et ils s'étaient jetés sur Mathilde comme un essaim d'insectes. Ils invoquaient le nom de Dieu, ils disaient des mots en français mais elle ne comprenait rien et elle avait dû courir, sous les yeux moqueurs des passants qui pensaient « Ça lui apprendra à faire bêtement la charité ». Cette vie sublime, elle aurait voulu l'observer de loin, être invisible. Sa haute taille, sa blancheur, son statut d'étrangère la maintenaient à l'écart du cœur des choses, de ce silence qui fait qu'on se sait chez soi. Elle goûtait l'odeur du cuir dans l'étroitesse des rues, celle du feu de bois et de la viande fraîche, l'odeur mêlée de l'eau croupie et des poires trop mûres, de la bouse des ânes et de la sciure de bois. Mais elle n'avait pas de mots pour ça.

Quand elle était lasse d'écrire ou de relire des romans connus par cœur, Mathilde s'allongeait sur la terrasse où on lavait le linge et où l'on mettait la viande à sécher. Elle écoutait les conversations de la rue, les chansons des femmes dans ces coulisses qui leur étaient dévolues. Elle les regardait, comme des funambules, passer parfois d'une terrasse à l'autre et manquer de se rompre le cou. Les filles, les bonnes, les épouses criaient, dansaient, se faisaient des confidences sur ces toits qu'elles ne désertaient que la nuit ou à midi, quand le soleil tapait trop fort. Cachée par un petit muret, Mathilde répétait les quelques insultes qu'elle connaissait pour parfaire son accent et les passants levaient la tête et l'insultaient en retour. « *Lay atik typhus*[1] *!* » Ils pensaient sans doute que c'était un petit garçon qui se moquait d'eux, un chenapan dévoré d'ennui à force de traîner dans les jupes de sa mère. Elle avait l'oreille toujours à l'affût et elle absorba le vocabulaire avec une rapidité qui prit tout le monde de court. « Hier encore elle ne comprenait rien ! » s'étonna Mouilala et, dès lors, on fit attention à ce qu'on disait en sa présence.

C'est dans la cuisine que Mathilde apprit l'arabe. Elle finit par s'y imposer et Mouilala accepta qu'elle s'assoie pour regarder. On lui lançait des clins d'œil, des sourires, on chantait. Elle apprit d'abord à dire tomate, huile, eau et pain. Elle apprit le chaud, le froid, le lexique des épices, puis vint celui du climat : sécheresse, pluie, gel, vent chaud et même tempête de sable. Avec ce vocabulaire, elle put aussi dire le corps et parler d'amour. Selma, qui apprenait le français à l'école, lui servait d'interprète. Souvent, lorsqu'elle descendait pour le petit déjeuner, Mathilde trouvait Selma endormie sur les banquettes du salon. Elle grondait Mouilala qui se fichait que sa fille s'instruise, qu'elle ait de bonnes notes et qu'elle soit assidue. Elle laissait la petite dormir comme un ours et n'avait pas le cœur

1. « Que Dieu te donne le typhus ! »

de la réveiller tôt pour l'école. Mathilde avait tenté de convaincre Mouilala que Selma pourrait gagner, par l'éducation, son indépendance et sa liberté. Mais la vieille femme avait froncé les sourcils. Son visage, d'habitude si affable, s'était assombri et elle en avait voulu à la nassrania[1] de lui faire la leçon. « Pourquoi la laissez-vous rater l'école? Vous mettez son avenir en péril. » De quel avenir cette Française pouvait-elle bien parler? s'était demandé Mouilala. Quelle importance si Selma passait la journée à la maison, si elle apprenait à farcir des intestins puis à les recoudre plutôt que de noircir les pages d'un cahier? Mouilala avait eu trop d'enfants, trop de soucis. Elle avait enterré un mari et plusieurs bébés. Selma était son cadeau, son repos, la dernière occasion que la vie lui offrait de se montrer tendre et indulgente.

Pour son premier ramadan, Mathilde décida de jeûner elle aussi et son mari la remercia de se plier ainsi à leurs rites. Tous les soirs, elle but la harira dont elle n'aimait pas le goût et elle se leva avant le soleil pour manger des dattes et boire du lait caillé. Pendant le mois saint, Mouilala ne quitta plus la cuisine et Mathilde, gourmande et velléitaire, ne comprenait pas qu'on puisse se priver de nourriture et passer ses journées dans les effluves de tajines et de pain. Les femmes, de l'aube jusqu'à la tombée de la nuit, roulaient des pâtes d'amandes,

---

1. La nazaréenne, terme utilisé pour désigner les chrétiens.

trempaient des gâteaux frits dans le miel. Elles pétrissaient la pâte imbibée de graisse et l'étiraient jusqu'à ce qu'elle devienne aussi fine que du papier à lettres. Leurs mains ne craignaient ni le froid ni la chaleur et elles posaient leurs paumes à même les plaques brûlantes. Le jeûne les rendait pâles et Mathilde se demanda comment elles résistaient, dans cette cuisine surchauffée, où l'odeur de la soupe montait jusqu'à vous étourdir. Elle, pendant ces longues journées de privation, ne pouvait penser à autre chose qu'à ce qu'elle allait manger quand la nuit tomberait. Elle faisait rouler la salive dans sa bouche, les yeux fermés, allongée sur une des banquettes humides du salon. Elle combattait son mal de tête en se figurant des tranches de pain fumantes, des œufs frits à la viande boucanée, des cornes de gazelle trempées dans le thé.

Puis quand l'appel à la prière retentissait, les femmes disposaient sur la table une carafe de lait, des œufs durs, le bol de soupe fumante, les dattes qu'elles ouvraient avec leurs ongles. Mouilala avait une attention pour chacun ; elle farcissait des raïs de viande et ajoutait du piment dans celles de son fils cadet qui aimait que sa langue lui brûle. Elle pressait des oranges pour Amine dont la santé l'inquiétait. Debout sur le seuil du salon, elle attendait que les hommes, le visage encore froissé par la sieste, rompent le pain, qu'ils épluchent un œuf dur, qu'ils se laissent aller contre un coussin pour enfin rejoindre la cuisine et se sustenter. Mathilde n'y comprenait rien. Elle disait : « C'est de l'esclavage ! Elle cuisine toute la journée et elle doit encore attendre que vous ayez mangé ! Je n'arrive pas à y croire. » Elle s'offusquait devant Selma qui, assise sur le rebord de la fenêtre dans la cuisine, riait.

Elle cria sa colère à Amine et elle la répéta après l'Aïd el-Kébir, fête qui donna lieu à une dispute terrible. La première fois, Mathilde resta silencieuse, comme pétrifiée par le spectacle des bouchers aux tabliers couverts de sang. Depuis la terrasse, sur le toit de la maison, elle observa les ruelles silencieuses de la médina dans lesquelles se déplaçaient les silhouettes de ces bourreaux et puis de jeunes garçons qui faisaient des allers-retours entre les maisons et le four. Des ruisseaux de sang chaud et bouillonnant coulaient de maison en maison. Une odeur de chair crue flottait dans l'air et, sur des crochets de fer, on pendait la peau lainée de la bête aux portes des habitations. « C'est un bon jour, avait pensé Mathilde, pour commettre un assassinat. » Sur les autres terrasses, dans le domaine des femmes, on s'activait sans relâche. Elles coupaient, évidaient, écorchaient, écartelaient. Dans la cuisine, elles s'enfermaient pour nettoyer les entrailles, débarrasser les intestins de l'odeur de merde avant de les farcir, de les coudre, et de les faire revenir longtemps dans une sauce piquante. Il fallait séparer la graisse de la chair, mettre la tête de la bête à cuire car même les yeux seraient mangés par le fils aîné qui planterait son index dans le crâne et en retirerait les globes luisants. Amine, quand elle vint lui dire que c'était « une fête de sauvages », « un rite de gens cruels », que la viande crue et le sang la dégoûtaient au point de vomir, leva au ciel ses mains tremblantes et s'il se retint de les écraser contre la bouche de sa femme, c'est parce que c'était un jour sacré et qu'il devait à Dieu d'être calme et compatissant.

★

À la fin de chaque lettre, Mathilde demandait à Irène de lui envoyer des livres. Des romans d'aventures, des recueils de nouvelles qui auraient pour décor des pays froids et lointains. Elle n'avoua pas qu'elle ne se rendait plus à la librairie, dans le centre de la ville européenne. Elle avait en horreur ce quartier de commères, femmes de colons et de militaires, elle se sentait prête à tuer dans ces rues où elle avait tant de mauvais souvenirs. Un jour de septembre 1947, alors qu'elle était enceinte de sept mois, elle s'était retrouvée sur l'avenue de la République que la plupart des Meknassis appelaient simplement « l'Avenue ». Il faisait chaud et ses jambes étaient enflées. Elle s'était dit qu'elle pourrait aller au cinéma Empire ou se rafraîchir sur la terrasse du Roi de la Bière. Deux jeunes femmes l'avaient alors bousculée. La plus brune s'était mise à rire : « Regarde celle-là. C'est un Arabe qui l'a engrossée. » Mathilde s'était retournée et elle avait saisi la manche de la jeune femme, qui s'était dégagée dans un sursaut. S'il n'y avait pas eu ce ventre, si la chaleur n'avait pas été si harassante, Mathilde l'aurait poursuivie. Elle lui aurait fait la peau. Elle aurait rendu tous les coups qu'elle avait reçus au cours de sa vie. Petite fille insolente, adolescente lubrique, épouse indocile, elle avait essuyé les gifles et les brimades, la rage de ceux qui voulaient faire d'elle une femme respectable. Ces deux inconnues auraient payé pour la vie de domestication que Mathilde endurait.

Aussi étrange que cela paraisse, Mathilde ne pensa jamais qu'Irène ou Georges puissent ne pas la croire et encore moins qu'ils puissent venir un jour lui rendre visite. Quand elle s'installa à la ferme, au printemps 1949, elle se sentit libre de mentir sur la vie de propriétaire terrienne qu'elle y menait. Elle n'avoua pas que l'agitation de la médina lui manquait, que la promiscuité, qu'elle avait un temps maudite, lui semblait à présent un sort enviable. Souvent, elle écrivait « J'aurais voulu que tu me voies » et elle ne mesurait pas que se trouvait là l'aveu de son immense solitude. Elle s'attristait de toutes ces premières fois qui n'intéressaient personne à part elle, de cette existence sans spectateurs. À quoi bon vivre, pensait-elle, si ce n'est pas pour être vue ?

Elle concluait ses missives par « Je vous aime », ou « Vous me manquez » mais elle ne fit jamais part de son mal du pays. Elle ne céda pas à la tentation de leur dire que les vols de cigognes, qui arrivaient sur Meknès au début de l'hiver, la plongeaient dans une intense mélancolie. Ni Amine ni les gens de la ferme ne partageaient son amour des animaux et quand, un jour, elle évoqua devant son mari le souvenir de Minet, le chat de son enfance, celui-ci leva les yeux au ciel devant tant de mièvrerie. Elle recueillit des chats, qu'elle apprivoisa avec du pain trempé dans du lait et quand les femmes berbères la regardaient, trouvant que ce pain donné au chat était gâché, elle pensait : « Il faut rattraper l'amour perdu, ils ont tellement manqué. »

Quel intérêt y aurait-il eu à dire la vérité à Irène ? À raconter qu'elle passait ses journées à travailler, comme une folle, comme une illuminée, son bébé de deux ans sur le dos ? Quelle poésie pourrait-elle extraire de ses longues nuits passées à s'user le pouce sur une aiguille pour coudre à Aïcha des vêtements qui aient l'air neufs ? À la lumière de la bougie, écœurée par l'odeur de la cire de mauvaise qualité, elle découpait des patrons dans de vieux magazines et cousait, avec une dévotion remarquable, des petites culottes de laine. Pendant le brûlant mois d'août, elle s'assit à même le sol en ciment, habillée d'une combinaison et, dans une belle étoffe de coton, elle confectionna une robe pour sa fille. Personne ne vit comme c'était beau, personne ne remarqua le petit détail dans le fronçage, le nœud au-dessus des poches, la doublure rouge qui rehaussait le tout. Elle en mourait, de l'indifférence des gens à la beauté des choses.

Amine apparaissait très peu dans ses récits. Son mari était un personnage secondaire autour duquel planait une atmosphère opaque. Elle voulait donner à Irène l'impression que leur histoire d'amour était si ardente qu'il lui était impossible de la partager ou de la mettre en mots. Son silence était lourd d'insinuations lubriques, elle faisait passer ses omissions pour de la pudeur et, même, pour de la délicatesse. Car Irène, qui était tombée amoureuse et s'était mariée juste avant la guerre, à un Allemand tordu par la scoliose, avait été veuve au bout de trois mois seulement. Quand Amine avait débarqué au village, Irène avait regardé, avec des yeux débordants d'envie, sa sœur qui tremblait sous les mains de l'Africain. La petite Mathilde dont le cou se couvrait de suçons noirs.

Comment aurait-elle pu avouer que l'homme qu'elle avait rencontré pendant la guerre n'était plus le même? Sous le poids des soucis et des humiliations, Amine avait changé et s'était assombri. Combien de fois avait-elle senti, en marchant à son bras, le regard lourd des passants? Le contact de sa peau lui semblait alors brûlant, désagréable, et elle ne pouvait s'empêcher de percevoir, avec une forme de dégoût, l'étrangeté de son mari. Elle se disait qu'il fallait beaucoup d'amour, plus d'amour qu'elle ne se sentait capable d'en éprouver, pour endurer le mépris des gens. Il fallait un amour solide, immense, inébranlable pour supporter la honte quand les Français le tutoyaient, quand les policiers lui demandaient ses papiers, quand ils s'excusaient en remarquant ses médailles de guerre ou sa parfaite maîtrise de la langue. « Mais vous, cher ami, ce n'est pas pareil. » Et Amine souriait. En public, il prétendait qu'il n'avait pas de problème avec la France puisqu'il avait failli mourir pour elle. Mais dès qu'ils étaient seuls, Amine s'enfermait dans le silence et il ruminait sa honte d'avoir été lâche et de trahir son peuple. Il entrait dans la maison, ouvrait les placards et jetait au sol tout ce qui lui tombait sous la main. Mathilde aussi était colérique et un jour, au milieu d'une dispute où il hurlait « Tais-toi ! tu me fais honte ! », elle ouvrit le frigidaire et attrapa un bol de pêches mûres, qu'elle avait prévu de cuire en confiture. Elle jeta les fruits blets au visage d'Amine sans remarquer qu'Aïcha les observait et qu'elle n'en revenait pas de voir son père ainsi, les cheveux et le cou dégoulinants de jus.

Amine ne lui parlait que de travail. Des
ouvriers, des soucis, du prix du blé, des pré-
visions météorologiques. Quand des membres
de la famille leur rendaient visite à la ferme,
ils s'asseyaient dans le petit salon et après
avoir demandé trois ou quatre fois des nouvelles de sa santé, ils se taisaient et buvaient
leur thé. Mathilde les trouvait tous d'une bas-
sesse écœurante, d'une trivialité qui lui faisait plus de mal que le manque du pays ou la
solitude. Elle aurait voulu parler de ses sentiments, de ses espoirs, des angoisses qui la traversaient et qui n'avaient pas de sens, comme
toutes les angoisses. « N'a-t-il donc pas de vie
intérieure ? » se demandait-elle en observant
Amine qui mangeait sans rien dire et gardait
les yeux fixés sur un tajine de pois chiches que
la bonne avait préparé et dont la sauce, trop
grasse, dégoûtait Mathilde. Amine ne s'intéressait qu'à la ferme et au labeur. Jamais
de rire, de danse, de temps à ne rien faire, à
parler. Ils ne parlaient pas, ici. Son mari était

aussi austère qu'un quaker. Il s'adressait à elle comme à une petite fille dont il fallait faire l'éducation. Elle apprenait en même temps qu'Aïcha les bonnes manières, et elle devait acquiescer quand Amine expliquait « Ça ne se fait pas » ou « Nous n'avons pas les moyens ». Lorsqu'elle était arrivée au Maroc elle ressemblait encore à une enfant. Et elle avait dû apprendre, en quelques mois, à supporter la solitude et la vie domestique, à endurer la brutalité d'un homme et l'étrangeté d'un pays. Elle était passée de la maison de son père à la maison de son mari mais elle avait le sentiment de ne pas avoir gagné en indépendance ni en autorité. À peine pouvait-elle exercer sa domination sur Tamo, la jeune bonne. Mais Ito, la mère de celle-ci, veillait et devant elle, Mathilde n'osait jamais élever la voix. Elle ne savait pas, non plus, faire preuve de patience et de pédagogie avec son enfant. Elle passait de la câlinerie la plus vorace à la colère la plus hystérique. Parfois, elle regardait sa petite et cette maternité lui semblait monstrueuse, cruelle, inhumaine. Comment une enfant pouvait-elle élever d'autres enfants? On avait déchiré ce corps si jeune, on en avait tiré une victime innocente qu'elle ne savait pas défendre.

Lorsque Amine l'avait épousée, Mathilde avait à peine vingt ans et, à l'époque, il ne s'en était pas inquiété. Il trouvait même la jeunesse de son épouse tout à fait charmante, ses grands yeux ravis et surpris de tout, sa voix encore fragile, sa langue tiède et douce comme celle d'une petite fille. Il avait vingt-huit ans, ce qui n'était pas beaucoup plus vieux, mais plus tard il devrait reconnaître que son âge n'avait rien à voir avec ce malaise que sa femme, parfois, lui inspirait. Il était un homme et il avait fait la guerre. Il venait d'un pays où Dieu et l'honneur se confondent et puis il n'avait plus de père, ce qui le contraignait à une certaine gravité. Ce qui le charmait lorsqu'ils étaient encore en Europe se mit à lui peser puis à l'irriter. Mathilde était capricieuse et frivole. Amine lui en voulait de ne pas savoir se montrer plus dure, de ne pas avoir le cuir plus épais. Il n'avait pas le temps, pas le talent de la consoler. Ses larmes! Combien de larmes avait-elle versées depuis qu'elle était arrivée au Maroc! Elle pleurait à la moindre contrariété, elle éclatait sans cesse en sanglots et cela l'exaspérait. « Arrête de pleurer. Ma mère qui a perdu des enfants, qui a été veuve à quarante ans a moins pleuré dans sa vie que toi au cours de la dernière semaine. Arrête, arrête! » C'était la pente des femmes européennes, pensait-il, que de refuser le réel.

Elle pleurait trop, elle riait trop ou mal. Lorsqu'ils s'étaient connus, ils avaient passé des après-midi couchés dans l'herbe, au bord du Rhin. Mathilde lui racontait ses rêves et il l'encourageait, sans penser aux conséquences, sans en juger la vanité. Elle l'amusait, lui qui ne savait pas rire avec ses dents, qui mettait toujours ses mains devant sa bouche comme s'il trouvait que la joie était, de toutes les passions, la plus honteuse et la plus impudique. Puis à Meknès, tout fut différent et les rares fois où il l'accompagna au cinéma Empire, il sortit de la séance de mauvaise humeur, fâché contre sa femme qui gloussait et qui avait tenté de le couvrir de baisers.

Mathilde voulait aller au théâtre, écouter de la musique à tue-tête, danser dans le petit salon. Elle rêvait de jolies robes, de réceptions, de thés dansants, de fêtes sous les palmiers. Elle voulait aller au bal du samedi au café de France, à la vallée Heureuse le dimanche et inviter des amis à boire le thé. Elle se souvenait, avec une complaisante nostalgie, des réceptions qu'organisaient ses parents. Elle avait peur que le temps passe trop vite, que la misère et le labeur s'éternisent et que, quand le repos viendrait, elle soit trop vieille pour les robes et l'ombre des palmiers.

Un soir, alors qu'ils venaient de s'installer à la ferme, Amine traversa la cuisine, en habits du dimanche devant Mathilde qui faisait dîner Aïcha. Elle leva les yeux vers son mari, interloquée, hésitant à se réjouir ou à se fâcher. « Je sors, dit-il. Des vieux copains de garnison sont en ville. » Il se pencha au-dessus d'Aïcha pour poser un baiser sur son front quand Mathilde se redressa. Elle appela Tamo, qui nettoyait la cour, et elle lui colla l'enfant dans les bras. D'une voix assurée elle demanda : « Est-ce que je dois m'habiller ou ce n'est pas nécessaire ? »

Amine resta interdit. Il bredouilla quelque chose sur le fait que c'était une soirée entre copains, que ce n'était pas convenable pour une femme. « Si ce n'est pas convenable pour moi, je ne vois pas comment cela le serait pour toi. » Et sans comprendre ce qui lui arrivait, Amine se laissa suivre par Mathilde qui avait jeté sa blouse sur une chaise de la cuisine et qui se pinçait les joues pour rehausser son teint.

Dans la voiture, Amine ne prononça pas un mot et il garda un visage maussade, concentré sur la route, furieux contre Mathilde et contre sa propre faiblesse. Elle parlait, elle souriait, elle faisait comme si elle ne voyait pas qu'elle était de trop. Elle se persuada qu'à force de légèreté elle parviendrait à le détendre et elle fut douce, mutine, désinvolte. Ils arrivèrent en ville sans qu'il ait desserré les lèvres. Amine se gara et se précipita hors de la voiture, marchant très vite vers la terrasse du café. On aurait dit qu'il nourrissait le vain espoir de la semer dans les rues de la ville européenne ou qu'il voulait simplement ne pas subir l'humiliation d'arriver au bras de sa femme.

Elle le rattrapa si vite qu'il n'eut pas le temps de fournir une explication aux convives qui l'attendaient. Les hommes se levèrent et ils saluèrent Mathilde avec timidité et déférence. Omar, son beau-frère, lui désigna une chaise à côté de lui. Tous les hommes étaient élégants, ils avaient mis des vestes, avaient gominé leurs cheveux. On commanda à boire au Grec jovial qui tenait ce café depuis bientôt vingt ans. Un des seuls cafés de la ville où ne régnait aucune ségrégation, où les Arabes buvaient de l'alcool à la table des Européens, où des femmes qui n'étaient pas prostituées venaient égayer les soirées. La terrasse, située à l'angle de deux rues, était protégée des regards par de grands bigaradiers touffus. On s'y sentait seul au monde et en sécurité. Amine et ses amis trinquèrent mais ils parlèrent peu. Il y eut de longs silences entrecoupés de rires tout bas ou du récit d'une anecdote. C'était toujours ainsi mais Mathilde l'ignorait. Elle ne pouvait croire que c'était à cela que ressemblaient les soirées entre hommes d'Amine, ces soirées dont elle avait été si jalouse et qui avaient tant occupé son esprit. Elle pensait que c'était sa faute si la fête était gâchée. Elle voulut raconter quelque chose. La bière lui donna du courage et elle évoqua, d'une voix timide, un souvenir dans son Alsace natale. Elle trembla un peu, elle eut du mal à trouver ses mots et son histoire se révéla sans intérêt et ne fit rire personne. Amine la regarda avec un mépris qui lui brisa le cœur. Jamais elle ne s'était sentie intruse à ce point.

Sur le trottoir d'en face, la lumière du réverbère se mit à clignoter puis sauta. La terrasse, à peine éclairée par quelques bougies, se para d'un charme nouveau et l'obscurité apaisa Mathilde qui eut l'impression de se faire oublier. Elle craignait le moment où Amine voudrait écourter la soirée, mettre fin au malaise, où il lui dirait : « On y va. » Elle aurait droit, c'était certain, à une scène, à des cris, à une gifle, le front écrasé contre la vitre. Alors, elle profita des légers bruits de la ville, elle écouta les conversations de ses voisins de table et elle ferma les yeux pour mieux entendre la musique, au fond du café. Elle voulait que ça dure encore un peu, elle n'avait pas envie de rentrer.

Les hommes se détendirent. L'alcool fit son effet et ils parlèrent en arabe. Peut-être parce qu'ils croyaient qu'elle ne pouvait pas comprendre. Un jeune serveur, dont le visage était recouvert de boutons d'acné, déposa sur la table une grande assiette de fruits. Mathilde croqua dans un morceau de pêche, puis dans une tranche de pastèque dont le jus coula sur sa robe et la salit. Elle attrapa un pépin noir entre son pouce et son index et elle le fit glisser. Le pépin s'envola et vint atterrir sur le visage d'un homme obèse, portant tarbouche et suant dans sa redingote. L'homme agita la main comme s'il voulait chasser une mouche. Mathilde prit un autre pépin et cette fois, elle essaya de viser un homme grand et très blond, qui avait allongé ses jambes sur le côté et parlait avec passion. Mais elle manqua son coup et atteignit la nuque d'un serveur qui faillit renverser son plateau. Mathilde ricana et pendant l'heure qui suivit, elle mitrailla les convives qui furent pris de convulsions. On aurait dit qu'un mal étrange les avait saisis, comme ces fièvres tropicales qui poussent les gens à danser et à faire l'amour. Les clients se plaignirent. Le patron fit brûler des bâtons d'encens pour se prémunir contre cette invasion de mouches. Mais les attaques ne cessaient pas et bientôt tous les buveurs eurent mal au crâne, à force de respirer l'encens et de boire. La terrasse se vida, Mathilde salua les amis et quand, une fois chez eux, Amine la gifla, elle songea qu'elle avait quand même bien ri.

Pendant la guerre, tandis que son régiment avançait vers l'est, Amine pensait à son domaine comme d'autres rêvaient à une femme ou à une mère laissée à l'arrière. Il avait peur de mourir et de ne pas pouvoir honorer la promesse qu'il avait faite de féconder cette terre. Dans les longs moments d'ennui que la guerre réservait, les hommes sortaient des jeux de cartes, des tas de lettres couvertes de taches, des romans. Amine, lui, se plongeait dans la lecture d'un ouvrage sur la botanique ou dans une revue spécialisée qui traitait des nouvelles méthodes d'irrigation. Il avait lu que le Maroc allait devenir comme la Californie, cet État américain plein de soleil et d'orangers, où les agriculteurs étaient millionnaires. Il assurait à Mourad, son aide de camp, que le royaume s'apprêtait à vivre une révolution, à s'extraire de ces temps sombres où le paysan craignait les razzias, où l'on préférait élever des moutons que cultiver du blé car le mouton a quatre pattes et peut courir plus vite que l'agresseur.

Amine avait bien l'intention de tourner le dos aux méthodes anciennes et de faire de sa ferme un modèle de modernité. Il avait lu avec enthousiasme le récit d'un certain H. Ménager, ancien soldat lui aussi qui, dès la fin de la Première Guerre mondiale, planta des eucalyptus dans la plaine déshéritée du Gharb. L'homme s'était inspiré du rapport d'une mission australienne, envoyée par Lyautey en 1917, et il avait comparé les qualités de sa terre et la pluviométrie de la région avec celles de ce continent lointain. Bien sûr, on s'était moqué de ce pionnier. Français et Marocains riaient de cet homme qui entendait planter à perte de vue des arbres qui ne donnent pas de fruits et dont les troncs gris enlaidissent le paysage. Mais H. Ménager réussit à convaincre les Eaux et Forêts et bientôt il fallut reconnaître qu'il avait gagné son pari : l'eucalyptus arrêtait les vents des sables, il avait permis d'assainir les bas-fonds où pullulaient les parasites et ses racines profondes allaient puiser de l'eau dans la nappe phréatique inaccessible au simple paysan. Amine voulait compter parmi ces pionniers pour qui l'agriculture était une quête mystique, une aventure. Il voulait marcher dans les pas de ceux qui, patients et sages, avaient mené des expériences sur des sols ingrats. Tous ces paysans traités de fous avaient patiemment planté des orangers, de Marrakech à Casablanca, et ils allaient faire de ce pays sec et austère un jardin de cocagne.

Amine rentra au Maroc en 1945, à vingt-huit

ans, victorieux et marié à une femme étrangère. Il se battit pour reprendre possession de son domaine, former ses ouvriers, semer, récolter, voir large et loin, comme l'avait dit une fois le maréchal Lyautey. À la fin de l'année 1948, après des mois de négociations, Amine récupéra ses terres. Il fallut d'abord entreprendre des travaux dans la maison, créer de nouvelles fenêtres, arranger un petit jardin d'agrément, paver une cour derrière la cuisine pour faire les lessives et tendre le linge. Au nord, le terrain était en pente et il fit construire un joli perron en pierre et installa une élégante porte vitrée qui ouvrait sur la salle à manger. De là, ils pouvaient observer le profil somptueux du Zerhoun et les immenses étendues sauvages qui servaient depuis des siècles de terrain de passage pour les bêtes.

Pendant les quatre premières années à la ferme, ils allaient connaître toutes les déconvenues, et leur vie prendre des accents de récit biblique. Le colon qui avait loué la propriété pendant la guerre avait vécu sur une petite parcelle cultivable, derrière la maison, et tout restait à faire. D'abord, il fallut défricher et débarrasser la terre du doum, cette plante vicieuse et tenace, qui demandait aux hommes un travail épuisant. Contrairement aux colons des fermes avoisinantes, Amine ne put compter sur l'aide d'un tracteur et ses ouvriers durent arracher le doum à la pioche, pendant des mois. Il fallut ensuite consacrer des semaines à l'épierrage, et le terrain, une fois libéré de la rocaille, fut défoncé à la charrue et labouré. On y planta des lentilles, des petits pois, des haricots et des arpents entiers d'orge et de blé tendre. L'exploitation fut alors attaquée par un vol de sauterelles. Un nuage roussâtre, tout droit sorti d'un cauchemar, vint dans un crépitement dévorer les récoltes et les fruits dans les arbres. Amine s'emporta contre les ouvriers qui pour faire fuir les parasites se contentaient de taper contre des boîtes de conserves. « Bandes d'ignares ! Vous ne trouvez que cela à faire ? » hurlait-il contre ces hommes qu'il traitait d'arriérés et à qui il apprit à creuser des tranchées dans lesquelles ils déposèrent du son empoisonné.

L'année suivante, ce fut la sécheresse et la tristesse des moissons, car les épis de blé étaient vides comme le serait dans les mois à venir le ventre des paysans. Dans les douars, les ouvriers prièrent pour que la pluie tombe, des prières apprises depuis des siècles, qui n'avaient jamais démontré leur efficacité. Mais on priait quand même, sous le brûlant soleil d'octobre, et la surdité de Dieu ne révoltait personne. Amine fit creuser un puits qui lui demanda un travail considérable et engloutit une partie de son héritage. Mais les galeries étaient sans cesse envahies par le sable et les paysans ne parvenaient pas à pomper l'eau pour irriguer.

Mathilde était fière de lui. Et même si elle enrageait de ses absences, même si elle lui en voulait de la laisser seule dans la maison, elle le savait travailleur et honnête. Parfois, elle pensait que ce qui manquait à son mari, c'était de la chance et une certaine dose d'instinct. C'était cela qu'avait son père à elle. Georges était moins sérieux, moins acharné qu'Amine. Il buvait jusqu'à oublier son nom et les règles élémentaires de la pudeur et de la politesse. Il jouait aux cartes jusqu'à l'aube et s'endormait dans les bras de femmes aux gros seins, dont le cou blanc et gras avait des arômes de beurre. Sur un coup de tête, il renvoyait son comptable, oubliait d'en engager un autre et laissait s'amonceler les courriers sur son vieux bureau en bois. Il invitait les huissiers à boire un coup et ils finissaient par se frotter le ventre en chantant de vieux airs. Georges avait un flair exceptionnel, un instinct qui ne le trompait pas. C'était ainsi, et lui-même ne se l'expliquait pas. Il comprenait les gens et il avait pour l'homme, et donc pour lui-même, une bienveillante pitié, une tendresse qui lui valait la sympathie des inconnus. Georges ne négociait jamais par cupidité mais simplement par jeu et s'il arrivait qu'il roule quelqu'un, c'était sans le faire exprès.

Malgré les échecs, malgré les disputes et la pauvreté, Mathilde ne pensa jamais que son mari était incompétent ou paresseux. Tous les jours, elle voyait Amine se réveiller à l'aube, quitter la maison avec détermination et revenir le soir, les bottes couvertes de terre. Amine parcourait des kilomètres, ne s'épuisant jamais. Les hommes du douar admiraient son endurance même s'ils se vexaient parfois du mépris de leur frère pour les méthodes de culture traditionnelles. Ils le regardaient s'accroupir, tâter la terre de ses doigts, poser la main à plat sur l'écorce d'un arbre comme s'il espérait que la nature allait lui révéler ses secrets. Il voulait que ça aille vite. Il voulait réussir.

En ce début des années 1950, la fièvre nationaliste s'était levée et les colons étaient l'objet d'une haine farouche. Il y avait eu des enlèvements, des attentats, des fermes avaient été incendiées. Les colons eux aussi s'étaient réunis en groupes de défense et Amine savait que leur voisin, Roger Mariani, en faisait partie. « La nature ne s'occupe pas de politique », dit-il un jour à Mathilde pour justifier la visite qu'il comptait rendre à son sulfureux voisin. Il voulait comprendre à quoi Mariani devait son éclatante prospérité, savoir quels types de tracteurs il utilisait, quel système d'irrigation il avait fait installer. Il imaginait aussi qu'il pourrait lui fournir des céréales pour son élevage de cochons. Il se fichait du reste.

Un après-midi, Amine traversa la route qui séparait leurs deux propriétés. Il passa devant de grands hangars qui abritaient des tracteurs modernes, devant les étables remplies de porcs gras et bien portants, devant le chai où le raisin était traité selon les mêmes procédés qu'en Europe. Tout ici respirait l'espoir, la richesse. Mariani était debout sur le perron de sa maison et il tenait en laisse deux chiens jaunes et féroces. Par moments, son corps était projeté vers l'avant, il perdait l'équilibre et on ne savait pas s'il subissait la force de ces molosses ou s'il faisait semblant, comme pour mieux signifier la menace qui pesait sur le visiteur importun. Amine, gêné, se présenta en bredouillant. Il montra la direction de son domaine. « J'ai besoin de conseils », déclara-t-il, et Mariani, dont le visage s'était illuminé, toisa cet Arabe timide.

« Buvons à notre voisinage ! Nous avons tout le temps de parler affaires. »

Ils traversèrent le luxuriant jardin et s'assirent à l'ombre, sur une terrasse d'où on pouvait apercevoir le Zerhoun. Un homme maigre et à la peau noire posa sur la table des verres et des bouteilles. Mariani servit une anisette à son voisin et quand il vit qu'Amine hésitait, à cause de la chaleur et du travail qui l'attendait, il éclata de rire. « Tu ne bois pas, c'est ça ? » Mais Amine sourit et trempa ses lèvres dans le liquide blanchâtre. À l'intérieur de la maison, le téléphone sonna mais Mariani ne s'en préoccupa pas.

Le colon ne le laissa pas parler. Il sembla à Amine que son voisin était un homme très seul qui trouvait là une rare occasion de se confier. Avec une familiarité qui mit Amine mal à l'aise, Mariani se plaignit de ses ouvriers dont il avait formé deux générations mais qui se montraient toujours aussi paresseux et sales. « Cette saleté, bon Dieu ! » Par moments, il relevait ses yeux chassieux vers le beau visage de son hôte et, dans un rire, il ajoutait : « Je ne dis pas ça pour toi, tu sais. » Et sans le laisser répondre, il poursuivait : « Ils peuvent dire ce qu'ils veulent, mais il sera beau ce pays quand nous ne serons plus là pour faire fleurir les arbres, pour retourner la terre, pour y appliquer notre acharnement. Qu'est-ce qu'il y avait ici avant que nous arrivions ? Je te le demande ! Rien. Il n'y avait rien. Regarde autour de toi. Des siècles de vies humaines et pas un qui soit foutu de cultiver ces hectares. Occupés à faire la guerre. On a eu faim. On a enterré ici, on a semé, creusé des tombes, construit des berceaux. Mon père est mort du typhus dans ce bled. Moi, je me suis brisé le dos assis des jours entiers sur mon cheval, à arpenter la plaine, à négocier avec les tribus. Je pouvais pas me coucher sur un lit sans pousser des cris de douleur tellement mes os me faisaient mal. Mais je vais te dire, je lui dois beaucoup à ce pays. Il m'a ramené à l'essence des choses, il m'a reconnecté à l'élan vital, à la brutalité. » Le visage de Mariani devint rouge et son élocution ralentit sous l'effet de l'alcool. « En France, j'étais promis à un destin de pédéraste, à une vie étriquée, sans ampleur, sans conquête et sans espace. Ce pays m'a offert l'opportunité de vivre en homme. »

Mariani appela le domestique qui arriva en trottinant sur la terrasse. En arabe, il le gronda pour sa lenteur et tapa du poing sur la table si fort que le verre d'Amine se renversa. Le colon fit le geste de cracher et il regarda le dos du vieux serveur qui disparaissait dans la maison. « Regarde et apprends! Moi je les connais ces Arabes! Les ouvriers sont des ignares; comment veux-tu ne pas avoir envie de les rosser? Je parle leur langue, je connais leurs travers. Je sais très bien ce qu'on dit sur l'indépendance mais ce n'est pas une poignée d'agités qui va me reprendre des années de sueur et de travail. » Et puis dans un rire, tout en se saisissant des petits sandwichs que le serviteur avait enfin apportés, il répéta : « Je ne dis pas ça pour toi! » Amine faillit se lever et renoncer à se faire de ce puissant voisin un allié. Mais Mariani, dont le visage ressemblait étrangement à celui de ses chiens, tourna la tête vers lui et, comme s'il avait senti qu'Amine était blessé, lui dit : « Tu veux un tracteur, c'est ça? Ça doit pouvoir s'arranger. »

II

Pendant l'été qui précéda l'entrée d'Aïcha au cours préparatoire, il fit très chaud. Mathilde se traînait dans la maison en combinaison fanée, une bretelle tombant sur ses larges épaules, ses cheveux collés aux tempes et au front par la sueur. Sur un bras, elle tenait Selim, le bébé, et dans l'autre main un journal ou un morceau de carton qu'elle agitait. Elle marchait toujours pieds nus malgré les lamentations de Tamo, qui disait que ça portait malheur. Mathilde s'acquittait de ses tâches quotidiennes mais tous ses gestes semblaient plus lents, plus laborieux que d'habitude. Aïcha et son frère Selim, qui venait de fêter ses deux ans, étaient exceptionnellement sages. Ils n'avaient pas faim, ils n'avaient pas envie de jouer et ils passaient la journée nus, couchés contre le sol carrelé, incapables de parler ou d'inventer des jeux. Au début du mois d'août, le chergui se leva et le ciel devint blanc. On interdit aux enfants de sortir car ce vent du Sahara était la hantise des mères.

Combien de fois Mouilala avait-elle raconté à Mathilde l'histoire d'enfants emportés par la fièvre que le chergui charrie avec lui? Sa belle-mère disait qu'il ne fallait pas respirer cet air vicié, que l'avaler c'était prendre le risque de brûler de l'intérieur, de se dessécher comme une plante qui fane d'un coup. À cause de ce vent maudit, la nuit arrivait mais sans apporter de répit. La lumière faiblissait, le noir recouvrait la campagne et faisait disparaître les arbres mais la chaleur, elle, continuait à peser de toute sa force, comme si la nature avait fait des réserves de soleil. Les enfants devenaient nerveux. Selim se mettait à hurler. Il pleurait de rage et sa mère le prenait dans ses bras et le consolait. Pendant des heures, elle le tenait serré contre elle, leurs torses trempés de sueur, épuisés. Ce fut un été interminable et Mathilde se sentit terriblement seule. Malgré la chaleur harassante, son mari passait ses journées dans les champs. Il accompagna les ouvriers pour des moissons qui se révélèrent décevantes. Les épis étaient secs, les journées de travail se succédaient et tout le monde s'inquiétait qu'en septembre on meure de faim.

Un soir, Tamo trouva un scorpion noir sous un tas de casseroles. Elle poussa un cri strident qui fit accourir Mathilde et les enfants dans la cuisine. La pièce donnait sur une petite cour où l'on faisait sécher le linge et la viande, où s'amoncelaient des bassines sales et où rôdaient les chats que Mathilde dorlotait.

Mathilde insistait pour que l'on ferme toujours la porte qui donnait sur l'extérieur. Elle craignait les serpents, les rats, les chauves-souris et même les chacals, dont une meute s'était formée près du four à chaux. Mais Tamo était rêveuse et elle avait dû oublier. La fille d'Ito n'avait même pas dix-sept ans. Elle était rieuse et volontaire, elle aimait vivre dehors, s'occuper des enfants, leur apprendre le nom des animaux en chleuh. Mais elle ne goûtait pas beaucoup l'attitude de Mathilde à son égard. L'Alsacienne se montrait dure, autoritaire, cassante. Elle s'était mis en tête d'apprendre à Tamo ce qu'elle appelait les bonnes manières mais elle ne faisait preuve d'aucune patience. Lorsqu'elle voulut lui enseigner les rudiments de la cuisine occidentale, elle dut se rendre à l'évidence : Tamo s'en fichait, elle n'écoutait pas, et tenait d'une main molle la spatule qui devait remuer la crème pâtissière.

Quand Mathilde entra dans la cuisine, la jeune Berbère se mit à psalmodier et elle cacha son visage dans ses mains. Mathilde ne comprit pas tout de suite ce qui l'avait à ce point effrayée. Puis elle vit les pinces noires de l'arachnide dépasser d'une poêle qu'elle avait achetée à Mulhouse juste après son mariage. Elle souleva Aïcha qui marchait pieds nus, comme elle. En arabe, elle ordonna à Tamo de se remettre. « Arrête de pleurer, répétait-elle, et ramasse-moi ça. » Elle traversa le long couloir qui menait à sa chambre et dit : « Ce soir, mes chéris, vous dormez avec moi. »

Elle savait bien que son mari la gronderait. Il n'aimait pas sa façon d'éduquer les enfants, sa complaisance à l'égard de leurs peines et de leurs sentiments. Il l'accusait d'en faire des êtres faibles, des geignards, surtout son fils. « Ce n'est pas ainsi qu'on éduque un homme, qu'on lui donne les moyens d'affronter la vie. » Dans cette maison loin de tout, Mathilde avait peur, elle regrettait ses premières années au Maroc, où ils avaient vécu dans la médina de Meknès, au milieu des gens, du bruit, de l'agitation humaine. Quand elle s'en ouvrait à son mari, il se moquait d'elle. « Vous êtes plus en sécurité ici, croyez-moi. » En cette fin du mois d'août 1953, il lui interdit même de se rendre en ville car il craignait des mouvements de foule ou une insurrection. Après l'annonce de l'exil du sultan Sidi Mohammed ben Youssef sur l'île corse, la colère avait gagné le peuple. À Meknès comme dans toutes les cités du royaume, l'atmosphère était inflammable, les gestes devenaient nerveux, un incident pouvait se transformer en émeute. Dans la médina, les femmes se promenaient vêtues de noir, les yeux rougis par la haine et les larmes. « *Ya Latif, ya Latif*[1] ! » dans toutes les mosquées du royaume, les musulmans priaient pour le retour du souverain. Des organisations secrètes s'étaient formées qui défendaient la lutte armée contre l'oppresseur chrétien. Dans les rues, de l'aube jusqu'à la nuit, s'élevait ce

1. « Oh mon Dieu ! »

cri : « *Yahya el Malik*[1] *!* » Mais Aïcha ignorait tout de la politique. Elle ne savait même pas que c'était l'année 1953, que des hommes fourbissaient leurs armes pour obtenir leur indépendance et d'autres, pour la leur refuser. Aïcha s'en fichait. Pendant tout l'été, elle ne pensa qu'à l'école et cela la terrorisait.

Mathilde posa ses deux enfants sur le lit et elle leur interdit de bouger. Elle revint au bout de quelques minutes, portant dans ses bras une paire de draps blancs qu'elle avait imbibés d'eau glacée. Les enfants s'allongèrent sur les draps frais et mouillés et Selim s'endormit au bout de quelques minutes. Mathilde balançait ses pieds gonflés hors du lit. Elle caressait l'épaisse chevelure de sa fille qui chuchota : « Je ne veux pas aller à l'école. Je veux rester avec toi. Mouilala ne sait pas lire, Ito et Tamo non plus. Qu'est-ce que ça peut faire ? » Mathilde sortit brutalement de sa léthargie. Elle se redressa et approcha son visage de celui d'Aïcha. « Ni ta grand-mère ni Ito ne l'ont choisi. » Dans le noir, l'enfant ne put pas distinguer les traits de sa mère mais elle trouva que Mathilde parlait avec une inhabituelle gravité et cela l'inquiéta. « Je ne veux plus jamais entendre ce genre de bêtises. Tu as compris ? » Dehors, des chats se battaient et poussaient des cris effrayants. « Je t'envie, tu sais, poursuivit Mathilde. J'aimerais pouvoir retourner à l'école. Apprendre mille choses, me faire des

1. « Vive le roi, vive le roi ! »

67

amis pour toujours. C'est la vraie vie qui commence. Tu es une grande, maintenant. »

Les draps séchèrent et Aïcha ne trouvait pas le sommeil. Les yeux ouverts, elle rêva à sa nouvelle vie. Elle s'imagina dans une cour ombragée et fraîche tenant dans sa petite main la main d'une enfant qui serait son âme sœur. La vraie vie, avait dit Mathilde, n'était donc pas ici, dans cette maison blanche isolée sur la colline. La vraie vie ce n'était pas d'errer toute la journée dans les pas des ouvrières. N'avaient-ils pas une vraie existence, tous ceux qui travaillaient dans les champs de son père? Ça ne comptait pas, cette façon qu'ils avaient de chanter, cette tendresse avec laquelle ils accueillaient Aïcha pour leur pique-nique à l'ombre des oliviers? Un demi-pain cuit le matin même sur le canoun devant lequel les femmes restaient assises des heures, inhalant une fumée noire qui finirait par les tuer.

Jusqu'alors, Aïcha n'avait jamais pensé à cette vie entre parenthèses. Sauf peut-être quand ils allaient sur les hauteurs, dans la ville européenne, et qu'elle se retrouvait prise dans le bruit des voitures, des vendeurs ambulants, des jeunes lycéens qui se ruaient dans les salles de cinéma. Quand elle entendait la musique jaillir du fond des cafés. Le claquement des talons sur le ciment. Quand sa mère, sur le trottoir, la tirait avec agacement et disait pardon aux passants. Oui, elle avait bien vu qu'ailleurs il y avait une autre vie, plus dense, plus rapide, une vie qui semblait tout entière tendue vers un but. Aïcha se doutait que leur existence n'était qu'une ombre, un dur labeur loin des regards, un dévouement. Une servitude.

Le jour de la rentrée arriva. Assise à l'arrière de la voiture, Aïcha était paralysée par la peur. Plus de doute à présent, ils pouvaient bien dire ce qu'ils voulaient, c'était un abandon. Un lâche et terrible abandon. Ils allaient la laisser là, dans cette rue inconnue, elle, la sauvage qui ne connaissait que l'immensité des champs, le silence de la colline. Mathilde faisait la conversation, elle riait bêtement et Aïcha sentait bien que sa mère non plus n'était pas rassurée. Que toute cette comédie sonnait faux. Les portes du pensionnat apparurent et son père se gara. Sur le trottoir, des mères tenaient la main de petites filles endimanchées. Elles avaient mis des robes neuves, à la coupe parfaite mais aux couleurs discrètes. C'étaient des filles de la ville pour qui se pavaner était une habitude. Les mères à chapeaux discutaient pendant que les enfants s'enlaçaient. Pour eux c'étaient des retrouvailles, pensa Aïcha, c'était la continuation de leur monde. Aïcha fut secouée de tremblements. « Je ne veux pas, se mit-elle à crier, je ne veux pas descendre ! » Ses hurlements stridents attirèrent les regards des parents et des écolières. Elle, d'habitude si calme et craintive, n'avait plus aucune retenue. Elle se roula en boule au milieu de la banquette arrière, elle s'accrocha, elle cria à vous fendre le cœur et les tympans. Mathilde ouvrit la porte : « Viens ma chérie, viens, ne t'inquiète pas. » Elle lui lança un regard suppliant qu'Aïcha reconnut. C'est ainsi que les ouvriers amadouaient les bêtes avant de les tuer, « Viens par ici petite, viens », et puis c'était l'enclos, les coups, l'abattoir. Amine ouvrit l'autre porte et chacun essaya d'attraper l'enfant. Son père parvint à la sortir et elle s'agrippa à la portière avec une rage, une force surprenante.

Un petit attroupement s'était formé. On plaignit Mathilde qui, à force de vivre dans les confins, parmi les indigènes, avait fait de ses enfants des sauvages. Ces cris, cette hystérie, c'était bien propre aux gens du bled. « Savez-vous que leurs femmes se griffent le visage jusqu'au sang pour exprimer leur désespoir ? » Personne ici ne fréquentait les Belhaj mais tout le monde connaissait l'histoire de cette famille qui vivait sur la route d'El-Hajeb, à vingt-cinq kilomètres du centre-ville, dans une ferme isolée. Meknès était si petite, on s'y ennuyait tant, que ce couple étrange nourrissait les conversations pendant les heures brûlantes de l'après-midi.

*

Au Palais de la beauté, où les jeunes femmes se faisaient poser des bigoudis sur la tête et du vernis sur les ongles des pieds, Eugène le coiffeur se moquait de Mathilde, la grande blonde aux yeux verts qui dépassait son mari, le bicot, d'au moins dix centimètres. Eugène faisait rire ses clientes en insistant sur leurs dissemblances : Amine, dont les cheveux étaient noirs et implantés si bas sur le front qu'ils durcissaient son regard. Elle, qui avait la nervosité des jeunes filles de vingt ans et quelque chose, en même temps, d'un peu masculin, de violent, une incorrection qui avait poussé Eugène à ne plus la recevoir. Le coiffeur, avec des mots choisis, décrivait les jambes longues et solides de la jeune femme, sa mâchoire volontaire, ses mains auxquelles elle n'apportait aucun soin et puis ses pieds immenses, si grands et si gonflés qu'elle ne pouvait porter que des chaussures d'homme. La blanche et le moricaud. La géante et l'officier trapu. Sous leurs casques chauffants, les clientes pouffaient. Mais lorsqu'il revenait à l'esprit du public qu'Amine avait fait la guerre de libération, qu'il avait été blessé et décoré, les rires diminuaient. Les femmes se sentaient obligées de se taire et cela ne les rendait que plus amères. Mathilde, pensaient-elles, était un bien étrange butin de guerre. Comment ce soldat avait-il pu convaincre cette robuste Alsacienne de le suivre jusqu'ici ? Qu'avait-elle voulu fuir pour en arriver là ?

*

On se pressa autour de l'enfant. On distilla des conseils. Un homme repoussa Mathilde brutalement et tenta de raisonner Aïcha. Il

71

leva les bras en l'air, invoqua Notre Père et les principes fondamentaux dont dépend une bonne éducation. Mathilde se faisait bousculer, elle essayait de protéger son enfant. « Ne la touchez pas, ne vous approchez pas de ma fille ! » Elle était dévastée. La voir pleurer ainsi était une torture. Elle voulut la prendre dans ses bras, la bercer et lui confesser ses mensonges. Oui, elle les avait inventés ces souvenirs idylliques d'amitiés éternelles et de professeurs dévoués. C'est vrai que ses instituteurs n'étaient pas si gentils. Qu'elle gardait de l'école le souvenir de l'eau glacée qu'il fallait s'appliquer sur le visage dans l'aube noire, des coups qui pleuvaient, de la nourriture terrible et des après-midi le ventre creusé par la faim et la peur, par l'envie désespérée d'un geste de tendresse. Rentrons, voulait-elle hurler. Oublions cette histoire. Rentrons chez nous et tout ira très bien, je saurai comment faire, je saurai lui apprendre. Amine lui lança un regard noir. Elle amollissait la petite, à force de gâteries et de cajoleries ridicules. Et puis c'est elle qui avait voulu l'inscrire ici, dans cette école de Français, où pointait le clocher d'une église, où se disaient des prières pour un dieu étranger. Mathilde enfin ravala ses larmes, et avec maladresse, sans conviction, elle allongea les bras vers sa fille. « Viens, viens ma chérie, ma toute petite. »

Tout à son enfant, elle ne remarqua pas qu'on se moquait d'elle. Que des yeux se baissaient et observaient ses grosses chaussures au cuir fané. Les mères chuchotaient derrière leurs doigts gantés. Elles s'offusquaient et elles riaient. Devant les grilles du pensionnat Notre-Dame, elles se souvinrent qu'il fallait faire preuve de compassion, car le Seigneur les regardait.

Amine tenait sa fille par la taille, il était furieux. « Qu'est-ce que c'est que ce cirque ? Mais tu vas lâcher cette porte, enfin ! Tiens-toi bien. Tu nous fais honte. » La robe de sa fille remonta jusqu'à la taille et on put voir sa culotte. Le gardien de l'école les observait avec inquiétude. Il n'osa pas bouger. Brahim était un vieux Marocain au visage rond et affable. Il portait sur son crâne chauve un petit bonnet en crochet blanc. Sa veste bleu marine, trop grande pour lui, était parfaitement repassée. Les parents ne parvenaient pas à calmer cette petite fille qui semblait possédée par le démon. La cérémonie de rentrée allait finir par être gâchée et la mère supérieure serait furieuse en apprenant que s'était jouée une telle comédie devant les grilles de sa vénérable institution. Elle lui demanderait des comptes, elle lui en tiendrait rigueur.

Le vieux gardien s'approcha de la voiture et avec le plus de douceur possible il essaya de détacher les petits doigts qui s'accrochaient à la portière. Il s'adressa en arabe à Amine : « Je l'attrape et tu démarres, compris ? » Amine hocha la tête. Il fit un geste du menton à Mathilde qui retourna à sa place. Il ne dit pas merci au vieil homme. À peine

Aïcha lâcha-t-elle prise que son père démarra. La voiture s'éloigna et Aïcha ne sut pas si sa mère lui avait lancé un dernier regard. Voilà, on l'avait abandonnée.

Elle se retrouva sur le trottoir. Sa robe bleue était toute défaite, elle avait perdu un bouton. Ses yeux étaient rougis par les pleurs et l'homme qui lui tenait la main n'était pas son père. « Je ne peux pas t'accompagner dans la cour. Je dois rester ici, à la grille. C'est mon travail. » Il posa sa main sur le dos de l'enfant et la poussa à l'intérieur. Aïcha hocha docilement la tête. Elle eut honte. Elle qui voulait être aussi discrète qu'une libellule s'était fait remarquer par tout le monde. Elle s'avança dans l'allée au bout de laquelle l'attendaient les sœurs, alignées devant la salle de classe, toutes vêtues de longues tuniques noires.

Elle entra dans la salle de classe. Les écolières avaient déjà rejoint leur place et elles la dévisageaient en souriant. Aïcha eut si peur que cela lui donna envie de dormir. Son crâne était envahi de bourdonnements. Si elle fermait les yeux, elle était sûre qu'elle sombrerait immédiatement dans le sommeil le plus profond. Une sœur l'attrapa par l'épaule. Elle avait une feuille à la main. Elle lui demanda : « Comment t'appelles-tu ? » Aïcha leva les yeux, sans comprendre ce qu'on attendait d'elle. La religieuse était jeune et son beau visage, à la peau très pâle, plut à l'enfant. La sœur répéta sa question et elle se baissa à la hauteur d'Aïcha qui finit par chuchoter : « Je m'appelle Mchicha. »

La sœur fronça les sourcils. Elle ajusta les lunettes qui avaient glissé sur son nez et se pencha à nouveau sur la liste des élèves. « Mademoiselle Belhaj. Mademoiselle Aïcha Belhaj, née le 16 novembre 1947. »

L'enfant se retourna. Elle regarda derrière elle, comme si elle ne comprenait pas à qui la religieuse s'adressait. Elle ne savait pas qui étaient ces gens, et dans sa poitrine elle retint un sanglot. Son menton se mit à trembler. Elle enfonça ses ongles dans la chair de ses bras. Qu'était-il arrivé ? Qu'avait-elle fait pour mériter d'être enfermée ici ? Quand reviendrait Maman ? La sœur eut du mal à le croire mais il fallut l'admettre. Cette enfant ne connaissait pas son nom.

« Mademoiselle Belhaj, asseyez-vous là-bas, près de la fenêtre. »

D'aussi loin qu'elle s'en souvînt, elle n'avait entendu que ce nom, « Mchicha ». C'est ce nom que sa mère hurlait sur le perron de la maison quand elle voulait que sa fille rentre pour dîner. C'est ce nom qui volait entre les arbres, qui dévalait la colline dans la bouche des paysans qui la cherchaient et qui finissaient par la trouver, roulée en boule contre un tronc, endormie. « Mchicha », entendait-elle, et il ne pouvait y avoir d'autre nom puisque c'est celui-là qui soufflait avec le vent, qui faisait rire les femmes berbères qui l'enlaçaient comme si elle était leur enfant. Ce nom, c'était celui que sa mère fredonnait la nuit au milieu des comptines qu'elle inventait. C'est le dernier son qu'elle entendait avant de s'endormir et, depuis sa naissance, il peuplait ses rêves. « Mchicha », le petit chaton. La vieille Ito, qui était là le jour de sa naissance, avait fait remarquer à Mathilde que les cris du bébé ressemblaient à des miaulements et l'avait baptisée ainsi. Elle avait appris à Mathilde à accrocher l'enfant sur son dos avec un grand tissu. « Comme ça elle dort et toi tu travailles. » Mathilde avait trouvé ça très drôle. Elle passait ses journées ainsi, la bouche de son enfant collée à sa nuque. Et cette tendresse la remplissait.

Aïcha s'assit à l'endroit que l'institutrice lui avait indiqué, à côté de la fenêtre, derrière la belle Blanche Colligny. Les écolières avaient tourné leurs regards vers elle et Aïcha se sentit menacée par cette soudaine attention. Blanche lui tira la langue, elle gloussa et poussa son coude dans le ventre de sa voisine. Elle imita la façon dont Aïcha se grattait à cause de la laine bon marché qu'utilisait sa mère pour coudre ses culottes. Aïcha se tourna vers la fenêtre et elle enfonça son visage dans le creux de son coude. Sœur Marie-Solange s'approcha.

« Qu'y a-t-il, mademoiselle, vous pleurez?

— Non, je ne pleure pas. Je fais la sieste. »

Aïcha portait avec elle un lourd fardeau de honte. Honte de ses tenues, que sa mère cousait pour elle. Des blouses grisâtres auxquelles Mathilde ajoutait parfois une petite coquetterie. Des fleurs sur les manches, un liseré bleu au niveau du col. Mais rien n'avait jamais l'air neuf. Rien n'avait l'air à elle. Tout lui semblait usé. Elle avait honte de ses cheveux. C'est ce qui lui pesait le plus, cette masse informe et crépue, impossible à coiffer et qui, à peine arrivée à l'école, échappait aux pinces que Mathilde s'était épuisée à attacher. Mathilde ne savait pas quoi faire de la chevelure de sa fille. Elle n'avait jamais eu à dompter une telle crinière. Les cheveux, très fins, se cassaient sous les pinces, brûlaient sous le fer, résistaient au peigne. Elle demanda conseil à Mouilala, sa belle-mère, mais celle-ci haussa les épaules. Dans sa famille, les femmes n'avaient jamais eu le malheur de porter une telle tignasse crépue. Aïcha avait les cheveux de son père. Mais Amine les portait très courts, comme les militaires. Et à force d'aller au hammam, où il s'aspergeait le crâne d'eau brûlante, les bulbes s'étaient atrophiés et ses cheveux ne poussaient plus.

La coiffure d'Aïcha lui valait les moqueries les plus humiliantes. Au milieu de la cour, on ne voyait qu'elle. Silhouette menue, visage d'elfe et chevelure énorme, explosion de mèches blondes et rêches qui, quand le soleil tapait, lui faisaient une couronne dorée. Combien de fois avait-elle rêvé des cheveux de Blanche? Devant le miroir, dans la chambre de sa mère, elle cachait ses cheveux avec ses mains et elle essayait d'imaginer à quoi elle ressemblerait avec les longues et soyeuses mèches de Blanche. Ou avec les boucles brunes de Sylvie. Ou les tresses sages de Nicole. Son oncle Omar la taquinait. Il lui disait qu'elle aurait du mal à trouver un mari et qu'elle ressemblait à un épouvantail. Oui, la tête d'Aïcha semblait couverte d'une touffe de foin. Elle se sentait ridicule dans son accoutrement, dans tout son être.

Les semaines passaient, identiques. Tous les matins, Aïcha se levait aux aurores et s'agenouillait dans le noir, au bout de son lit, suppliant le Seigneur que rien ne vienne les mettre en retard pour l'école. Mais il y avait toujours quelque chose. Un problème avec la cuisinière d'où s'échappait de la fumée noire. Une dispute avec son père. Les cris dans le couloir. Sa mère qui arrivait enfin, qui rajustait sa coiffure et son foulard. Qui essuyait une larme d'un revers de la main. Elle voulait être digne et puis elle n'y tenait plus. Elle faisait demi-tour. Elle se mettait à hurler qu'elle voulait partir d'ici, qu'elle avait fait l'erreur de sa vie, qu'elle était une étrangère. Que si son père savait, il lui casserait la gueule à ce mari hurleur. Mais son père ne savait pas. Son père était loin. Et Mathilde rendait les armes. Elle houspillait sa fille qui l'attendait sagement devant la porte. Qui aurait voulu dire : « Dépêchons-nous, veux-tu ? Pour une fois, je voudrais arriver à l'heure. »

Aïcha maudissait la voiture que son père avait rachetée à l'armée américaine pour une somme raisonnable. Amine avait essayé de gratter le drapeau peint sur le capot mais il avait eu peur d'abîmer la tôle et on voyait encore quelques étoiles écaillées et un morceau de rayure bleue sur la carrosserie. La fourgonnette n'était pas seulement laide, elle était capricieuse. Quand la température montait, une fumée grise s'échappait du capot et il fallait attendre que le moteur refroidisse. En hiver, elle ne démarrait pas. « Il faut qu'elle chauffe », répétait Mathilde. Aïcha la rendait coupable de tous ses malheurs et elle maudissait l'Amérique, que tout le monde pourtant révérait. « Ce ne sont rien que des voleurs, des incapables, des moins-que-rien », ruminait-elle. À cause de cette vieille guimbarde, elle était la cible des moqueries de ses camarades – « Tes parents devraient t'acheter un âne ! Tu arriverais moins en retard ! » – et des remontrances de la mère supérieure.

Amine avait réussi à fixer une petite chaise à l'arrière, avec l'aide d'un ouvrier. Aïcha s'asseyait au milieu des outils, des cageots de fruits et de légumes que sa mère livrait au marché de Meknès. Un matin, à moitié endormie, l'enfant sentit quelque chose bouger contre son mollet minuscule. Elle hurla et Mathilde faillit faire une embardée. « J'ai senti quelque chose », se justifia la petite. Mathilde ne voulut pas s'arrêter et prendre le risque que la voiture ne redémarre pas. « C'est encore ton imagination », la gronda-t-elle en passant ses mains sous ses aisselles trempées. Quand la voiture se gara devant les grilles du pensionnat et qu'Aïcha sauta sur le trottoir, les dizaines de petites filles qui se pressaient devant l'entrée poussèrent des hurlements. Elles agrippèrent les jambes de leurs mères, certaines se mirent à courir en direction de la cour. L'une d'elles s'évanouit ou fit semblant. Mathilde et Aïcha se regardèrent sans comprendre, puis elles aperçurent Brahim qui montrait quelque chose du doigt et qui riait. « Regardez ce que vous avez ramené avec vous », s'amusait-il. Une longue couleuvre s'était échappée de l'arrière de la voiture et elle suivait Aïcha avec indolence, comme un chien fidèle qui accompagnerait son maître en promenade.

Quand en novembre l'hiver s'installa, elles durent affronter les matins noirs. Mathilde tenait la main de sa fille, elle l'entraînait dans l'allée, entre les amandiers couverts de gelée, et Aïcha frissonnait. Dans l'aube sombre, elles n'entendaient rien d'autre que leur propre respiration. Pas un bruit d'animal, pas une voix humaine ne venait perturber le silence. Elles montaient dans la voiture humide, Mathilde mettait le contact mais le moteur crachait. « Il faut qu'elle chauffe, ce n'est rien. » La voiture, transie de froid, toussait comme un tuberculeux. Aïcha parfois était saisie par un accès de rage. Elle pleurait, elle donnait des coups de pied dans les roues, elle maudissait la ferme, ses parents, l'école. Une gifle partait. Mathilde sortait de la voiture et elle la poussait dans la descente, jusqu'au grand portail au bout du jardin. Au milieu de son front, une veine menaçait d'exploser. Son visage violacé faisait peur à Aïcha et il l'impressionnait. La voiture démarrait mais il fallait ensuite gravir une pente assez raide. La guimbarde ronflait de plus en plus fort et, souvent, elle calait.

Un jour, malgré l'épuisement et la honte de devoir sonner à la grille du pensionnat, Mathilde se mit à rire. C'était un matin de décembre, froid mais ensoleillé. Le ciel était si clair que l'on pouvait apercevoir les montagnes de l'Atlas comme une aquarelle pendue dans le ciel. D'une voix de stentor, Mathilde s'écria : « Chers passagers, bouclez votre ceinture. Notre décollage est imminent ! » Aïcha rit et elle colla son dos contre le siège. Mathilde fit de grands bruits avec sa bouche et Aïcha s'accrocha à sa portière, prête à prendre son envol. Mathilde tourna la clé, appuya sur la pédale de l'accélérateur, et le moteur ronronna avant d'émettre un sifflement d'asthmatique. Mathilde déclara forfait. « Veuillez nous excuser, chers passagers, mais il semblerait que les moteurs ne soient pas assez puissants et les ailes ont besoin d'une petite réparation. Nous ne pouvons pas prendre notre envol aujourd'hui, il va falloir continuer par la route. Mais comptez sur votre cher pilote : dans quelques jours, promis, nous volerons ! » Aïcha savait bien qu'une voiture ne pouvait pas voler et pourtant, pendant des années, elle ne put s'approcher de cette route en montée sans que son cœur s'emballe, sans penser « c'est pour aujourd'hui ! ». Malgré l'invraisemblance d'une telle opération, elle ne pouvait s'empêcher d'espérer que la fourgonnette s'enfonce dans les nuages, qu'elle les mène vers des lieux nouveaux, où elles pourraient rire comme des aliénées, où elles verraient sous un autre angle cette colline loin de tout.

Aïcha détestait cette maison. Elle avait hérité de la sensibilité de sa mère, et Amine en conclut que les femmes étaient toutes les mêmes, craintives et impressionnables. Aïcha avait peur de tout. Du hibou dans l'avocatier, dont la présence, selon les ouvriers, annonçait une mort prochaine. Des chacals, dont les hurlements l'empêchaient de dormir, et des chiens qui erraient, les côtes saillantes, les mamelles infectées. Son père l'avait prévenue : « Si tu te promènes, prends des pierres. » Elle doutait d'être capable de se défendre, de pouvoir éloigner ces bêtes féroces. Mais elle remplissait quand même ses poches de cailloux qui s'entrechoquaient quand elle avançait.

Aïcha, surtout, avait peur du noir. Du noir profond, dense, infini, qui entourait la ferme de ses parents. Le soir, une fois quittée l'école, la voiture de sa mère s'engageait sur les routes de campagne, les lumières de la ville s'éloignaient et elles sombraient dans un monde opaque et dangereux. La voiture s'avançait dans l'obscurité comme on pénètre dans une grotte, comme on s'enfonce dans des sables mouvants. Les nuits sans lune, on ne distinguait même pas la silhouette massive des cyprès ou le profil des bottes de foin. Les ténèbres engloutissaient tout. Aïcha retenait sa respiration. Elle récitait des Pater, des Ave Maria. Elle pensait à Jésus qui avait traversé de terribles souffrances et elle se répétait : « Moi je ne pourrais pas. »

Dans la maison, une lumière faiblarde et lugubre clignotait et Aïcha vivait dans l'angoisse permanente d'une coupure d'électricité. Souvent, elle devait longer le couloir comme une aveugle, les mains posées à plat sur les murs, les joues trempées de larmes, hurlant « Maman ! où es-tu ? ». Mathilde, elle aussi, rêvait de clarté et elle harcelait son mari. Comment Aïcha allait-elle faire ses devoirs si elle devait s'abîmer les yeux sur ses cahiers ? Comment Selim pouvait-il courir et jouer quand il tremblait de peur ? Amine avait fait l'acquisition d'un générateur qui permettait de recharger les batteries et qu'il utilisait aussi, à l'autre bout de la ferme, pour pomper l'eau des bêtes et irriguer les champs. En son absence, les batteries se déchargeaient vite et l'éclat des ampoules devenait de plus en plus sinistre. Mathilde alors allumait des bougies et elle faisait semblant de trouver cet éclairage beau et romantique. Elle racontait à Aïcha des histoires de ducs et de marquises, de bals dans des palais magnifiques. Elle riait mais la vérité c'est qu'elle pensait à la guerre, aux black-out pendant lesquels elle avait maudit son peuple, les sacrifices et l'envol de ses dix-sept ans. À cause du charbon, qui servait à cuisiner et à chauffer la maison, les vêtements d'Aïcha étaient imprégnés d'une odeur de suie qui lui donnait des haut-le-cœur et qui provoquait les rires de ses camarades. « Aïcha sent la viande boucanée », criaient les écolières dans la cour. « Aïcha vit comme les Chleuhs, dans leurs huttes de campagne. »

Dans l'aile ouest de la maison, Amine fit installer son bureau. Sur les murs de cette pièce, qu'il appelait « mon laboratoire », il punaisa des images dont Aïcha connaissait les titres par cœur. « De la culture des agrumes », « La taille de la vigne », « Botanique appliquée d'agriculture tropicale ». Ces planches en noir et blanc n'avaient aucun sens à ses yeux et elle pensait que son père était une sorte de mage, capable d'influer sur les lois de la nature, de parler aux plantes et aux animaux. Un jour, alors qu'elle criait parce qu'elle avait peur du noir, Amine la souleva sur ses épaules et ils sortirent dans le jardin. Elle ne pouvait même pas distinguer le bout de la chaussure de son père tant il faisait sombre. Un vent froid souleva sa chemise de nuit. Amine tira un objet de sa poche et il le tendit à Aïcha. « C'est une lampe torche. Agite-la vers le ciel et dirige la lumière dans les yeux des oiseaux. Si tu y arrives, ils auront si peur qu'ils resteront paralysés et tu pourras les attraper à la main. »

Une autre fois, il demanda à sa fille de l'accompagner dans le petit jardin d'agrément qu'il avait imaginé pour Mathilde. Il y avait là un jeune lilas, un buisson de rhododendrons et un jacaranda qui n'avait encore jamais fleuri. Sous la fenêtre du salon poussait un arbre dont les branches difformes ployaient sous le poids des oranges. Amine montra à Aïcha la branche de citronnier qu'il tenait à la main et, du bout de son index dont l'ongle était toujours taché par la terre, il désigna les deux gros bourgeons blancs qui s'y étaient formés. À l'aide d'un couteau, il incisa profondément le tronc de l'oranger. « Regarde bien, à présent. » Amine inséra délicatement l'extrémité de la branche de citronnier, taillée en écusson, dans l'entaille laissée sur l'arbre. « Je vais demander à un ouvrier de mettre du mastic et de ficeler. De ton côté, trouve un nom pour ce drôle d'arbre. »

Sœur Marie-Solange aimait Aïcha. Elle était fascinée par cette enfant pour qui elle nourrissait, en secret, de grandes ambitions. La petite avait l'âme mystique et si la mère supérieure y diagnostiquait une certaine hystérie, sœur Marie-Solange, elle, y voyait l'appel du Seigneur. Tous les matins, avant la classe, les jeunes filles se rendaient dans la chapelle qui se trouvait au bout d'un étroit chemin de gravier. Aïcha arrivait souvent en retard mais dès qu'elle franchissait la grille du pensionnat, son regard était tout entier tourné vers la maison de Dieu. Elle s'y rendait avec une détermination et une gravité qui contrastaient avec son âge. Quelques mètres avant la porte, il lui arrivait de s'agenouiller et de s'avancer ainsi, les bras en croix, les graviers lui transperçant la chair, le visage impassible. La mère supérieure, lorsqu'elle l'apercevait, la soulevait d'un mouvement brutal. « Je ne goûte guère ce spectacle complaisant, mademoiselle. Dieu sait reconnaître les cœurs sincères. » Aïcha aimait Dieu et elle le dit à sœur Marie-Solange. Elle aimait Jésus qui l'accueillait, nu, dans les matins glacés. On lui avait dit que la souffrance rapprochait du Ciel. Elle y croyait.

Un matin, à la fin de la messe, Aïcha s'évanouit. Elle ne put prononcer les derniers mots de la prière. Elle grelottait dans la chapelle glaciale, ses épaules osseuses couvertes d'un vieux chandail. Les chants, l'odeur d'encens, la voix puissante de sœur Marie-Solange ne la réchauffaient pas. Son visage blanchit, elle ferma les yeux, et elle tomba sur le sol en pierre. Il fallut que sœur Marie-Solange la porte à bout de bras. Les écolières s'agacèrent de ce spectacle. Aïcha, disaient-elles, était une grenouille de bénitier, une fausse sainte, une future illuminée.

On l'allongea dans la petite salle qui servait d'infirmerie. Sœur Marie-Solange lui baisa les joues et le front. En vérité, elle ne s'inquiétait pas pour la santé de la petite. Son évanouissement était la preuve que s'était établi entre ce petit corps chétif et celui de notre Seigneur un dialogue dont Aïcha ne comprenait pas encore la profondeur et la beauté. Aïcha lapa de l'eau chaude et repoussa le sucre que la sœur l'invitait à sucer. Elle prétendit qu'elle ne méritait pas cette gourmandise. Sœur Marie-Solange insista et Aïcha tira sa langue pointue puis fit craquer le sucre sous sa dent.

Elle demanda à retourner en classe. Elle dit qu'elle se sentait mieux, qu'elle ne voulait pas prendre de retard dans ses leçons.

Elle retrouva son pupitre, derrière Blanche Colligny, et la matinée passa, calme et tranquille. Elle ne quitta pas des yeux la nuque de Blanche, qui était rose et grasse, couverte d'un léger duvet blond. La petite fille portait ses cheveux attachés en chignon, sur le haut du crâne, comme une danseuse de ballet. Aïcha passait chaque jour des heures à observer ce cou. Elle le connaissait par cœur. Elle savait que lorsque Blanche se penchait pour écrire, un petit bourrelet se formait juste au-dessus de ses épaules. Pendant les fortes chaleurs de septembre, la peau de Blanche s'était couverte de petites plaques rouges qui la démangeaient. Aïcha observait alors les ongles tachés d'encre qui grattaient la peau jusqu'au sang. Des gouttes de sueur coulaient de la racine de ses cheveux jusque dans son dos, les cols de ses robes étaient trempés et prenaient une teinte jaunâtre. Dans la salle de classe surchauffée, le cou se tordait comme celui d'une oie à mesure que l'attention baissait, que la fatigue se faisait sentir, et il arrivait que Blanche s'endorme au milieu de l'après-midi. Aïcha ne touchait jamais la peau de sa camarade. Parfois, elle avait envie de tendre la main, d'effleurer du bout des doigts le relief des vertèbres, de caresser les mèches blondes qui s'étaient échappées et qui lui faisaient penser aux plumes d'un poussin. Elle se retenait d'approcher son nez de ce cou dont elle voulait respirer l'arôme, dont elle désirait, du bout de la langue, découvrir le goût.

Ce jour-là, Aïcha vit un frisson parcourir la nuque. Les poils blonds se hérissèrent comme ceux d'un chat prêt à se battre. Elle se demanda ce qui avait provoqué cet émoi. Ou était-ce seulement le vent frais qui s'était engouffré par la fenêtre que sœur Marie-Solange avait ouverte? Aïcha n'entendait plus la voix de l'institutrice ni le crissement de la craie contre le tableau. Ce morceau de chair la rendait folle. Elle n'y tint plus. Elle se saisit de son compas et, d'un geste vif, elle enfonça la pointe dans la peau de Blanche. Elle l'en retira presque aussitôt et essuya, entre son index et son pouce, une goutte de sang.

Blanche poussa un cri. Sœur Marie-Solange se retourna et manqua de tomber de l'estrade. « Mademoiselle Colligny! Qu'est-ce qui vous prend de hurler ainsi? »

Blanche se jeta sur Aïcha. Elle lui tira les cheveux de toutes ses forces. Son visage était décomposé par la rage. « C'est elle, c'est cette teigne! Elle m'a pincé le cou! » Aïcha ne bougea pas. Devant l'attaque, elle baissa la tête, fit le dos rond, ne dit pas un mot. Sœur Marie-Solange saisit le bras de Blanche. Elle l'entraîna vers son bureau avec une brutalité que les écolières ne lui connaissaient pas.

« Comment osez-vous accuser Mlle Belhaj? Qui pourrait imaginer Aïcha capable d'une telle chose? Je devine des sentiments bien mesquins derrière tout cela.

— Mais je vous jure! » hurla Blanche qui posa sa main sur sa nuque et inspecta sa paume dans l'espoir d'y trouver une trace de son agression. Mais elle ne saignait pas et sœur Marie-Solange lui ordonna de copier, d'une écriture soignée : « Je n'accuserai pas mes camarades de forfaits imaginaires. »

À la récréation, Blanche lança des regards venimeux à Aïcha. « Tu ne perds rien pour attendre », semblait-elle lui dire. Aïcha regretta que l'attaque au compas n'ait pas eu l'effet escompté. Elle avait espéré que le corps de sa camarade se dégonflerait comme un ballon qu'on pique avec une épingle et qu'il ne serait plus qu'une enveloppe flasque et inoffensive. Mais Blanche était bien vivante, elle sautait au milieu de la cour, elle faisait rire ses camarades. Adossée au mur de la classe, le visage tourné vers le soleil d'hiver qui réchauffait ses os et l'apaisait, Aïcha observait les petites filles qui jouaient dans l'enceinte plantée de platanes. Les Marocaines mettaient leurs mains autour de leur bouche et se chuchotaient des secrets. Aïcha les trouvait belles avec leurs longues chevelures brunes tressées et retenues par un fin bandeau blanc au-dessus du front. La plupart d'entre elles étaient internes et dormaient sous les toits. Le vendredi, elles rejoignaient leurs familles à Casablanca, Fès ou Rabat, des villes où Aïcha n'était jamais allée et qui lui semblaient aussi lointaines que l'Alsace natale de Mathilde, sa mère. Car Aïcha n'était ni tout à fait une indigène ni une de ces Européennes, filles de paysans, d'aventuriers, de fonctionnaires de l'administration coloniale

91

qui sautaient à pieds joints sur la marelle. Elle ne savait pas ce qu'elle était alors elle restait seule, contre le mur brûlant de la salle de classe. « Que c'est long, pensa Aïcha. Que c'est long. Quand reverrai-je Maman ? »

Le soir, les petites filles se précipitèrent en hurlant contre les grilles du pensionnat. C'étaient les vacances de Noël. Le gravier crissa contre les souliers vernis et les manteaux en suédine se couvrirent de poussière blanche. Aïcha se fit bousculer par les écolières qui formaient un essaim bourdonnant et nerveux. Elle dépassa les grilles, fit un signe de la main à sœur Marie-Solange et s'arrêta sur le trottoir. Mathilde n'était pas là. Aïcha regarda partir ses camarades qui se frottaient aux jambes de leurs mères, comme de gros chats. Une voiture américaine se gara devant le pensionnat et un homme en sortit, coiffé d'un fez rouge. Il fit le tour de la voiture et chercha une petite fille du regard. Quand il l'aperçut, il posa sa main sur son cœur et baissa le menton en signe de respect. « *Lalla Fatima*[1] », dit-il à l'écolière qui s'avançait vers lui, et Aïcha se demanda pourquoi cette enfant, qui couvrait ses leçons de salive à force de dormir sur ses cahiers, était traitée comme une dame. Fatima disparut dans la voiture énorme, des petites filles lui firent un signe de la main, elles crièrent : « Bonnes vacances ! » Puis les pépiements cessèrent, l'enfance disparut et la vie citadine reprit son

1. Titre respectueux pour désigner une femme.

cours. Des adolescents jouaient au ballon dans le terrain vague derrière l'école et Aïcha entendait des insultes en espagnol et en français. Les passants lui jetaient un regard furtif, ils levaient les yeux comme pour chercher une explication à la solitude de cette enfant qui n'était pas une mendiante mais qui avait été oubliée. Aïcha évitait leur regard, elle ne voulait ni qu'on la plaigne ni qu'on la console.

La nuit tomba et Aïcha se colla contre la grille, priant pour disparaître et n'être plus qu'un souffle, un fantôme, un nuage de vapeur. Le temps passait si lentement, il lui sembla que cela faisait une éternité qu'elle était là, les bras et les chevilles gelés, l'esprit tout entier tendu vers sa mère qui n'arrivait pas. Elle frotta ses bras avec ses mains, elle sautilla d'un pied sur l'autre pour se tenir chaud. À présent, songea-t-elle, ses camarades goûtaient dans une cuisine, se régalant de crêpes au miel brûlantes. Certaines faisaient leurs devoirs sur des bureaux en acajou, dans des chambres qu'Aïcha imaginait encombrées de joujoux. Les klaxons se mirent à claironner, on sortait des bureaux et Aïcha sursauta à cause de la lumière des phares qui l'aveuglait. La ville fut entraînée dans une danse frénétique dont les hommes, en chapeau et pardessus, imposaient le rythme. Ils rejoignaient d'un pas assuré la chaleur d'une chambre, ils étaient joyeux en pensant à cette nuit qu'ils passeraient à boire ou à dormir. Aïcha se mit à tourner sur elle-même comme un mécanisme devenu fou et elle pria, les mains jointes si fort qu'elles avaient blanchi, le bon Jésus et la Vierge Marie. Brahim ne lui parla pas car la mère supérieure lui avait interdit de s'adresser aux jeunes filles de l'école. Mais il tendit le bras vers la fillette qui lui prit la main et la serra. Debout devant les grilles, ils avaient le regard fixé sur le carrefour d'où arriva Mathilde.

Elle sauta hors de la vieille guimbarde et prit son enfant dans ses bras. Dans un arabe mâtiné d'accent alsacien, elle remercia Brahim. Elle tâta la poche de sa blouse sale, elle cherchait sans doute une pièce à donner au gardien mais la poche était vide et Mathilde rougit. Dans la voiture, Aïcha ne répondit pas aux questions de Mathilde. Elle ne dit rien de la haine de Blanche ni de celle de ses autres camarades. Trois mois auparavant, Aïcha avait pleuré à la sortie de l'école parce qu'une fille avait refusé de lui donner la main. Ses parents avaient dit que c'était sans importance, qu'elle ne devait pas y prêter attention, et Aïcha avait été blessée par leur indifférence. Mais cette nuit-là, alors que la déception l'empêchait de dormir, Aïcha avait entendu ses parents se disputer. Amine s'emportait contre cette école de chrétiens où sa fille n'avait pas sa place. Mathilde, entre deux sanglots, maudissait leur isolement. Alors Aïcha ne dit plus rien. Elle ne parlait pas de Jésus à son père. Elle gardait secret son amour pour l'homme aux jambes nues, qui lui donnait la force de maîtriser sa colère. À sa mère, elle n'avoua pas qu'elle passait ses journées le ventre vide depuis qu'elle avait trouvé une dent au milieu du ragoût de haricots et de mouton servi au réfectoire. Ce n'était pas une petite dent de lait, blanche et pointue, comme celle qu'elle avait perdue cet été et contre laquelle la petite souris lui avait offert un praliné. Non, c'était une dent noire et creuse, une dent de vieillard qui semblait s'être détachée par elle-même de la gencive, comme si la chair qui la retenait avait pourri. À chaque fois qu'elle y pensait, son estomac se soulevait.

En septembre, alors qu'Aïcha entrait à l'école, Amine décida d'acquérir une moissonneuse-batteuse. Il avait dû assumer tant de dépenses pour la ferme, pour les enfants, pour l'ameublement de la maison, qu'il lui restait à peine de quoi se rendre chez un marchand de ferraille roublard qui lui promit une machine exceptionnelle, tout droit sortie des usines américaines. Amine fit un signe brusque de la main pour l'inviter à se taire. Il n'avait pas envie d'écouter ses boniments, de toute façon cette machine, c'était tout ce qu'il pouvait se permettre. Il passa des journées juché sur la moissonneuse dont il ne voulait laisser l'usage à personne. « Ils vont me la détraquer », expliqua-t-il à Mathilde qui s'inquiétait de le voir maigrir. Son visage était rongé par la fatigue et le soleil, sa peau était devenue aussi brune que celle des tirailleurs africains. Il travaillait sans arrêt, surveillait chaque geste des ouvriers. Il veillait, jusqu'à la tombée de la nuit, sur le chargement des sacs et il arriva souvent qu'on le trouve endormi au volant de sa voiture, trop fatigué pour rejoindre sa maison.

Pendant des mois, Amine ne se coucha plus dans le lit conjugal. Il mangeait debout dans la cuisine, tout en parlant à Mathilde dans des termes qu'elle ne comprenait pas. Il avait l'air d'un dément et il tournait vers elle des yeux exorbités et injectés de sang. Il aurait voulu dire quelque chose mais tout ce qu'il savait faire c'était agiter les bras dans un geste étrange et brusque, comme s'il jetait une balle, comme s'il s'apprêtait à tuer quelqu'un d'un coup de lame. Son angoisse était d'autant plus douloureuse qu'il n'osait en parler à personne. Reconnaître son échec l'aurait tué. Il ne s'agissait ni des machines, ni du climat, ni même de l'incompétence de ses ouvriers agricoles. Non, ce qui le minait, c'était le fait que son propre père s'était trompé. Cette terre n'était bonne à rien. Seule une petite couche était cultivable mais sous cette mince épaisseur c'était le tuf, la roche, grise et indifférente, la pierre contre laquelle se heurtait sans cesse son ambition.

Parfois, il était si accablé de fatigue et de soucis qu'il aurait voulu s'allonger par terre, ramener ses jambes contre son torse, et dormir pendant des semaines. Il aurait voulu pleurer comme pleurent les enfants épuisés par les jeux et l'excitation et il se disait que les larmes desserreraient l'étau qui lui enserrait la poitrine. À force de soleil et d'insomnie, il crut devenir fou. Son âme était envahie par les ténèbres où se mêlaient les souvenirs de la guerre et l'image de la misère qui se rapprochait de lui. Amine se souvenait de l'époque des grandes famines. Il avait dix ou douze ans quand il avait vu remonter du Sud des familles et leurs bêtes, tous maigres et affamés au point qu'ils ne pouvaient émettre un son. Le crâne rongé par la teigne, ils allaient vers les villes porter leurs supplications muettes et enterraient leurs enfants sur le bord des routes. Il lui semblait que le monde entier souffrait, que des hordes d'affamés le poursuivaient et qu'il n'y pouvait rien car bientôt il serait des leurs. Ce cauchemar le poursuivait.

★

Amine, pourtant, ne se laissa pas abattre. Convaincu par un article, il décida de se lancer dans l'élevage de bovins. Un jour, alors qu'elle revenait de l'école, Mathilde l'aperçut sur le bord de la route, à deux kilomètres de la ferme. Il marchait à côté d'un homme maigre, habillé d'une djellaba crasseuse et chaussé de deux mauvaises sandales qui lui blessaient les pieds. Amine souriait et l'homme lui tapa sur l'épaule. Ils avaient l'air de se connaître depuis toujours. Mathilde s'arrêta sur le bord du chemin. Elle descendit de la voiture, lissa sa jupe et s'avança vers eux. Amine sembla gêné mais il les présenta. L'homme s'appelait Bouchaïb et Amine venait de conclure avec lui un marché dont il était très fier. Il avait l'intention d'acquérir, avec le peu d'économies qui leur restaient, quatre ou cinq bœufs que le paysan emmènerait dans des pâturages, sur les montagnes de l'Atlas, pour les engraisser. Une fois les bêtes vendues, les deux hommes partageraient les bénéfices.

Mathilde ne quitta pas l'homme du regard. Elle n'aimait pas son rire qui manquait de franchise et ressemblait à la quinte de toux d'un homme dont la gorge est irritée. La façon qu'il avait de se frotter le visage avec ses longs doigts sales lui faisait une terrible impression. Pas une seule fois il ne la regarda dans les yeux et elle savait que ce n'était pas uniquement parce qu'elle était une femme ou une étrangère. Cet homme-là allait se jouer d'eux, elle en était certaine. Le soir même, elle en parla à Amine. Elle attendit que les enfants dorment et que son mari pose la tête sur le dossier d'un fauteuil. Elle essaya de le convaincre de ne pas entrer en affaires avec lui. Elle eut un peu honte de ses arguments, honte de ne pouvoir parler que d'instinct, de mauvais pressentiment, du physique peu avenant de ce paysan. Amine se mit en colère. « C'est parce qu'il est noir que tu dis ça. Parce que c'est un cul-terreux, qui vit dans la montagne et qui ne connaît pas les usages de la ville. Tu ne sais rien de ces gens. Tu ne peux pas comprendre. »

Le lendemain, Amine et Bouchaïb se rendirent au marché aux bestiaux. Le souk était installé au bord d'une route, entre les vestiges d'une muraille qui protégeait autrefois les citadins des razzias des tribus et quelques arbres, au pied desquels les montagnards avaient installé des tapis. Il faisait une chaleur étouffante et Amine fut saisi par l'odeur puissante du bétail, de la merde et de la sueur des paysans eux-mêmes. Plusieurs fois, il ramena sa manche contre son nez tant il craignait de vomir ou de se trouver mal. Les bêtes, maigres et placides, fixaient le sol du regard. Les ânes, les chèvres, les quelques bœufs semblaient conscients du peu de cas qui était fait de leurs sentiments. Ils mâchouillaient sans entrain les rares pousses de pissenlits, l'herbe jaunie, les bouquets de bakkoula. Ils attendaient, tranquilles et résignés, de passer d'une main cruelle à une autre. Les paysans s'agitaient. Ils hurlaient un poids, un prix, un âge, une utilité. Dans cette région pauvre et aride, on se battait pour cultiver, pour récolter, pour prendre soin des animaux. Amine enjamba les grands sacs de jute jetés sur le sol, prit soin de ne pas marcher dans les crottes qui séchaient au soleil et alla tout droit vers l'ouest du marché où un troupeau de bœufs était rassemblé.

Il salua le propriétaire, un vieil homme dont le crâne chauve était couvert par un turban blanc et coupa court, un peu sèchement au goût de Bouchaïb, aux bénédictions dont celui-ci le gratifia. Amine parla des animaux en scientifique. Il posa des questions techniques auxquelles le vieil homme n'était pas capable de répondre. Amine voulait signifier, de façon claire et brutale, qu'ils n'étaient pas du même monde. Le paysan se vexa et il se mit à mâchouiller une tige de clochettes jaunes, en faisant le même bruit que les bœufs qu'il vendait. Bouchaïb reprit les choses en main. Il enfonça ses doigts dans les naseaux des bêtes et tâta leurs croupes des deux mains. Tout en lui tapant sur l'épaule, il interrogea le propriétaire sur les quantités de semence et de déjections et il le félicita pour le soin qu'il avait apporté à ces animaux. Amine recula de quelques pas et il dut faire beaucoup d'efforts pour ne pas laisser voir sa colère et sa lassitude. La négociation dura des heures. Bouchaïb et le paysan parlaient pour ne rien dire. Ils se mettaient d'accord sur un prix puis l'un changeait d'avis, menaçait de s'en aller, et un long silence s'installait. Amine savait bien que c'était ainsi que les choses se passaient, que c'était comme un jeu ou un rituel, mais il eut plusieurs fois l'envie de hurler pour couper court à ces traditions ridicules. L'après-midi touchait à sa fin. Le soleil commença à disparaître derrière les reliefs de l'Atlas et un vent froid vint balayer le marché. Ils tapèrent dans la main du vendeur qui venait de se délester de quatre bêtes en pleine santé.

Alors qu'il s'apprêtait à quitter son associé pour rejoindre son village en altitude, Bouchaïb se montra très avenant. Il complimenta Amine sur ses manières et ses qualités de négociateur. Il lui fit de grands discours sur le sens de l'honneur des tribus de la montagne, sur le poids d'une parole donnée. Il lui dit du mal des Français qui étaient des gens méfiants et procéduriers. Amine pensa à Mathilde et il acquiesça. La journée l'avait épuisé et il n'aspirait qu'à rentrer chez lui, à retrouver ses enfants.

Pendant les semaines qui suivirent, Bouchaïb envoya régulièrement un émissaire à la ferme. Un jeune berger aux mollets rongés par la gale, dont les yeux cerclés de pus attiraient les mouches. Le garçon, qui n'avait sans doute jamais mangé à sa faim, parlait avec des accents poétiques des bœufs d'Amine. Il disait que là-haut l'herbe était fraîche et grasse et que les bêtes grossissaient à vue d'œil. Tandis qu'il prononçait ces mots, il vit le visage d'Amine s'illuminer et il se sentit heureux d'apporter de la joie dans la maison. Il revint une ou deux fois et but avec la même gourmandise le thé dans lequel Mathilde avait, à sa demande, versé trois cuillerées de sucre.

Puis le garçon ne vint plus. Quinze jours passèrent et Amine commença à s'inquiéter. Quand Mathilde lui posa une question à ce propos, il s'emporta. « Je t'ai déjà dit de ne pas te mêler de cette affaire. C'est comme ça que ça marche ici. Tu ne vas quand même pas m'apprendre à diriger la ferme ! » Mais le doute le torturait. La nuit, il ne trouvait pas le sommeil. Épuisé, fou d'angoisse, il envoya un de ses ouvriers chercher des nouvelles mais celui-ci revint bredouille. Il n'avait pas retrouvé Bouchaïb. « La montagne est très grande, Si Belhaj. Personne n'a entendu parler de lui. »

Un soir, l'homme revint. Bouchaïb se présenta devant la porte de la ferme, le visage défait, les yeux rougis. En voyant Amine venir à lui, il se tapa la tête des deux mains, se griffa les joues, poussa des cris de bête traquée. Il eut du mal à reprendre sa respiration et Amine ne comprit rien à ses explications. Bouchaïb répéta : « Des voleurs, des voleurs ! » et ses yeux se remplirent de frayeur. Il raconta qu'une bande d'hommes armés était venue dans la nuit. Qu'ils avaient ligoté les gardiens après les avoir battus et qu'ils avaient emporté tout le troupeau sur un camion. « Les bergers n'ont rien pu faire. Ce sont de braves hommes, de bons travailleurs, mais que peuvent ces garçons face à des armes et à un camion ? » Bouchaïb se laissa tomber dans un fauteuil. Il posa ses mains sur ses genoux et il pleura comme un enfant. Il prétendit qu'il était humilié à jamais, qu'il ne se remettrait pas de cette honte. Après avoir bu une gorgée de thé, dans laquelle il avait jeté cinq sucres, il ajouta : « C'est un bien grand malheur pour nous.

— Nous allons voir les gendarmes. » Amine se tenait debout, face au paysan.

« Les gendarmes ! » L'homme se remit à pleurer. Il secoua la tête en signe de désespoir. « La gendarmerie ne pourra rien. Ces voleurs, ces diables, ces fils de chienne sont déjà loin. Comment est-ce qu'on pourrait retrouver leur trace ? » Et il se lança dans une longue litanie sur le malheur des hommes de la montagne, qui vivent loin de tout, à la merci de la violence et des saisons. Il pleura sur son sort, enrageant contre la sécheresse, les maladies, les femmes qui mouraient en couches, les fonctionnaires véreux. Il hoquetait encore quand Amine le tira par le bras.

« On va chez les gendarmes. » Amine avait beau être plus petit que le paysan, il n'en était pas moins imposant. C'était un homme jeune et volontaire, aux bras musclés par le travail des champs. Bouchaïb savait qu'il avait fait la guerre, qu'il était officier chez les Français et qu'on l'avait décoré pour des actes héroïques. Amine saisit la manche de la djellaba de Bouchaïb, bien serrée dans son poing, et ce dernier ne résista pas. Ils montèrent dans la voiture et une obscurité brutale vint les envelopper. Le silence s'installa. Malgré le froid de la nuit, Bouchaïb transpirait. Amine lui lançait des regards furtifs. Il observait les mains du paysan, à peine éclairées par la faible lumière des phares. Il craignait que celui-ci, dans un accès de folie ou de désespoir, se jette sur lui et cherche à l'assommer avant de s'enfuir.

La caserne de gendarmerie apparut à l'horizon. Bouchaïb troqua son ton désespéré pour un discours plus sarcastique. « Comment peux-tu croire que ces incapables vont faire quelque chose pour nous ? » répéta-t-il. Il haussa les épaules comme si la naïveté d'Amine était la chose la plus ridicule qu'il eût jamais vue. Ils s'arrêtèrent devant le portail et Bouchaïb resta assis. Amine contourna la voiture, il ouvrit la portière côté passager, et il dit : « Tu viens. »

Amine rentra à l'aube. Mathilde était assise à la table de la cuisine. Elle tentait de tresser les cheveux d'Aïcha qui se mordait les lèvres pour ne pas pleurer. Il les regarda. Il leur sourit sans rien dire et se dirigea vers sa chambre. Il ne raconta pas à Mathilde que les gendarmes avaient accueilli Bouchaïb comme une vieille connaissance. Ils avaient écouté en riant son récit sur les voleurs des montagnes. Ils prenaient des visages étonnés et ils demandaient : « Et le camion, dis-nous, il était comment ? Et ces pauvres bergers, ils ne sont pas trop amochés ? Peut-être qu'ils pourraient venir témoigner ? Raconte encore l'arrivée des voleurs. Retiens cette histoire, elle est vraiment trop drôle. » Amine avait l'impression que c'était surtout de lui qu'ils riaient. Lui, qui se prenait pour un grand propriétaire terrien, lui qui adoptait des attitudes de colon et s'était fait avoir comme un imbécile par le premier beau parleur qu'il croisait. Bouchaïb allait passer quelques mois en prison. Mais ça ne consolait pas Amine. Ça ne rembourserait pas ses dettes. Le paysan avait raison au fond. Il ne servait à rien d'aller à la police. Ça n'avait fait que le miner un peu plus. Non, Amine aurait dû mettre son poing dans la figure de ce bouseux, ce tas de merde. Il aurait dû le battre jusqu'à ce que mort s'ensuive. Qui s'en serait plaint ? Y avait-il une femme quelque part, un enfant, un ami, qui aurait cherché la trace de ce moins-que-rien? Tous ceux qui fréquentaient Bouchaïb seraient sans doute soulagés de savoir qu'il avait crevé. Amine aurait offert le cadavre en cadeau aux chacals et aux vautours et il aurait eu ainsi, du moins, le sentiment d'être vengé. La police, quelle stupidité.

III

Aïcha se leva le cœur léger. C'était le premier jour des vacances de Noël et elle pria allongée dans son lit, sous la couverture en laine. Elle pria pour ses parents, qui étaient si malheureux et elle pria pour elle, car elle voulait être bonne et les sauver. Depuis qu'ils vivaient à la ferme, ses parents se disputaient sans cesse. La veille, sa mère avait déchiré deux de ses robes en morceaux. Elle disait qu'elle n'en pouvait plus de ces frusques misérables, que s'il refusait de lui donner de l'argent pour ses vêtements elle se promènerait nue. Aïcha serra plus fort les mains et elle supplia Jésus d'empêcher sa mère de marcher dans la rue sans rien sur le dos, elle supplia le Seigneur de lui éviter une telle humiliation.

Dans la cuisine, Mathilde tenait Selim sur ses genoux et caressait les cheveux frisés de son garçon qu'elle adorait. Elle regardait d'un air las la cour baignée de soleil et la corde qui ployait sous le linge. Aïcha demanda à sa mère de lui préparer un petit panier de provisions.

« Nous pourrions t'accompagner en promenade, tu ne crois pas ? Tu ne veux pas nous
attendre ? » Aïcha lança un regard noir à son
frère qu'elle trouvait paresseux et geignard.
Elle ne voulait de personne dans ses pas, elle
savait très bien où aller. « On m'attend. J'y
vais. » Aïcha courut vers la porte, leva sa main
droite et disparut.

Elle n'arrêta pas de courir avant d'atteindre
le douar qui se trouvait à presque un kilomètre
de chez eux, sur l'autre versant de la colline,
derrière les champs de cognassiers. Courir lui
donnait l'impression d'être inatteignable. Elle
courait, et ce rythme imprimé à son corps la
rendait sourde et aveugle, l'enfermait dans
une solitude heureuse. Elle courait, et quand
son torse devenait douloureux, quand sa gorge
s'emplissait d'un goût de poussière et de sang,
elle récitait un Notre-Père pour se donner du
courage. « *Que Votre règne vienne, que Votre
volonté soit faite.* »

Elle arriva au douar essoufflée, les jambes
rougies par les brûlures d'orties. « *Sur la terre
comme au Ciel.* » Le douar était constitué de
cinq masures misérables devant lesquelles sautillaient des poules et des enfants et où vivaient
les ouvriers de l'exploitation agricole. Du linge
séchait sur une corde tendue entre deux arbres.
Derrière les habitations, quelques monticules
de pierres blanches rappelaient qu'on avait
enterré les ancêtres ici. Ce sentier poussiéreux,
cette colline où paissaient les troupeaux, c'était
tout ce qu'ils avaient vu, même après la mort.

C'est ici que se trouvait la maison d'Ito et de ses sept filles. Dans les environs, le gynécée était célèbre. Bien sûr, à la cinquième fille, il y avait eu des rires et des quolibets. Les voisins se moquaient de Ba Miloud, le père, et ils mettaient en doute la qualité de sa semence, ils le disaient envoûté par une ancienne amante. Ba Miloud enrageait. Mais quand la septième fille naquit, tout se renversa et on pensa au contraire, à des kilomètres à la ronde, que Ba Miloud était béni et qu'il y avait dans cette famille quelque chose de magique. Il fut surnommé « l'homme aux sept demoiselles » et ce nom le remplissait de fierté. D'autres que lui auraient pu se lamenter : quel tracas ! Quelle angoisse ! Des filles qui errent dans les champs, que des hommes peuvent aborder, convoiter, engrosser ! Quelles dépenses, ces filles qu'il allait falloir marier, vendre au plus offrant ! Mais Ba Miloud le débonnaire, l'optimiste, se sentait tout auréolé de gloire, il était heureux dans cette maison gonflée de féminité où les voix de ses enfants lui rappelaient le pépiement des oiseaux à l'arrivée du printemps.

Elles avaient pour la plupart hérité des hautes pommettes de leur mère et de ses cheveux clairs. Les deux premières étaient rousses et quatre autres blondes, et elles portaient toutes, au menton, un tatouage au henné. Elles nattaient leurs longs cheveux, et des tresses serrées pendaient jusqu'au bas de leurs dos. Elles couvraient une partie de leur large front d'un ruban coloré, jaune vif ou rose

111

carmin, et elles portaient des boucles d'oreilles si lourdes que leurs lobes s'étaient distendus. Mais ce que tout le monde remarquait, ce qui faisait leur singularité, c'était la beauté de leur sourire. Elles avaient de toutes petites dents, blanches et brillantes comme des perles. Même Ito, qui avait vieilli, qui buvait son thé très sucré, affichait un sourire éclatant.

Un jour, Aïcha avait interrogé Ba Miloud sur son âge : « J'ai au moins cent ans », répondit-il avec le plus grand sérieux, et Aïcha en fut impressionnée. « Est-ce que c'est pour cela que tu n'as qu'une seule dent ? » Ba Miloud s'était mis à rire et ses petits yeux dépourvus de cils avaient brillé. « Eh bien, dit-il, c'est à cause de la souris. » Il prit un air mystérieux et chuchota à l'oreille de l'enfant. Dehors, les filles et Ito ricanaient. « Une nuit, j'avais tant travaillé dans les champs que je me suis endormi en plein repas. J'avais encore dans la bouche un morceau de pain imbibé de thé sucré. J'ai sombré dans un sommeil si profond que je n'ai pas senti la petite souris grimper sur moi, manger le pain dans ma bouche et voler toutes mes dents. Quand je me suis réveillé, il ne m'en restait qu'une. » Aïcha poussa un petit cri de stupéfaction et les femmes de la maison s'esclaffèrent. « Ne lui fais pas peur, ya Ba[1] ! Ne t'inquiète pas, benti[2], chez vous à la ferme il n'y a pas de petites souris comme celle-là. »

1. Ô père.
2. Ma fille.

112

Depuis qu'Aïcha allait à l'école elle avait moins le temps de venir ici. Ito l'accueillit dans sa maison avec des cris et des rires. Elle aimait la fille du maître, ses immenses cheveux de paille, son air timide et son petit panier. C'était aussi un peu sa fille puisqu'elle l'avait vue sortir du vagin de sa mère, et que Tamo, l'aînée des sept demoiselles, travaillait chez eux depuis leur arrivée à la ferme. Aïcha chercha les enfants, mais il n'y avait personne dans la grande pièce centrale, où l'on mangeait et dormait, où Ba Miloud chevauchait sa femme sans s'inquiéter de la présence de ses filles. La maison était froide et humide et Aïcha eut du mal à respirer à cause de la fumée du canoun devant lequel Ito, accroupie, agitait un morceau de carton. De l'autre main, elle cassa un œuf qu'elle fit frire sur le charbon de bois et auquel elle ajouta une pincée de cumin. Elle le tendit à Aïcha : « C'est pour toi. » Et tandis que l'enfant mangeait avec les doigts, assise sur ses talons, elle lui caressa doucement le dos en riant à cause du jaune d'œuf qui dégoulinait sur le col de la petite chemise que Mathilde avait mis deux nuits à confectionner.

Rabia arriva, les joues violettes à force d'avoir couru. Elle avait trois ans de plus qu'Aïcha mais elle n'était plus tout à fait une enfant. Aïcha la voyait comme le prolongement des bras de sa mère. Rabia savait peler

les légumes avec la même dextérité, elle nettoyait les nez couverts de morve séchée, elle
trouvait la mauve au pied des arbres et puis
la hachait, la faisait cuire. De ses mains aussi
fines que celles d'Aïcha, la petite pouvait pétrir
le pain, gauler les olives au-dessus des grands
filets au moment de la récolte. Elle savait qu'il
ne fallait pas monter sur les branches mouillées de l'arbre qui étaient trop glissantes. Sa
façon de siffler effrayait les chiens errants qui
partaient, la queue basse, les pattes arrière
saisies de tremblements. Aïcha admirait les
filles d'Ito dont elle observait les jeux sans toujours les comprendre. Elles se couraient après,
elles se tiraient les cheveux et il arrivait aussi
qu'elles se jettent l'une sur l'autre et qu'elles
miment un mouvement de va-et-vient qui faisait glousser celle qui était couchée sur le dos.
Elles aimaient déguiser Aïcha et se jouer d'elle.
Elles lui accrochaient une poupée de chiffon
dans le dos, elles lui enserraient la tête avec
un foulard sale et elles tapaient dans leurs
mains en lui enjoignant de danser. Une fois,
elles avaient essayé de la convaincre de se faire
tatouer elle aussi et de couvrir ses mains et ses
pieds de henné. Mais Ito était intervenue avant
que cela n'arrive. Elles l'appelaient « *Bent
Tajer*[1] » avec une déférence moqueuse et elles
ajoutaient : « Tu n'es pas mieux que nous, si ? »

Un jour, Aïcha lui avait parlé de l'école et
Rabia en avait été toute retournée. Comme

1. « La fille du maître ».

elle plaignait Aïcha! Elle imaginait le pensionnat comme une espèce de prison où des adultes criaient en français sur des enfants tétanisés. Une prison où l'on ne profitait pas du passage des saisons, où l'on restait assis des jours entiers à la merci de la cruauté des grandes personnes.

Les petites filles s'enfoncèrent dans la campagne et personne ne leur demanda où elles allaient. La boue, gluante et épaisse, s'accrochait à leurs chaussures et elles eurent de plus en plus de mal à avancer. Elles devaient arracher avec leurs doigts l'argile qui collait à leur semelle et le contact de la terre les faisait rire. Elles s'assirent au pied d'un arbre, elles étaient fatiguées et elles jouèrent mollement à creuser du bout de l'index des petits terriers dans lesquels elles découvraient de gros vers de terre qu'elles écrasaient entre leurs doigts. Elles voulaient toujours savoir ce qu'il y avait à l'intérieur des choses : dans le ventre des animaux, dans les tiges des fleurs, dans les troncs des arbres. Elles voulaient éventrer le monde dans l'espoir de percer son mystère.

Ce jour-là, elles parlèrent de fugues, de partir à l'aventure, elles rirent à la perspective de cette liberté immense. Mais la faim se fit sentir, le vent devint froid et le soleil commença à baisser. Aïcha supplia son amie de marcher avec elle, elle avait peur de rentrer seule et elle lui tint le coude sur le petit chemin de pierres. Elles n'étaient plus très loin de la maison quand Rabia remarqua un énorme tas de foin, que les ouvriers n'avaient pas rentré à l'étable, et qui se trouvait juste au-dessous de la grange. « Viens », dit-elle à Aïcha, qui ne voulut pas se montrer lâche. Elles grimpèrent grâce à une vieille échelle orange sur le toit de la grange et Rabia, son petit torse secoué par les rires, lui dit « Regarde ! » et elle sauta.

Pendant quelques secondes, il n'y eut pas un bruit. Comme si le corps de Rabia s'était évaporé, comme si un djinn l'avait kidnappé. Aïcha arrêta de respirer. Elle se mit tout au bord du toit, se pencha et, d'une voix fluette, elle appela : « Rabia ? » Au bout d'un moment, elle crut entendre un râle ou un sanglot. Elle eut si peur qu'elle descendit de l'échelle à toute vitesse et qu'elle courut dans la maison. Elle trouva Mathilde assise dans son fauteuil, Selim à ses pieds. Sa mère se leva, elle s'apprêtait à gronder sa fille, à lui dire qu'elle s'était fait un sang d'encre mais Aïcha se jeta contre les jambes de sa mère. « Je crois que Rabia est morte ! »

Mathilde fit venir Tamo qui somnolait dans la cuisine et elles coururent jusqu'à la grange. Tamo poussa des hurlements quand elle découvrit sa sœur, dans le foin taché de sang. Elle se mit à hurler, ses yeux se révulsèrent et Mathilde, pour la calmer, lui asséna une gifle qui la fit tomber à terre. Mathilde se pencha vers l'enfant dont le bras avait été profondément blessé par une fourche que le foin dissimulait. Elle la souleva et courut dans la maison. Sans cesser de caresser le visage de la petite évanouie, elle essaya d'appeler un médecin mais le téléphone était en dérangement. Ses mâchoires tremblaient et cela faisait peur à Aïcha qui pensait que quand Rabia serait morte, le monde entier la détesterait. Tout ça était sa faute et demain elle devrait affronter la haine d'Ito, la colère de Ba Miloud, les malédictions de tout le village. Elle sautait d'un pied sur l'autre, les jambes prises de fourmillement.

« Foutu téléphone, foutue ferme, foutu pays ! » Mathilde jeta le téléphone contre le mur et elle demanda à Tamo d'allonger sa sœur sur le canapé du salon. On apporta des bougies autour de la petite qui ne bougeait pas et qui dans cette lumière ressemblait déjà à un adorable cadavre, prêt à être inhumé. Si Tamo et Aïcha ne disaient rien, si elles s'empêchaient de se jeter par terre, c'était par crainte de Mathilde et par admiration pour elle qui cherchait à présent dans ce qui lui servait d'armoire à pharmacie. Elle se pencha au-dessus de Rabia et le temps s'arrêta. On entendait seulement le bruit de sa salive qu'elle avalait, de la gaze qu'elle découpait, du ciseau qui tranchait le fil qu'elle utilisait pour suturer la plaie. Elle posa sur le front de Rabia, qui à présent geignait doucement, un linge imprégné d'eau de Cologne et elle dit : « Voilà. » Quand Amine rentra et alors qu'Aïcha dormait depuis longtemps, le cœur écrasé par la peur, Mathilde pleura et hurla. Elle maudit cette maison, elle dit qu'on ne pouvait pas continuer à vivre ainsi, comme des sauvages, qu'elle ne mettrait pas en danger la vie de ses enfants une minute de plus.

*

Le lendemain, Mathilde se réveilla à l'aube. Elle entra dans la chambre de sa fille qui dormait au côté de Rabia. Elle souleva délicatement le pansement qui couvrait la blessure de l'enfant puis elle posa un baiser sur les petits fronts. Sur le bureau de sa fille, elle aperçut le calendrier de l'Avent sur lequel était écrit en lettres dorées « Décembre 1953 ». Mathilde l'avait confectionné elle-même : elle avait découpé vingt-quatre petites fenêtres qui, elle le constatait à présent, étaient toutes restées fermées. Aïcha prétendait qu'elle n'aimait pas les sucreries. Elle ne réclamait jamais rien, elle refusait les pâtes de fruits ou les cerises confites dans l'eau-de-vie que Mathilde cachait derrière une rangée de livres. La gravité de son enfant l'agaçait. « Elle est austère comme son père », pensa-t-elle. Son mari était déjà parti au champ et elle s'installa à la table en face du jardin, enveloppée dans une couverture. Tamo apporta du thé et se pencha au-dessus de Mathilde qui renifla. Elle détestait l'odeur de la bonne, elle ne supportait pas son rire, sa curiosité, son manque d'hygiène. Elle la traitait de malpropre et de moujik.

Tamo poussa un cri d'admiration. « Qu'est-ce que c'est ? » demanda-t-elle en désignant le calendrier sur lequel les étoiles dorées se décollaient. Mathilde donna une tape sur les doigts de la bonne.

« Tu ne t'approches pas de ça. C'est pour Noël ! »

Tamo haussa les épaules et retourna dans la cuisine. Mathilde se pencha vers Selim qui était assis sur le tapis. Elle lécha son index et l'enfonça dans le sucrier que Tamo avait laissé. Selim, qui savait apprécier, suça le doigt et dit merci.

Depuis des semaines, Mathilde répétait qu'elle voulait un Noël comme autrefois, en Alsace. Quand ils habitaient encore à Berrima, elle n'avait pas insisté pour le sapin, les cadeaux et la couronne de lumière. Elle n'avait pas fait de caprice car elle comprenait bien qu'il était impossible, dans cette maison noire et silencieuse, au milieu de la médina, d'imposer son dieu et ses rites. Mais Aïcha avait six ans à présent et Mathilde rêvait, dans cette maison qui était la sienne, d'offrir à sa fille un Noël inoubliable. Elle savait bien qu'à l'école les filles se vantaient des cadeaux qu'elles s'apprêtaient à recevoir, des robes que leurs mères avaient achetées pour elles, et elle refusait qu'Aïcha soit privée de ces bonheurs-là.

Mathilde monta dans sa voiture et elle s'engagea sur cette route qu'elle connaissait par cœur. De temps en temps, elle agitait son bras gauche à l'extérieur, pour saluer les ouvriers qui posaient leurs mains sur leur cœur. Quand elle était seule, elle roulait vite et on l'avait dénoncée à Amine qui lui avait interdit de prendre de tels risques. Mais elle avait envie de traverser le paysage, de soulever des nuages de poussière, de faire avancer la vie, aussi vite que possible. Elle arriva sur la place El-Hedim et se gara en haut du derb. Avant de sortir de la voiture, elle enfila une djellaba au-dessus de ses vêtements et elle noua autour de ses cheveux un foulard, qu'elle rabattit sur son visage. Quelques jours auparavant, sa voiture avait été attaquée à coups de pierres alors que les enfants, terrorisés, hurlaient à l'arrière. Elle n'avait rien dit à Amine parce qu'elle avait peur qu'il lui interdise de sortir. Il prétendait qu'il était risqué, pour une Française, de traîner dans les rues de la médina. Mathilde ne lisait pas les journaux, elle écoutait peu la radio, mais sa belle-sœur Selma lui avait parlé, avec des yeux pleins de malice, de la victoire proche du peuple marocain. Elle avait dit, en riant, qu'on avait fait manger un paquet de cigarettes à un jeune Marocain pour le punir de ne pas respecter le boycott des produits français. « Un voisin a reçu un coup de rasoir qui lui a tranché les lèvres. On a dit qu'il fumait et qu'il offensait Allah. » Dans la ville européenne, à la sortie du pensionnat, les mères ne se privaient pas de raconter, d'une voix forte et sévère, les trahisons des Arabes qu'elles avaient pourtant traités avec déférence et respect. Elles voulaient que Mathilde entende ces récits d'enlèvements de Français, retenus en otage et torturés par les hommes de la montagne, car elles la tenaient pour complice de ces crimes atroces.

Le corps et le visage entièrement couverts, elle sortit de la voiture et se dirigea vers la maison de sa belle-mère. Elle transpirait sous les couches de tissu et elle baissait parfois le foulard qui couvrait sa bouche pour reprendre son souffle. Ce déguisement lui fit une impression étrange. Elle était comme une petite fille qui joue à être une autre, et cette imposture la grisait. Elle passait totalement inaperçue, fantôme parmi les fantômes et personne, sous ces voiles, ne pouvait deviner qu'elle était une étrangère. Elle dépassa un groupe de jeunes garçons qui vendaient des cacahuètes de Boufakrane et s'arrêta devant une petite carriole pour tâter du bout des doigts des nèfles orange et charnues. En arabe, elle négocia le prix, et le vendeur, un paysan maigre et rieur, lui céda le kilo pour une somme modique. Elle voulut alors baisser le voile, montrer son visage, ses grands yeux verts, dire au vieil homme : « Tu m'as prise pour ce que je ne suis pas ! » Mais la plaisanterie lui sembla idiote et elle renonça au plaisir de moquer la naïveté des passants.

Les yeux baissés, son voile remonté jusqu'au-dessus du nez, elle se sentait disparaître et elle ne savait pas vraiment quoi en penser. Si cet anonymat la protégeait, la grisait même, il était comme un gouffre dans lequel elle s'enfonçait malgré elle et il lui semblait qu'à chaque pas elle perdait un peu plus son nom, son identité, qu'en masquant son visage elle masquait une part essentielle d'elle-même. Elle devenait une ombre, un personnage familier mais sans nom, sans sexe et sans âge. Les rares fois où elle avait osé parler à Amine de la condition des femmes marocaines, de Mouilala qui ne sortait jamais de chez elle, son mari avait coupé court à la discussion. « De quoi tu te plains ? Tu es une Européenne, personne ne t'empêche de rien. Alors occupe-toi de toi et laisse ma mère où elle est. »

Mais Mathilde insista, par esprit de contradiction, parce qu'elle ne résistait pas à l'envie d'en découdre. Le soir, à un Amine épuisé par le travail des champs, vidé par les soucis, elle parlait de l'avenir de Selma, d'Aïcha, ces filles encore jeunes dont le destin n'était pas tracé. « Selma doit étudier », affirmait-elle. Et si Amine gardait son calme, elle continuait. « Les temps ont changé. Pense aussi à ta fille. Ne me dis pas que tu as l'intention d'élever Aïcha comme une femme soumise. » Mathilde lui citait alors, dans son arabe aux accents alsaciens, les mots de Lalla Aïcha à Tanger en avril 1947. C'est en hommage à la fille du sultan qu'ils avaient choisi le prénom de leur première enfant, et Mathilde tenait à le rappeler. Les nationalistes eux-mêmes n'assortissaient-ils pas au désir d'indépendance la nécessité de favoriser l'émancipation des femmes ? Elles étaient de plus en plus nombreuses à s'éduquer, à porter la djellaba ou même l'habit européen. Amine opinait du chef, il grognait mais il ne faisait pas de promesses. Sur les chemins de terre, au milieu des ouvrières, il repensait parfois à ces conversations. « Qui voudra d'une dépravée ? songeait-il. Mathilde ne comprend rien. » Il pensait alors à sa mère, qui avait passé son existence enfermée. Petite, Mouilala n'avait pas eu le droit d'aller à l'école avec ses frères. Puis Si Kadour, son défunt mari, avait construit la maison de la médina. Il avait fait une concession aux coutumes avec cette fenêtre unique à l'étage aux persiennes toujours fermées dont Mouilala avait défense de s'approcher. La modernité de Kadour, qui faisait le baise-main aux Françaises et se payait parfois une prostituée juive au Mers, s'arrêtait là où se jouait la réputation de sa femme. Lorsque Amine était enfant, il avait parfois vu sa mère espionner par les interstices les mouvements de la rue et poser son index sur sa bouche pour sceller entre eux un secret.

Pour Mouilala, le monde était traversé par des frontières infranchissables. Entre les hommes et les femmes, entre les musulmans, les juifs et les chrétiens, et elle pensait que pour bien s'entendre il valait mieux ne pas trop souvent se rencontrer. La paix demeurait si chacun restait à sa place. Aux juifs du mellah, elle confiait la réparation des braseros, la confection des couffins et elle se faisait livrer, par une couturière maigre et dont les joues étaient couvertes de poils, des articles de mercerie indispensables au ménage. Jamais

123

elle n'avait rencontré les amis européens de Kadour qui se vantait d'être un homme moderne et qui aimait porter des redingotes et des pantalons à pinces. Et elle ne posa pas de questions quand, un matin, elle nettoya le salon privé de son époux et découvrit sur les verres et les mégots de cigarettes des traces rouges qui formaient le dessin d'une bouche.

Amine aimait sa femme, il l'aimait et il la désirait au point de se réveiller parfois au milieu de la nuit avec l'envie de la mordre, de la dévorer, de la posséder de manière absolue. Mais il lui arrivait de douter de lui-même. Quelle folie lui était passée par la tête ? Comment avait-il pu penser qu'il pourrait vivre avec une Européenne, une femme aussi émancipée que Mathilde ? À cause d'elle, à cause de ces douloureuses contradictions, il lui semblait que sa vie était régie par un mouvement de balancier hystérique. Parfois, il ressentait un besoin violent et cruel de revenir à sa culture, d'aimer de tout cœur son dieu, sa langue et sa terre, et l'incompréhension de Mathilde le rendait fou. Il voulait une femme pareille à sa mère, qui le comprenne à demi-mot, qui ait la patience et l'abnégation de son peuple, qui parle peu et qui travaille beaucoup. Une femme qui l'attende le soir, silencieuse et dévouée, et qui le regarderait manger et trouverait là tout son bonheur et toute sa gloire. Mathilde faisait de lui un traître et un hérétique. Il avait envie, parfois, de dérouler un tapis de prière, de poser son front contre le sol, d'entendre dans son cœur et dans la bouche de ses enfants la langue de ses ancêtres. Il rêvait de faire l'amour en arabe, de dire à l'oreille d'une femme à la peau dorée des choses très douces, qu'on dit aux petits enfants. À d'autres moments, quand il rentrait à la maison et que sa femme lui sautait au cou, quand il entendait depuis la salle de bains sa fille qui chantait, quand Mathilde inventait des jeux et qu'elle faisait des plaisanteries, il se réjouissait, il se sentait au-dessus des autres. Il avait le sentiment de s'être extirpé de la masse et il lui fallait bien admettre que la guerre l'avait changé et que la modernité avait des avantages. Il avait honte de lui et de son inconstance et c'est Mathilde, il le savait bien, qui payait pour cela.

*

Quand elle arriva devant la vieille porte cloutée, Mathilde saisit le heurtoir et donna deux coups violents. Yasmine, qui avait remonté ses jupes et dont les mollets noirs étaient couverts de poils frisés, vint lui ouvrir. Il était près de dix heures du matin mais la maison était calme. On entendait le bruit des chats qui s'étiraient et celui de la serpillière trempée que la bonne jetait contre le sol. Sous les yeux ébahis de Yasmine, Mathilde ôta sa djellaba, jeta son foulard sur un fauteuil et elle monta à l'étage en courant. Yasmine toussa et

cracha dans le puits une glaire épaisse et verdâtre.

À l'étage, Mathilde trouva Selma endormie
sur la banquette. Elle aimait beaucoup cette
fille capricieuse et rebelle qui venait de fêter
ses seize ans. Cette fille sans manières mais
pas sans grâce, à qui Mouilala se contentait de
donner de l'amour et de la nourriture. « C'est
déjà beaucoup », lui avait un jour fait remarquer Amine. Oui, c'était déjà beaucoup, mais
ce n'était pas assez. Selma vivait entre l'amour
aveugle de sa mère et la vigilance brutale de
ses frères. Depuis qu'elle avait des hanches
et des seins, Selma avait été déclarée apte au
combat et ses frères ne se retenaient plus de
l'envoyer valser contre les murs. Omar, qui
avait dix ans de plus qu'elle, disait qu'il sentait chez sa sœur une pente pour la rébellion,
un esprit indomptable. Il était jaloux de la protection dont elle jouissait, de la tendresse que
sa mère avait découverte sur le tard et qu'elle
lui avait refusée à lui. La beauté de Selma rendait ses frères nerveux comme des animaux qui
sentent venir l'orage. Ils voulaient cogner de
manière préventive, l'enfermer avant qu'elle ne
commette une bêtise et qu'il ne soit trop tard.

Avec les années, Selma devint de plus en
plus belle, d'une beauté désagréable, irritante,
qui mettait les gens mal à l'aise et qui semblait annoncer les pires malheurs. Quand elle
la regardait, Mathilde se demandait ce que
l'on pouvait ressentir en étant aussi belle. Cela
faisait-il mal ? La beauté avait-elle un poids, un

goût, une consistance? Selma était-elle seulement consciente du malaise et de l'agitation que sa présence provoquait, de l'irrésistible attraction que l'on ressentait à fixer les traits si fins et si parfaits de son adorable visage?

Mathilde était une épouse, une mère, mais bizarrement c'est Selma, des deux, qui semblait la plus femme. La guerre avait laissé des traces sur le corps de Mathilde qui avait fêté ses treize ans le 2 mai 1939. Ses seins avaient tardé à pousser, comme atrophiés par la peur, le manque, la faim. Ses cheveux, d'un blond terne, étaient si fins qu'on pouvait voir son crâne au travers comme chez les petits bébés. Selma, au contraire, dégageait une confiante sensualité. Ses yeux étaient aussi noirs et brillants que les olives que Mouilala faisait mariner dans le sel. Ses sourcils épais, ses cheveux drus et plantés bas sur le front, son léger duvet brun au-dessus de la lèvre la faisaient ressembler à l'héroïne de Bizet ou à celle de Mérimée, à ce à quoi, en tout cas, Mathilde associait les Méditerranéennes. Des femmes poilues et vibrantes, des brunes fiévreuses capables de rendre fous les hommes. Selma avait, malgré son jeune âge, cette façon d'avancer le menton, de pincer les lèvres, de balancer sa hanche droite, qui lui donnait une allure d'héroïne de roman d'amour. Les femmes la haïssaient. Au lycée, sa professeure l'avait prise pour cible et elle ne cessait de la gronder et de lui infliger des punitions. « C'est une adolescente rebelle et insolente. J'ai peur, rendez-vous compte, quand j'ai le dos tourné. Savoir qu'elle est là, assise derrière moi, me plonge dans une terreur dont je sais bien qu'elle n'est pas raisonnable », avait-elle confié à Mathilde qui s'était mis en tête de surveiller l'éducation de sa belle-sœur.

★

En 1942, lorsque Amine fut fait prisonnier en Allemagne, Mouilala quitta pour la première fois de sa vie les ruelles familières de Berrima. Avec Omar et Selma, elle prit le train pour Rabat où l'état-major l'avait convoquée et d'où elle espérait pouvoir faire partir un colis pour son aîné chéri. Mouilala monta dans le train, enroulée dans un grand haïk blanc, et elle eut peur quand la machine quitta la gare dans la fumée et les sifflements. Elle regarda longtemps les hommes et les femmes restés sur le quai et dont les mains s'agitaient vainement. Omar installa sa mère et sa petite sœur dans un compartiment de première classe où deux Françaises étaient assises. Elles se mirent à chuchoter. Elles semblaient s'étonner qu'une femme comme Mouilala, avec ses bijoux aux chevilles, ses cheveux teints au henné et ses longues mains calleuses, puisse voyager à leur côté. La première classe était interdite aux indigènes et elles n'en revenaient pas de la bêtise et de l'impudence de ces analphabètes. Quand le contrôleur entra dans le wagon, elles ne purent retenir un frisson d'excitation. « Ah,

128

cette comédie va cesser, pensèrent-elles. On va lui montrer où est sa place à la fatma. Elle croit qu'elle peut s'asseoir n'importe où mais il y a des règles quand même. » Mouilala tira de sous son haïk ses billets de train ainsi que le papier militaire portant mention de l'emprisonnement de son fils. Le contrôleur examina le papier et il se frotta le front, l'air gêné. « Bon voyage, madame », dit-il en soulevant sa casquette. Et il disparut dans le couloir.

Les deux Françaises n'en revenaient pas. Le voyage était gâché. Elles ne pouvaient supporter le spectacle de cette femme tout en voile. Elles étaient incommodées par l'odeur d'épices qui se dégageait d'elle, par le regard stupide avec lequel elle contemplait le paysage. Elles étaient agacées, surtout, par la petite souillon qui l'accompagnait. Une fillette de six ou sept ans dont les habits bourgeois ne suffisaient pas à masquer la mauvaise éducation. Selma, qui voyageait pour la première fois, s'agitait dans tous les sens. Elle se hissait sur les genoux de sa mère, réclamait à manger puis s'empiffrait de gâteaux, du miel plein les doigts. Elle parlait fort à son frère qui faisait les cent pas dans le couloir, elle fredonnait des chansons arabes. La plus jeune et la plus enragée des deux Françaises fixait l'enfant. « Elle est très jolie », se dit-elle et, sans qu'elle sache bien pourquoi, la beauté de l'enfant l'horripila. Elle avait l'impression que Selma avait volé ce visage gracieux, qu'elle l'avait pris à une autre qui le méritait plus qu'elle et qui en aurait, c'est sûr, pris plus grand soin. L'enfant était belle et indifférente à cette beauté, ce qui la rendait plus dangereuse encore. À travers la vitre du train, et malgré les fins rideaux de voile que les voyageuses avaient tirés, le soleil pénétrait dans le wagon et cette lumière, orange et chaude, faisait briller les cheveux de Selma. Sa peau, à la teinte cuivrée, n'en semblait que plus douce, plus onctueuse. Ses yeux étirés et immenses ressemblaient à ceux d'une panthère noire que la Française avait admirée au zoo à Paris, autrefois. Personne, pensa la passagère, n'a des yeux comme ça. « Quelqu'un l'a fardée, murmura-t-elle à l'oreille de son amie.

— Que dis-tu ? »

La jeune femme se pencha vers Mouilala et, en articulant bien chaque syllabe, elle lui dit :

« On ne maquille pas les enfants. Ce khôl, sur les yeux, ce n'est pas bien. C'est vulgaire. Tu as compris ? »

Mouilala la dévisagea sans saisir le sens de ses paroles. Elle se tourna vers Selma qui se mit à rire et qui tendit une boîte de gâteaux aux deux voyageuses. « La vieille ne parle pas le français. Tu penses bien ! » La Française était dépitée. Elle avait perdu là une bonne occasion de souligner sa supériorité. Si cette indigène ne comprenait pas, ça ne servait à rien, elle n'allait pas essayer de l'éduquer. Et puis, comme prise par un accès de folie, elle se saisit du bras de Selma et elle attira la jeune fille vers elle. Elle tira de son sac un mouchoir sur lequel elle cracha et, d'un geste brutal, elle se mit à essuyer les yeux de Selma qui poussa un hurlement. Mouilala tira sa fille vers elle mais l'autre s'acharnait. Elle regardait le tissu, désespérément propre, et elle frottait, pour prouver à elle-même et à sa compagne de voyage que cette fille-là était une gourgandine en puissance, une pute. Oui, elle les connaissait ces filles-là, ces brunes qui n'ont peur de rien, qui rendaient son mari complètement fou. Elle les connaissait et elle les haïssait. Omar, qui fumait dans le couloir, fut attiré par les cris et il surgit dans le compartiment. « Qu'est-ce qui se passe ? » La voyageuse prit peur devant cet adolescent à lunettes et elle quitta en silence le compartiment.

Le lendemain, de retour à Meknès, heureux d'avoir pu envoyer des lettres et des oranges à Amine, Omar gifla sa sœur. Elle ne comprit rien et quand elle pleura, son frère lui dit : « Ne pense même pas à te maquiller un jour, tu as compris ? Si tu t'avises de mettre du rouge à lèvres, je te ferai le grand sourire, va. » Et de l'index il dessina sur le visage de l'enfant un sourire macabre.

*

Selma se hissa sur le lit et attrapa des deux bras le cou de sa belle-sœur dont elle couvrit le visage de baisers. Depuis qu'elle la connaissait, Selma tenait lieu de guide, d'interprète et de meilleure amie à Mathilde. Selma lui avait expliqué les rites, les traditions, elle lui avait enseigné les formules de politesse. « Si tu ne sais pas quoi répondre, dis Amen et ça ira. » Selma lui enseigna l'art de faire semblant et celui de se tenir tranquille. Lorsqu'elles étaient seules, Selma assaillait Mathilde de questions. Elle voulait tout savoir de la France, des voyages, de Paris et des soldats américains que Mathilde avait croisés à la Libération. Elle posait des questions comme un détenu interroge un homme qui a réussi, une fois au moins, à s'évader.

« Que fais-tu là ? demanda-t-elle à Mathilde.

— Je vais faire les courses de Noël, chuchota la Française. Tu veux venir avec moi ? »

Mathilde accompagna sa belle-sœur dans sa chambre et elle la regarda se déshabiller. Assise sur un coussin jeté à même le sol, elle observa les fines hanches de Selma, son ventre un peu gras, ses seins aux tétons sombres qui n'avaient jamais subi la sujétion des baleines de soutien-gorge. Selma enfila une élégante robe noire dont le col rond mettait en valeur la finesse de sa nuque. Elle sortit d'une boîte une paire de gants jaunis et couverts de petites taches de moisissure qu'elle enfila avec une ridicule délicatesse.

Mouilala était inquiète.

« Je ne veux pas que vous vous promeniez en médina, dit-elle à Mathilde. Tu ne sais pas, toi, que les gens sont envieux. Ils seraient prêts à devenir borgnes pour que vous soyez aveugles. Deux jolies filles comme vous, non, ça ne se fait pas. Les gens de la médina vont vous jeter un sort et vous reviendrez avec la fièvre ou pire encore. Si vous voulez vous promener, allez en ville nouvelle, là vous ne risquez rien.

— Mais quelle différence ? s'amusa Mathilde.

— Les Européens ne regardent pas ainsi. Ils ne connaissent pas le mauvais œil. »

Les deux filles sortirent en riant et Mouilala resta longtemps derrière la porte, interdite et tremblante. Elle ne comprenait rien à ce qui arrivait et elle se demandait si c'était l'inquiétude ou la joie qui l'emportait en voyant ces filles sortir dans la rue.

Selma n'en pouvait plus de ces légendes idiotes, de ces croyances d'arriérés que Mouilala répétait inlassablement. Selma ne l'écoutait plus et, si elle n'avait pas craint de manquer de respect à une ancienne, elle se serait enfoncé les doigts dans les oreilles, elle aurait fermé les yeux à chaque fois que sa mère la mettait en garde contre les djinns, le mauvais sort, l'œil noir du destin. Mouilala n'avait plus rien de neuf à offrir. Sa vie consistait à tourner en rond, à accomplir encore et toujours les mêmes gestes, avec une docilité, une passivité qui écœuraient Selma. La vieille était comme ces chiens idiots qui s'étourdissent à force de vouloir mordre leur queue et qui finissent par se coucher sur le sol en gémissant. Selma ne supportait plus la présence constante de sa mère qui, lorsqu'elle entendait s'ouvrir une porte, disait : « Où vas-tu ? » Sa mère qui lui demandait sans cesse si elle avait faim, si elle s'ennuyait, qui malgré son grand âge montait sur la terrasse pour savoir ce que

Selma fabriquait. La sollicitude de Mouilala, sa tendresse écrasaient Selma et s'apparentaient, pour elle, à une forme de violence. Parfois, la jeune fille avait envie de hurler au visage de Mouilala et aussi de Yasmine, la servante, et elle considérait que les deux femmes étaient également esclaves, peu importait que l'une ait acheté l'autre au marché. L'adolescente aurait tout donné pour une serrure et une clé, pour une porte fermée sur ses rêves et ses secrets. Elle priait pour que le destin lui soit favorable et qu'un jour elle puisse s'enfuir pour Casablanca et se réinventer. Comme les hommes qui criaient « Liberté ! Indépendance ! », elle criait « Liberté ! Indépendance ! », mais personne ne l'entendait.

Elle supplia Mathilde de l'emmener sur la place De-Gaulle. Elle voulait « faire l'Avenue » comme le disaient tous les garçons et toutes les jeunes filles de la ville nouvelle. Elle avait soif d'être comme eux, qui vivaient pour se faire voir, qui montaient et descendaient l'avenue de la République à pied ou en voiture, le plus lentement possible, les fenêtres ouvertes et la radio à plein volume. Se faire voir comme les filles d'ici, être sacrée reine de la foire, être élue plus jolie fille de Meknès et se pavaner devant les garçons et les photographes. Elle aurait tout donné pour poser un baiser dans le creux du cou d'un homme, pour savoir quel goût pouvait avoir leur nudité, comment ils la regarderaient. Elle, qui n'avait pourtant jamais été témoin d'un grand amour, ne doutait pas

que ce serait la plus belle chose du monde.
C'en était fini des temps anciens, des mariages
arrangés. Ou du moins c'est ce que lui avait dit
Mathilde, et elle voulait le croire.

★

Mathilde accepta, moins pour faire plaisir
à sa belle-sœur que parce qu'elle avait des
courses à faire dans le quartier européen. Selma
était presque une femme maintenant, mais elle
resta longtemps devant le magasin de jouets
et, quand elle posa ses gants sur la vitrine, un
des vendeurs sortit et cria : « Enlève tes mains
de là ! » On la regardait avec méfiance dans
sa tenue européenne, ses cheveux lâchement
retenus en chignon sur le bas de la nuque. Elle
rajustait sans cesse ses gants blancs, elle lis-
sait sa jupe avec une maniaquerie ridicule, elle
souriait aux passants avec le naïf espoir de cor-
riger ce qui clochait et de dissiper leur malaise.
Devant un café, trois garçons sifflèrent en la
voyant et Mathilde fut gênée du sourire que
Selma leur rendit. Elle dut la prendre par la
main et presser le pas car elle avait peur qu'on
les voie et qu'Amine apprenne ce fâcheux incident. Elles se hâtèrent vers le grand marché et
Mathilde dit : « Je dois faire les courses pour le
dîner. Ne t'éloigne pas. » À l'entrée des halles,
un groupe de femmes attendaient, assises par
terre, qu'on vienne les embaucher comme
domestiques ou gardes d'enfant. Elles portaient
toutes un voile sur leur visage sauf une, dont la

135

bouche édentée effraya Selma qui pensa : « Qui voudrait de celle-là ? » L'adolescente marchait lentement, faisant traîner ses ballerines noires sur le pavé mouillé. Elle aurait aimé rester en ville, manger une glace, admirer les jupes dans les vitrines et les femmes qui conduisaient elles-mêmes leurs voitures. Elle aurait aimé faire partie de ces groupes de jeunes qui organisaient des surprises-parties le jeudi après-midi et qui dansaient sur de la musique américaine. Dans sa vitrine, le vendeur de café avait installé un automate, un homme noir au nez épaté et aux lèvres épaisses qui hochait la tête. Selma se posta devant le buste et pendant quelques minutes elle hocha la tête elle aussi, comme une poupée mécanique. Dans la boucherie, elle rit à cause du coq qui était dessiné sur une affiche et surmonté par ces mots : « Quand ce coq chantera, crédit on fera. » Elle voulut montrer le dessin à Mathilde qui s'agaça. « Tu ne penses qu'à rire. Tu ne vois pas que je suis occupée ? » Mathilde était inquiète. Elle fouillait le fond de ses poches. Elle recomptait, les sourcils froncés, la monnaie que les commerçants lui tendaient. L'argent était devenu un sujet de dispute continuel. Amine l'accusait d'être irresponsable et dispendieuse. Mathilde devait insister, se justifier, supplier parfois pour l'argent de l'école, de la voiture, pour les tenues de la petite ou pour payer le coiffeur. Il mettait sa parole en doute. Il l'accusait d'acheter des livres, du maquillage, des tissus inutiles pour coudre des robes dont tout le monde se fichait.

« C'est moi qui gagne de l'argent », criait-il parfois. Il lui montrait du doigt les aliments disposés sur la table et il ajoutait : « Ça, et ça, et ça, c'est mon travail qui le paie. »

Adolescente, Mathilde n'avait jamais pensé qu'il était possible d'être libre toute seule, il lui paraissait impensable, parce qu'elle était une femme, parce qu'elle était sans éducation, que son destin ne soit pas intimement lié à celui d'un autre. Elle s'était rendu compte de son erreur beaucoup trop tard et maintenant qu'elle avait du discernement et un peu de courage il était devenu impossible de partir. Les enfants lui tenaient lieu de racines et elle était attachée à cette terre, bien malgré elle. Sans argent, il n'y avait nulle part où aller et elle crevait de cette dépendance, de cette soumission. Les années avaient beau passer, elle ne s'en remettait pas et elle était toujours prise de nausée, c'était comme une pliure de soi, un écrasement qui la dégoûtait d'elle-même. Toujours, quand Amine lui glissait un billet dans la main, quand elle s'offrait un chocolat par gourmandise et non par besoin, elle se demandait si elle l'avait mérité. Et elle craignait qu'un jour, vieille femme sur cette terre étrangère, elle ne possède rien et n'ait rien accompli.

Lorsqu'il rentra chez lui le soir du 23 décembre 1953, Amine fut ébloui. Il se dirigea, sur la pointe des pieds, dans le petit salon où Mathilde avait laissé quelques bougies allumées sur une couronne de feuilles qu'elle avait elle-même confectionnée. Sur le buffet, un gâteau était recouvert d'un torchon brodé et des guirlandes rouges, agrémentées de boules de verre et de nœuds de velours, décoraient les murs.

Mathilde était devenue la maîtresse de son domaine. Après quatre années de vie à la ferme, elle avait prouvé sa capacité à faire beaucoup avec pas grand-chose ; à décorer les tables de nappes et de bouquets de fleurs des champs, à habiller les enfants comme des bourgeois convenables, à préparer des repas malgré la cuisinière qui fumait. Elle n'avait plus les mêmes frayeurs qu'autrefois ; elle tuait les nuisibles du bout de ses sandales, elle dépeçait elle-même les bêtes que les paysans lui offraient. Amine était fier d'elle et il aimait

138

la regarder, transpirante et le visage cramoisi, les manches relevées jusqu'aux épaules, quand elle s'affairait dans la maison. La nervosité de sa femme le bouleversait et quand il l'embrassait il disait « mon amour », « ma chérie », « mon petit soldat ».

S'il avait pu, il lui aurait offert l'hiver et la neige, et elle s'y serait crue, dans son Alsace natale. S'il avait pu, il aurait creusé dans le mur en ciment une cheminée noble et large et elle s'y serait réchauffée, comme autrefois à l'âtre de sa maison d'enfance. Il ne put lui offrir ni feu ni flocons mais cette nuit-là, au lieu de rejoindre son lit, il fit réveiller deux ouvriers et il les entraîna derrière lui à travers champs. Les paysans ne posèrent pas de questions au maître. Ils marchèrent docilement et alors qu'ils s'enfonçaient dans la campagne, que le noir et les bruits d'animaux les enveloppaient, ils pensèrent qu'ils étaient peut-être l'objet d'un piège, d'un règlement de comptes ou que le maître allait les réprimander pour un crime qu'ils ne se rappelaient pas avoir commis. Amine leur avait demandé de se munir d'une hache et il ne cessait de se retourner et de murmurer « Plus vite, il ne faut pas être surpris par le jour qui se lève ». L'un des ouvriers, qui s'appelait Achour, tira la manche du maître. « On n'est plus chez nous, Sidi. On est sur les terres de la veuve. » Amine haussa les épaules et repoussa Achour. « Avance et tais-toi », dit-il en tendant le bras pour éclairer avec sa petite lampe torche. « Là. » Amine leva la tête et il resta ainsi pendant quelques secondes, la gorge offerte, le regard fixé sur la cime des arbres. Il semblait heureux. « Cet arbre, là, on le coupe et on le ramène à la maison. Vite et sans bruit. » Pendant près d'une heure les hommes firent battre la hache contre le tronc d'un jeune cyprès au feuillage bleu comme la nuit. Les trois hommes soulevèrent ensuite l'arbre, l'un à la pointe, l'autre aux racines et le troisième faisant équilibre au centre. Ils traversèrent ainsi la propriété de la veuve Mercier et si quelqu'un avait été témoin de la scène il aurait sans doute pensé qu'il était devenu fou car le feuillage cachait le corps des hommes et on aurait dit que cet arbre couché avançait tout seul, vers une direction inconnue. Les ouvriers portèrent leur victime sans rechigner mais ils ne comprenaient rien à ce qui venait d'arriver. Amine avait la réputation d'être un homme honnête et voilà qu'il se transformait en voleur, en braconnier, agissant en fourbe contre une femme. Et puis, tant qu'à voler, pourquoi ne pas s'en prendre aux bêtes, aux récoltes, aux machines ? Pourquoi cet arbre maigrelet ?

Amine ouvrit la porte et pour la première fois de leur vie les ouvriers pénétrèrent dans la maison du maître. Amine posa un doigt sur sa bouche et il ôta ses chaussures devant les ouvriers, qui l'imitèrent. Ils déposèrent l'arbre au milieu du salon. Il était si grand que sa pointe était courbée contre le plafond. Achour voulut prendre une échelle pour le couper mais

Amine s'agaça. La présence de cet homme dans son salon le gênait et il le mit dehors sans ménagement.

Lorsqu'il se réveilla le lendemain, fourbu par la courte nuit et l'épaule douloureuse, Amine caressa le dos de sa femme. La peau de Mathilde était moite et brûlante, de sa bouche entrouverte coulait un mince filet de salive, et il ressentit pour elle un désir violent. Il enfonça son nez dans le cou de la jeune femme et ne prêta aucune attention aux mots qu'elle balbutia. Il la posséda comme un animal, sourd et aveugle, il lui griffa les seins, il enfonça ses doigts aux ongles noirs dans ses cheveux. Mathilde, lorsqu'elle trouva l'arbre au milieu du salon, retint un cri. Elle se tourna vers Amine qui la suivait et elle comprit qu'il avait ce matin arraché sa récompense, que s'il l'avait prise avec autant de passion c'était pour fêter sa victoire. Elle tourna autour du cyprès, cueillit quelques aiguilles qu'elle frotta dans la paume de sa main et respira ce parfum familier. Aïcha, qui avait été réveillée par les râles de son père, observa la scène sans comprendre. Sa mère était heureuse et cela la surprenait.

Ce jour-là, tandis que Mathilde et Tamo déplumaient l'énorme dinde qu'un ouvrier avait apportée, Amine se rendit sur l'avenue de la République. Quand il entra dans l'élégante boutique que tenait une vieille Française, les deux vendeuses ricanèrent. Amine baissa les yeux et regretta de ne pas avoir changé de chaussures. Ses souliers étaient couverts de la boue de la nuit et il n'avait pas eu le temps de faire repasser sa chemise. Le magasin était bondé. Une dizaine de personnes attendaient devant les caisses, les bras chargés de paquets. Des femmes élégantes essayaient des chapeaux ou des souliers. Amine s'approcha lentement des présentoirs vitrés accrochés au mur et dans lesquels étaient exposés différents modèles de mules pour femme. « Qu'est-ce que tu veux ? » demanda l'une des jeunes filles dont le sourire était à la fois moqueur et lubrique. Amine faillit dire qu'il s'était trompé. Il resta silencieux pendant quelques secondes, se demandant quelle attitude adopter, et la jeune femme fit des yeux ronds et pencha la tête. « Alors Mohamed, tu comprends le français ? Tu ne vois pas qu'on a du travail ?

— Est-ce que vous avez ma taille ? » dit-il.

La vendeuse se tourna vers l'emplacement qu'Amine indiquait et elle lui lança un regard perplexe.

« C'est ça que tu veux ? demanda-t-elle. Un déguisement de père Noël ? »

Amine baissa la tête comme un enfant pris en faute. La jeune fille haussa les épaules. « Attends-moi là. » Elle traversa le magasin et se rendit dans la réserve. Cet homme, pensa-t-elle, n'avait pas l'air d'un domestique qu'un patron pervers obligerait à porter ce genre d'accoutrement pour amuser les enfants. Non, il ressemblait plutôt à ces jeunes nationalistes qui se faisaient arrêter dans les cafés de la médina et avec qui elle fantasmait de coucher.

Mais elle imaginait mal l'un d'eux portant une barbe blanche et un hideux bonnet. Devant la caisse, Amine piétinait d'impatience. Son paquet sous le bras, il avait l'impression de commettre un crime et il transpirait à l'idée qu'une connaissance le surprenne ici. Il roula à toute vitesse sur la route de campagne, en pensant au plaisir qu'il allait donner aux enfants.

Il enfila son costume dans la voiture et il entra ainsi dans la maison. Lorsqu'il monta les marches du perron et ouvrit la porte de la salle à manger, il se racla bruyamment la gorge et, d'une voix grave et chaleureuse, il appela les enfants. Aïcha n'en revenait pas. Elle tourna à plusieurs reprises son visage vers sa mère et vers Selim qui riait. Comment le père Noël était-il arrivé jusqu'ici? Le vieillard en bonnet rouge se tapait le ventre en riant mais Aïcha remarqua qu'il ne portait pas de hotte sur le dos et cela la déçut. Il n'y avait pas non plus, dans le jardin en contrebas, de traîneau ni de rennes. Elle baissa les yeux et remarqua que le père Noël portait des chaussures semblables à celles des ouvriers, des sortes de bottes en caoutchouc gris, couvertes de boue. Amine se frotta les mains. Il ne savait pas quoi faire ou quoi dire et se sentit tout à coup ridicule. Il se tourna vers Mathilde, et le sourire enchanté de sa femme lui donna le courage de persévérer dans son rôle. «Alors les enfants, est-ce que vous avez été sages?» demanda-t-il d'une voix caverneuse. Selim pâlit et, accroché aux jambes de sa mère, les bras tendus vers elle, il éclata en sanglots. « J'ai peur, hurla-t-il, j'ai peur ! »

Aïcha reçut une poupée de chiffon que Mathilde avait confectionnée elle-même. Pour les cheveux, elle avait utilisé de la laine brune qu'elle avait mouillée puis enduite d'huile et tressée. Le corps et le visage avaient été cousus dans une vieille taie d'oreiller sur laquelle Mathilde avait brodé des yeux asymétriques et une bouche qui souriait. Aïcha aima cette poupée que sa mère avait pris soin de couvrir du même parfum que le sien. Elle eut droit à un puzzle, à des livres et à un sachet de bonbons. Selim reçut une voiture dont le toit était surmonté d'un gros bouton qui, lorsqu'on appuyait dessus, s'allumait et déclenchait un bruit strident. À sa femme, Amine offrit une paire de mules roses. Il lui tendit le paquet avec un sourire gêné et Mathilde, quand elle eut déchiré le papier, fixa les mules en pinçant les lèvres parce qu'elle avait peur de pleurer. Elle ne savait pas si c'était la laideur des pantoufles, le fait qu'elles soient trop petites ou simplement l'affreuse trivialité de cet objet qui la plongeaient dans un tel état de tristesse et de rage. Elle dit « merci » puis elle s'enferma dans la salle de bains, saisit la paire d'une seule main et se frappa le front avec les semelles. Elle voulut se punir d'avoir été si bête, d'avoir tant attendu de cette fête à laquelle Amine ne comprenait rien. Elle se détesta de ne pas savoir renoncer, de ne pas avoir l'abnégation

144

de sa belle-mère, d'être si futile et si légère. Elle eut envie d'annuler le dîner, de se plonger sous les draps pour oublier et passer à demain. À présent, tout ce cinéma lui sembla ridicule. Elle avait obligé Tamo à passer une tenue noire et blanche de soubrette digne d'une mauvaise comédie de boulevard. Elle avait cuisiné un repas qui l'avait épuisée et elle était écœurée par avance à l'idée de manger cette dinde qu'elle avait farcie à grand-peine, enfonçant ses mains dans le ventre de la bête, s'épuisant dans ces travaux domestiques invisibles et ingrats. Elle marcha vers la table comme vers l'échafaud et elle écarquilla les yeux devant Amine pour faire refluer les larmes et pour lui faire croire qu'elle était heureuse.

IV

En janvier 1954, il fit si froid que les amandiers gelèrent et qu'une portée de chatons mourut sur le seuil de la cuisine. Au pensionnat, les sœurs acceptèrent de faire une exception à leurs habitudes et elles laissèrent les poêles allumés toute la journée dans les salles de classe. Les petites filles gardaient leurs manteaux pendant les leçons et certaines portaient deux paires de collants sous leur blouse. Aïcha commençait à s'habituer à la monotonie de l'école et dans un carnet que sœur Marie-Solange lui avait offert, elle fit l'inventaire de ses joies et de ses chagrins.

Aïcha n'aimait pas :

Ses camarades, le froid dans les couloirs, la nourriture au déjeuner, les leçons qui duraient trop longtemps, les verrues sur le visage de sœur Marie-Cécile.

Elle aimait :

Le calme de la chapelle, la musique qu'on jouait au piano certains matins, les séances d'éducation physique où elle courait plus vite

149

que les autres et où elle montait à la corde avant même que ses camarades aient réussi à s'accrocher.

Elle n'aimait pas l'après-midi parce qu'elle avait sommeil, et le matin parce qu'elle était toujours en retard. Elle aimait qu'il y ait des règles et qu'on les respecte.

Quand sœur Marie-Solange lui faisait des compliments sur son travail, Aïcha rougissait. Pendant la prière, Aïcha tenait la main rêche et glacée de la religieuse. Son cœur se remplissait de joie quand elle apercevait le visage de la jeune femme, ses traits nets et sans charme, sa peau abîmée par l'eau froide et le mauvais savon. On aurait dit que la sœur passait des heures à nettoyer ses joues et ses paupières car sa peau était devenue presque translucide, ses taches de rousseur, qui devaient faire son charme autrefois, étaient comme effacées. Peut-être s'échinait-elle à faire disparaître en elle toute étincelle, toute féminité, toute joliesse et donc, tout danger. Jamais Aïcha ne pensa que son institutrice était une femme ; que se cachait sous sa grande robe un corps vivant et palpitant, un corps comme celui de sa mère, capable de hurler, de jouir et de fondre en larmes. Avec sœur Marie-Solange, Aïcha quittait le monde terrestre. Elle laissait derrière elle la mesquinerie et la laideur des hommes, et elle flottait dans un univers éthéré, en compagnie de Jésus et des apôtres.

Les écolières fermèrent leurs livres brusquement et on aurait dit qu'elles applaudissaient en chœur, à la fin d'une pièce. Les filles se mirent à discuter, sœur Marie-Solange appela au calme mais rien n'y fit. « Mettez-vous en rang. Sans discipline, mesdemoiselles, il n'y aura pas de sortie. » Aïcha posa sa tête contre son coude et noya son regard dans la contemplation de la cour. Elle essaya de voir loin, plus loin que l'arbre qui avait perdu ses feuilles, plus loin que le mur d'enceinte, plus loin que la guérite où Brahim avait le droit de se reposer lorsqu'il faisait froid. Elle n'avait pas envie de sortir, pas envie de donner la main à une petite fille qui, sournoisement, planterait ses ongles dans sa chair et se mettrait à rire. Elle détestait la ville, et l'idée de la traverser, au milieu de cet essaim d'étrangères, l'inquiétait.

Sœur Marie-Solange passa sa main sur le dos d'Aïcha et elle lui dit qu'elles marcheraient ensemble et qu'elles guideraient la classe, qu'il n'y avait pas à s'inquiéter. Aïcha se leva, frotta ses yeux et enfila le manteau que sa mère avait cousu et qui, au niveau des aisselles, était un peu trop étroit et lui donnait une démarche étrange, rigide.

Les petites filles se rassemblèrent devant la grille du pensionnat. Malgré leurs efforts pour se tenir tranquilles on sentait que la petite légion était traversée par une excitation hystérique, qu'une émeute pouvait à tout instant éclater. Personne, ce matin-là, n'écouta la leçon de sœur Marie-Solange. Personne ne comprit que se cachait un avertissement dans le discours de la religieuse. « Dieu, avait-elle dit de sa voix fragile, aime tous ses enfants. Il n'existe pas de races inférieures et de races supérieures. Les hommes, sachez-le, sont tous égaux devant Dieu même s'ils sont différents. » Aïcha non plus ne comprit pas ce que la sœur voulait dire mais ces mots firent sur elle une forte impression. Elle retint une leçon : seuls les hommes et les enfants sont aimés de Dieu. Elle se persuada que les femmes étaient exclues de cet amour universel et elle s'inquiéta désormais d'en devenir une. Cette fatalité lui parut affreusement cruelle et elle repensa à Ève et à Adam qui avaient été rejetés du paradis. Quand la femme en elle finirait par éclore, elle devrait supporter cet exil hors de l'amour divin.

« En avant mesdemoiselles ! » Sœur Marie-Solange fit un grand geste du bras et elle invita les enfants à la suivre jusqu'au car garé dans la rue. Sur le trajet, elle leur fit une leçon d'histoire. « Ce pays, leur expliqua-t-elle, ce pays que nous aimons tant a une histoire millénaire. Regardez autour de vous, mesdemoiselles, ce bassin, ces murailles, ces portes sont le fruit d'une glorieuse civilisation. Je vous ai déjà parlé du sultan Moulay Ismaïl, contemporain de notre Roi-Soleil. Souvenez-vous de son nom, jeunes filles. » Elles ricanèrent parce que l'institutrice avait prononcé le nom du roi indigène en insistant sur les sons gutturaux, en montrant bien qu'elle parlait la langue des Arabes. Mais personne ne fit de remarque car on se souvenait de la colère de la religieuse le jour où Ginette avait demandé : « On apprend à parler le raton maintenant ? » Les filles l'auraient juré, sœur Marie-Solange s'était retenue de gifler son élève. Puis sans doute avait-elle pensé que Ginette n'avait que six ans et qu'il fallait faire preuve de pédagogie et de patience. Un soir, sœur Marie-Solange s'était confiée à la mère supérieure qui, tout en l'écoutant, passait sa langue râpeuse sur ses lèvres et arrachait, du bout des dents, de petits morceaux de peau. Elle lui raconta qu'elle avait eu une vision, oui, une illumination même tandis qu'elle se promenait à Azrou, sous les cèdres au bord d'un torrent. En voyant marcher les femmes, leurs enfants sur le dos, un châle coloré jeté par-dessus leurs cheveux, en contemplant les hommes appuyés sur un bâton de bois, guidant leurs familles et leurs troupeaux, elle avait vu Jacob, Sarah et Salomon. Ce pays, s'exclama-t-elle, lui offrait des scènes de pauvreté et d'humilité dignes des gravures de l'Ancien Testament.

*

La classe s'arrêta devant un bâtiment sombre dont il était impossible de deviner à quoi il servait ou ce qu'il abritait. Un homme en costume bleu nuit les attendait devant ce qui servait de porte et qui était plutôt un trou creusé à même la muraille. Le guide tenait ses mains serrées l'une contre l'autre devant son sexe et il parut troublé, terrifié même, en apercevant l'essaim d'écolières qui se rapprochaient. De sa voix aiguë et tremblante, il tenta de parler plus fort que le bourdonnement mais il fallut que les religieuses se mettent en colère pour qu'il parvienne à se faire entendre. « Nous allons descendre les escaliers. Il fait sombre et le sol est glissant. Je vous demanderai d'être très vigilantes. » Une fois qu'elles eurent pénétré dans ce qui ressemblait à une grotte, les jeunes filles se turent, rendues muettes par la peur, le froid glacial qui émanait des murs en terre et l'atmosphère lugubre des lieux. Une jeune fille, mais personne n'aurait pu dire qui à cause de l'absence de lumière, poussa un cri sinistre, imitant le gémissement d'un spectre ou le cri d'un loup. « Un peu de respect, mesdemoiselles. Ici des frères chrétiens subirent de terribles supplices. » Elles traversèrent en silence un dédale de couloirs et de corridors.

Sœur Marie-Solange passa la parole au jeune guide dont la voix tremblait. Il était surpris par la jeunesse de son auditoire et il ne savait pas ce qu'il pouvait dire devant des enfants, aux âmes impressionnables. Plusieurs fois il chercha ses mots, revint sur ses propos, s'excusa en essuyant son front avec un mouchoir élimé. « Nous sommes ici dans ce que l'on appelle la prison des chrétiens. » Il tendit la main vers le mur qui leur faisait face et elles poussèrent des cris quand il leur fit voir les inscriptions laissées par les prisonniers, il y avait des siècles de cela. Il tournait à présent le dos aux écolières et il finit par oublier leur présence pour gagner en éloquence et en témérité. Il raconta le calvaire des milliers d'hommes – « On en dénombre près de deux mille à la fin du XVIIᵉ siècle » – que Moulay Ismaïl avait fait enfermer ici, et il insista sur le génie de ce « sultan bâtisseur » qui avait fait construire des kilomètres de tunnels souterrains dans lesquels ces esclaves se traînaient, mourants, aveugles, pris au piège. « Levez les yeux », dit-il, confiant, presque autoritaire, et les fillettes, silencieuses, pointèrent leurs nez vers le ciel. Un trou était creusé dans la roche et c'est par là, dit-il, que l'on jetait les prisonniers et la nourriture qui suffisait à peine à les faire survivre.

Aïcha se colla contre sœur Marie-Solange. Elle respira l'odeur de sa robe, elle accrocha ses doigts à la corde qui lui servait de ceinture. Quand le guide leur détailla le système des matmouras, ces silos souterrains dans lesquels les prisonniers étaient enfermés et où ils mouraient parfois étouffés, elle sentit les larmes lui monter aux yeux. « Dans les murs, ajouta l'homme, qui ressentait à présent un plaisir pervers à effrayer ces oisillons, dans ces murs on trouve des squelettes. Les esclaves chrétiens, qui ont aussi construit les hautes murailles qui protègent la ville, tombaient parfois de fatigue et leurs persécuteurs, alors, les emmuraient. » L'homme prit une voix de prophète, une voix d'outre-tombe qui donna des frissons aux enfants. Dans toutes les murailles de ce glorieux pays, dans tous les remparts des villes impériales, on pouvait trouver, en grattant sous la pierre, les corps des esclaves, des hérétiques, des indésirables. Aïcha y pensa sans cesse dans les jours qui suivirent. Partout il lui sembla voir, en transparence, des squelettes recroquevillés et elle pria avec passion pour le repos des âmes damnées.

Quelques semaines plus tard, Amine trouva sa femme au pied du lit, le nez écrasé sur le sol, les genoux ramenés contre son torse. Elle claquait des dents si fort qu'il eut peur qu'elle se coupe la langue et qu'elle l'avale, comme cela arrivait aux épileptiques de la médina. Mathilde gémissait et Amine la souleva dans ses bras. Il sentit, sous ses paumes, les muscles contractés de sa femme et il lui caressa doucement le bras pour la rassurer. Il appela Tamo et, sans regarder la bonne, il lui confia la garde de sa femme. « Je vais travailler. Prends soin d'elle. »

Quand il revint le soir, Mathilde délirait. Elle s'agitait, comme prisonnière des draps trempés, elle appelait sa mère en alsacien. Sa température était si élevée que son corps faisait des bonds, comme si on lui administrait des électrochocs. Au pied du lit, Aïcha pleurait. « Je vais chercher le médecin », annonça Amine au petit matin. Il prit la voiture et il partit, laissant Mathilde sous la surveillance de la bonne que la maladie de sa patronne ne semblait pas impressionner.

Une fois seule, Tamo se mit au travail. Elle fit un mélange de plantes, dosa minutieusement chaque ingrédient et versa dessus de l'eau bouillante. Sous les yeux ébahis d'Aïcha, elle pétrit la pâte odorante et elle dit : « Il faut chasser les mauvais esprits. » Elle déshabilla Mathilde, qui ne réagissait pas, et elle enduit de mixture ce grand corps blanc dont la pâleur l'éblouit. Elle aurait pu trouver un plaisir méchant à dominer ainsi sa maîtresse. Elle aurait pu vouloir se venger de cette chrétienne sévère et blessante, qui la traitait comme une sauvage, qui lui disait qu'elle était aussi sale que les blattes grouillant autour des jarres d'huile d'olive. Mais Tamo, qui avait beaucoup pleuré, la nuit, dans la solitude de sa chambre, massa les cuisses de sa patronne, apposa ses mains sur ses tempes et elle pria avec un dévouement sincère. Au bout d'une heure, Mathilde s'apaisa. Sa mâchoire se détendit et ses dents cessèrent de grincer. Assise contre le mur, les doigts tachés de vert, Tamo répéta inlassablement une supplique dont Aïcha suivait la mélodie en regardant ses lèvres.

Quand le médecin arriva, il trouva l'Alsacienne à moitié nue, le corps recouvert d'une mixture verdâtre dont l'odeur se répandait jusque dans le couloir. Tamo était assise au chevet de la malade et quand elle vit les hommes entrer, elle replaça le drap sur le ventre de Mathilde et sortit de la chambre, la tête basse.

« C'est la fatma qui a fait ça ? » demanda le médecin, le doigt pointé en direction du lit. La pâte verte avait taché les draps, les coussins, le couvre-lit, et elle avait coulé sur le tapis que Mathilde avait acheté à son arrivée à Meknès et auquel elle tenait beaucoup. Tamo avait laissé des traces de doigts sur les murs, sur la table de nuit, et la chambre ressemblait à ces tableaux d'artistes dégénérés qui confondaient le talent et la mélancolie. Le médecin haussa les sourcils et il ferma les yeux pendant une ou deux minutes qui parurent interminables à Amine. Il aurait voulu que l'homme se précipite sur sa patiente, qu'il fasse un diagnostic, qu'il trouve une solution. Au lieu de ça, il tournait autour du lit, rajustait le coin du drap, mettait un livre à l'endroit, commettait toutes sortes d'actes inutiles et absurdes.

Enfin, il ôta sa veste et la plia soigneusement avant de la déposer sur le dossier d'une chaise. Ce faisant, il lança de brefs et piquants coups d'œil à Amine comme pour lui faire la leçon. Alors seulement il se pencha au-dessus de la malade, passa sa main sous le drap pour l'ausculter et comme s'il venait de se rappeler qu'un homme, dans son dos, l'observait il se retourna.

« Laisse-nous seuls. » Amine s'exécuta.

« Madame Belhaj, vous m'entendez ? Comment vous sentez-vous ? »

Mathilde tourna vers lui son visage creusé

par la fatigue. Elle avait du mal à garder ouverts ses beaux yeux verts et elle semblait déboussolée, comme un enfant qui se réveille dans un lieu qu'il ne connaît pas. Le médecin crut qu'elle allait pleurer, demander de l'aide. Cela lui fendit le cœur de voir cette grande femme blonde, cette femme qui devait être charmante lorsqu'elle s'en donnait la peine, lorsqu'on lui offrait l'occasion d'avoir des manières. Ses pieds étaient secs et couverts de corne, ses ongles longs et épais. Il attrapa le bras de Mathilde et, en prenant soin de ne pas se salir avec la pâte d'herbes, il prit son pouls puis glissa la main sous le drap pour palper son abdomen. « Ouvrez la bouche et dites "Aaa". » Mathilde s'exécuta.

« C'est une crise de paludisme. C'est assez fréquent par ici. » Il approcha sa chaise du petit bureau de Mathilde et il contempla les gravures de l'oncle Hansi, qui dépeignait Colmar dans les années 1910, puis il avisa le livre d'histoire sur la ville de Meknès. Un papier à lettres de qualité médiocre traînait sur la table ; des brouillons avaient été raturés. Il sortit une ordonnance de son sac en cuir et écrivit. Il ouvrit la porte de la chambre et chercha le mari des yeux. Il n'y avait dans le couloir qu'une petite fille, maigre et décoiffée. Elle s'appuyait contre le mur et tenait à la main une poupée couverte de taches. Amine arriva et le médecin lui tendit son papier.

« Va chercher cela chez le pharmacien.

— Qu'est-ce qu'elle a, docteur ? Est-ce qu'elle va mieux ? »

Le médecin parut agacé.

« Fais vite. »

Le docteur ferma la porte de la chambre derrière lui et resta au chevet de la malade. Il lui sembla qu'il devait la protéger, non pas de la maladie, mais de la situation dans laquelle elle s'était mise. Devant cette femme nue et vidée de ses forces, il imagina l'intimité qu'elle partageait avec cet Arabe orageux. Il l'imagina d'autant mieux qu'il avait aperçu dans le couloir le fruit dégoûtant de cette union et il eut un haut-le-cœur, un sursaut de révolte. Bien sûr, il savait que le monde avait changé, que la guerre avait bouleversé toutes les règles, tous les codes, comme si on avait mis les gens dans un bocal et qu'on l'avait remué, faisant se rencontrer des corps dont lui jugeait qu'il était indécent qu'ils se touchent. Cette femme dormait dans les bras de cet Arabe chevelu, de ce rustre qui la possédait, qui lui donnait des ordres. Tout cela n'était pas juste, ce n'était pas l'ordre des choses, ces amours-là créaient le désordre et le malheur. Les sang-mêlé annoncent la fin du monde.

Mathilde demanda à boire et il porta aux lèvres de la malade un verre d'eau fraîche. « Merci, docteur », dit-elle, et elle serra dans sa main la main du praticien.

Enhardi par ce geste complice, celui-ci demanda : « Pardonnez-moi, chère madame, de me montrer indiscret. Mais je suis curieux. Comment diable avez-vous atterri ici ? »

Mathilde était trop faible pour parler. Elle aurait voulu griffer la main dans laquelle il tenait la sienne encore serrée. Loin, très loin au fond de son esprit, une pensée tentait d'émerger, de se faire entendre. Une révolte couvait mais elle n'avait pas la force de lui donner corps. Elle aurait aimé trouver une parade, une réplique cinglante à ce terme qui la mettait en rage. « Atterrir », comme si sa vie n'était qu'un accident, comme si ses enfants, cette maison, toute son existence n'était qu'une erreur, un égarement. « Il faudra que je trouve quoi leur répondre, pensa-t-elle. Il faudra que je me forge une carapace de mots. »

Pendant les jours et les nuits où sa mère garda la chambre, Aïcha s'inquiéta. Si sa mère mourait, qu'allait-il advenir d'elle ? Elle s'agitait dans la maison, comme une mouche sous un verre. Elle roulait des yeux pour interroger des adultes en qui elle n'avait pas confiance. Tamo la câlinait et la couvrait de paroles tendres. Elle savait que les enfants sont comme les chiens, qu'ils comprennent ce qu'on leur cache et sentent venir la mort. Amine, lui aussi, était désemparé. La maison était triste sans les jeux de Mathilde, sans les farces idiotes qu'elle aimait préparer. Elle posait sur le haut des portes de petits seaux d'eau et elle cousait l'intérieur des manches de veste d'Amine. Il aurait donné n'importe quoi pour qu'elle se lève, pour qu'elle organise une partie de cache-cache dans les buissons du jardin. Pour qu'elle raconte en reniflant une histoire du folklore alsacien.

*

Pendant la maladie de sa voisine, la veuve Mercier était souvent venue la voir pour prendre des nouvelles et lui prêter des romans. Mathilde ne s'expliquait pas la soudaine amitié dont la veuve lui faisait grâce. Avant, elles n'avaient eu que des relations distantes, levant la main quand elles se croisaient dans un champ, se faisant cadeau de fruits dont la récolte avait été abondante et qui menaçaient de pourrir. Mathilde ignorait que le jour de Noël, la veuve s'était levée à l'aube et que seule, dans sa chambre glacée, elle avait croqué dans une orange. Elle épluchait les agrumes avec les dents et elle aimait le goût amer que le zeste laissait sur son palais. Elle avait ouvert la porte qui donnait sur son jardin et malgré le givre qui avait paralysé chaque plante, malgré le vent glacial qui soufflait dans la plaine, elle était sortie pieds nus dans le jardin. C'est à ses pieds qu'on reconnaissait la paysanne ; ses pieds qui avaient foulé les sols brûlants, qui ne craignaient plus la brûlure des buissons d'orties, ses pieds à la plante recouverte de corne. La veuve connaissait son domaine par cœur. Elle savait combien de cailloux couvraient la terre, combien de rosiers y fleurissaient, combien de lapins grattaient le sol de leurs clapiers.

Ce matin de Noël, elle regarda en direction de l'allée de cyprès et elle poussa un petit cri. La superbe haie de cyprès colonne, qui tenait lieu de clôture à son domaine, lui apparut comme une bouche à laquelle on aurait, dans la nuit, arraché une dent. Elle fit venir Driss qui buvait son thé dans la maison. « Driss, viens ici, dépêche-toi ! » L'ouvrier, qui lui tenait lieu d'associé, de fils et de mari de substitution, arriva en courant, son verre à la main. Elle pointa l'index en direction de l'arbre manquant et Driss mit un certain temps à comprendre. Elle savait bien qu'il allait invoquer les esprits, qu'il allait la mettre en garde contre un mauvais sort que quelqu'un aurait jeté contre elle car Driss ne pouvait expliquer les événements sortant de l'ordinaire que par la magie. La vieille femme, dont le visage buriné était traversé par de profonds sillons, posa ses poings sur ses hanches maigres. Elle rapprocha son front de celui de Driss, elle plongea son regard gris dans celui du paysan et elle lui demanda ce qu'il savait de Noël. L'homme haussa les épaules. « Pas grand-chose », sembla-t-il dire. Il avait vu passer ici des générations de chrétiens, paysans misérables ou opulents propriétaires terriens. Il les avait vus retourner la terre, construire des baraques, dormir sous la tente, mais de leur intimité et de leurs croyances il ignorait tout. La veuve lui tapa sur l'épaule et elle se mit à rire. Un rire franc et éclatant, un rire d'argent frais comme une fleur, qui résonna dans le silence de la campagne. Driss se gratta

le crâne du bout de l'index et il prit un air perplexe. Vraiment, cette histoire n'avait aucun
sens. Il fallait qu'un djinn ait conçu contre la
vieille une vengeance et que cet arbre envolé
soit le signe d'un envoûtement. Il se rappela
les rumeurs qui couraient sur sa patronne. On
disait qu'elle avait enterré sur sa propriété des
enfants mort-nés et même des fœtus que son
ventre sec n'avait pas su mener à terme. Qu'un
chien avait un jour ramené jusqu'au douar,
dans sa gueule, le bras d'un bébé. Certains
prétendaient que des hommes venaient la nuit,
chercher du réconfort entre ses cuisses flétries
et, bien que Driss passât toutes ses journées
ici, bien qu'il fût le témoin de la vie ascétique
de la vieille, il ne pouvait s'empêcher de prêter
l'oreille aux médisances et de s'en inquiéter.
Elle n'avait pas de secrets pour lui. Quand son
mari fut mobilisé, puis prisonnier, et quand il
mourut du typhus dans un camp, c'est à Driss
qu'elle confia son désarroi et son chagrin. Et
lui admirait son courage et il n'en revenait pas
de voir pleurer cette femme qui conduisait le
tracteur, qui s'occupait des bêtes, qui donnait des ordres aux ouvriers avec une éclatante
autorité. Il lui savait gré de tenir tête à Roger
Mariani, leur voisin, qui était arrivé d'Algérie
dans les années 1930, juste avant la veuve et
Joseph, son mari, et qui traitait les ouvriers
avec rudesse, n'ayant pour seule règle que de
faire suer le burnous.

La veuve croisa les bras et resta ainsi, silencieuse et immobile pendant quelques minutes.

Puis elle se retourna vivement et dans un arabe parfait, elle dit à Driss : « Oublions ça, veux-tu ? Allez, au travail. » Dans les jours qui suivirent, à chaque fois qu'elle repensait à l'arbre manquant, son corps chétif était secoué par les rires. Elle en conçut, en secret, une certaine affection pour Mathilde et pour son mari. Et après les fêtes, qu'elle passa seule sur sa propriété, elle décida de se rendre chez les Belhaj où elle découvrit Mathilde, frappée par le coup de bambou. La vieille demanda ce qu'elle pouvait faire et en apercevant, sur le sofa où Mathilde passait ses journées, des romans aux pages cornées, elle proposa de lui prêter des livres. L'Alsacienne, dont les yeux brillaient de fièvre, lui prit la main et la remercia.

Un jour, alors que Mathilde était en convalescence, une voiture rutilante, conduite par un chauffeur à casquette, se gara devant le portail de la propriété. Amine vit descendre un homme grand et bien portant qui, arrivé à sa hauteur, demanda avec un fort accent :

« Puis-je voir le propriétaire ?

— C'est moi-même », répondit Amine, et l'homme sembla s'en réjouir. Il portait d'élégants souliers vernis qu'Amine ne put s'empêcher de fixer. « Vous allez salir vos chaussures.

— Ça n'a aucune importance, croyez-moi. Ce qui m'intéresse c'est le beau domaine que vous avez là. Consentiriez-vous à me le faire visiter ? »

Dragan Palosi posa beaucoup de questions à Amine. Il lui demanda comment il avait acquis ses terres, quels types de culture il comptait développer, quels étaient ses revenus et ses attentes pour les années à venir. Amine répondit très brièvement car il se méfiait de cet homme à l'accent étrange, trop bien habillé

167

pour marcher dans les champs. Amine se mit à transpirer et il observa du coin de l'œil le visage rond du visiteur, qui passait un mouchoir sur son front et son cou. Il songea qu'il n'avait même pas eu le temps de lui demander son nom. Quand l'homme se présenta, Amine ne put s'empêcher de grimacer et son visiteur éclata de rire.

« C'est hongrois, dit l'homme. Dragan Palosi. J'ai un cabinet rue de Rennes. Je suis médecin. »

Amine hocha la tête. Il n'était pas plus avancé. Que venait faire un médecin hongrois par ici ? Dans quelles combines allait-il essayer de l'entraîner ? Brusquement, Dragan Palosi s'arrêta et leva les yeux. Il observa avec attention la rangée d'orangers qui se dressait devant lui. Les arbres étaient encore jeunes mais ils portaient beaucoup de fruits. Dragan remarqua alors qu'une branche de citronnier dépassait d'un des arbres et que les fruits jaunes se mêlaient aux énormes oranges.

« C'est amusant, dit le Hongrois en s'approchant de l'arbre.

— Ah, ça ? Oui, ça fait rire les enfants. C'est un jeu entre nous. Ma fille l'appelle "le citrange". J'ai greffé une branche de poirier sur un cognassier aussi, mais pour celui-là on n'a pas encore trouvé de nom. »

Amine se tut car il ne voulait pas apparaître comme un dilettante ou un illuminé aux yeux de ce docteur en médecine.

« Je voudrais vous proposer un marché. » Dragan prit le bras d'Amine et l'entraîna sous un arbre, vers un coin d'ombre. Il raconta qu'il nourrissait depuis des années le rêve d'exporter des fruits en Europe de l'Est. « Des oranges et des dattes », expliqua-t-il à Amine qui n'avait aucune idée de quels pays il pouvait bien parler. « Je m'occuperai du transport des oranges vers le port de Casablanca. Je paierai vos ouvriers pour la récolte et vous recevrez aussi un loyer pour vos terres. Marché conclu ? » Amine lui serra la main et ce jour-là, quand il rentra de l'école avec Aïcha, ils trouvèrent Mathilde assise sur les marches du petit escalier qui donnait dans le jardin. L'enfant courut dans les bras de sa mère et elle pensa que ses prières n'avaient pas été vaines et que Mathilde allait vivre. « *Je vous salue Marie.* »

*

Quand elle put se lever, Mathilde se réjouit de sa perte de poids. Dans le miroir elle découvrit son visage blême, ses traits tirés, ses yeux cerclés de cernes. Elle prit l'habitude d'étaler un drap sur l'herbe, devant la porte vitrée de la maison, et de passer ses matinées au soleil avec les enfants qui jouaient. L'arrivée du printemps la ravit. Chaque jour elle observait l'éclosion des boutons sur les branches, elle écrasait entre ses doigts les fleurs odorantes des orangers, elle se penchait au-dessus du fragile lilas. Devant elle, les champs qui n'étaient pas cultivés étaient entièrement recouverts de coquelicots rouge sang, de fleurs sauvages aux teintes orange. Ici, rien ne faisait obstacle au vol des oiseaux. Pas de poteaux électriques, pas de bruit de voiture, pas de murs sur lesquels ils pourraient écraser leurs crânes minuscules. Depuis que les beaux jours étaient revenus, elle entendait le pépiement de centaines d'oiseaux invisibles et les branches des arbres tremblaient sous l'écho de leurs chants. L'isolement de la ferme, qui l'avait tant terrifiée, qui l'avait plongée dans une profonde mélancolie, durant ces premiers jours de printemps l'éblouit.

Un après-midi, Amine vint les rejoindre et il s'allongea auprès de son fils, avec une nonchalance qui surprit Aïcha. « J'ai rencontré des gens amusants et qui devraient te plaire », annonça-t-il à sa femme. Il lui raconta l'irruption de Dragan sur la propriété, ses projets fantasques, et il lui exposa tous les bénéfices qu'ils pourraient tirer de cette association. Mathilde fronça les sourcils. Elle n'avait pas oublié la façon dont Bouchaïb s'était joué de la naïveté de son mari et elle craignait qu'il ne se laisse, une fois encore, séduire par de fausses promesses.

« Et pourquoi te demande-t-il ça à toi ? Roger Mariani cultive des hectares d'oranges, il est bien plus connu par ici. »

La méfiance de sa femme le blessa et Amine se leva brusquement.

« Tu n'auras qu'à le lui demander toi-même. Sa femme et lui nous invitent à déjeuner ce dimanche. »

Pendant toute la matinée du dimanche, Mathilde se plaignit de n'avoir rien à se mettre. Elle finit par enfiler sa robe bleue qui était si démodée et elle reprocha à Amine de ne pas la comprendre. Elle rêvait de la collection New Look de Dior qui faisait fureur chez les Européennes de la ville nouvelle.

« Je portais déjà cette robe au sortir de la guerre. Ces longueurs ne sont plus du tout à la mode. De quoi je vais avoir l'air ?

— Tu n'as qu'à porter le haïk, comme ça au moins, tu ne te poseras pas ce genre de problème. »

Amine se mit à rire et Mathilde le détesta. Elle s'était réveillée de mauvaise humeur et ce déjeuner, qui aurait dû l'enchanter, lui apparut comme une corvée.

« Mais de quel genre de déjeuner s'agit-il ? Serons-nous seuls ou y aura-t-il d'autres invités ? Crois-tu qu'il faille être très apprêté ? » À quoi Amine répondit en haussant les épaules : « Qu'est-ce que j'en sais ? »

Les Palosi habitaient en ville nouvelle, près de l'hôtel Transatlantique, et leur maison jouissait d'une vue sublime sur la ville et ses minarets. Le couple les attendait sur leur perron, protégés du soleil brûlant par un petit auvent de tissu orange et blanc. Tandis qu'Amine et Mathilde descendaient de leur voiture et s'avançaient vers la porte d'entrée, le médecin garda les bras grands ouverts, comme un père de famille qui accueille ses enfants. Dragan Palosi portait un élégant complet bleu marine et une cravate au nœud large. Ses chaussures vernies étaient aussi brillantes que son épaisse moustache, dont il prenait grand soin. Il avait des joues épaisses, des lèvres charnues, et tout en lui exprimait une certaine rondeur, une gourmandise, un plaisir d'être vivant. Il agita ses mains puis les posa sur les joues de Mathilde, comme on le fait aux petites filles. C'étaient deux mains énormes et couvertes de poils noirs, des mains de tueur ou de boucher, et Mathilde ne put s'empêcher d'imaginer Dragan Palosi extraire, de ces deux mains gigantesques, un bébé du sexe d'une femme. Elle sentit sur sa joue le contact froid d'une chevalière en or que l'homme portait à l'annulaire et qui comprimait sa circulation sanguine.

À ses côtés se tenait une femme blonde dont il était difficile de regarder le visage ou d'admirer la silhouette tant sa poitrine, énorme, éclatante, surdimensionnée, attirait irrésistiblement le regard. L'hôtesse offrit à Mathilde un sourire paresseux et lui tendit une main molle. Elle était coiffée à la dernière mode et portait une robe qui semblait sortie d'un magazine et pourtant, tout en elle suintait la vulgarité, le manque d'élégance. Il y avait la façon dont elle avait appliqué son rouge à lèvres orange, la manière dont elle avait posé sa main sur sa hanche et puis, surtout, le claquement de sa langue à la fin de ses phrases. Elle semblait vouloir établir avec Mathilde une idiote complicité basée sur le sexe ou sur la nationalité.

172

Corinne était française, « de Dunkerque » répéta-t-elle, en roulant le « r ». Mathilde se sentit ridicule quand, en arrivant sur le perron de la maison, elle tendit à Corinne deux plats contenant un kouglof et une tarte aux figues. L'hôtesse attrapa les plats du bout des doigts, avec la maladresse de ceux qui soulèvent un bébé pour la première fois. Amine eut honte de sa femme et Mathilde le sentit. Corinne n'était pas le genre de femme à se préoccuper des gâteaux, à perdre son temps, sa jeunesse et sa beauté dans une cuisine surchauffée, parmi les domestiques et les enfants braillards. Dragan avait peut-être perçu le malaise car il remercia Mathilde avec une chaleur et une gentillesse qui l'émurent. Il souleva le torchon, se pencha, plongea son nez épais à quelques centimètres des gâteaux et il respira longuement, profondément. « Mais quelle merveille ! » s'exclama-t-il, et Mathilde rougit.

Et tandis que Corinne entraînait Mathilde dans le salon, qu'elle lui indiquait un fauteuil et lui proposait à boire, qu'elle s'asseyait en face d'elle et lui racontait son histoire, Mathilde pensa : « C'est une pute. » Elle ne prêta aucune attention au récit de la jeune femme car elle était certaine que cela ne pouvait être que des mensonges et elle ne voulait pas se laisser duper. Si les gens venaient ici, dans cette ville perdue, c'était pour mentir, pour se réinventer. Elle fut obligée d'écouter l'histoire de la rencontre de Corinne avec ce riche gynécologue hongrois mais elle ne crut pas une seconde au prétendu coup de foudre qui les avait terrassés. Pendant l'apéritif, où elle but sans compter un excellent porto, Mathilde ne pensa qu'à une chose. Elle regarda entrer et sortir le maître d'hôtel marocain, elle observa le sourire radieux de son mari, elle fixa la chevalière qui étranglait le doigt dodu du gynécologue et elle pensa « C'est une pute. » Ces mots résonnaient dans son crâne, comme les rafales d'une mitrailleuse. Elle imaginait Corinne dans un bordel de Dunkerque, pauvre fille transie de honte et de froid, silhouette boulotte à moitié nue, en combinaison de nylon et en socquettes. Dragan sans doute l'avait sortie du ruisseau, peut-être avait-il éprouvé pour elle un amour passionnel et des sentiments chevaleresques, mais cela ne changeait rien. Cette femme troublait Mathilde, elle la dégoûtait et la fascinait, elle l'intéressait et elle lui donnait envie de fuir.

À plusieurs reprises au cours de l'apéritif, quand la conversation s'enlisait dans un silence gênant, Dragan évoqua ces gâteaux qu'il se réjouissait de manger et il lança à Mathilde un sourire complice. Il s'était toujours mieux entendu avec les femmes. Enfant, rien ne l'avait fait plus souffrir que le pensionnat de garçons où l'avaient inscrit ses parents et où il avait dû subir cette virilité oppressante. Il aimait les femmes non pas comme un séducteur mais comme un ami, comme un frère. Dans sa vie d'adulte, qui avait été marquée par l'exil et l'errance, les femmes lui étaient toujours apparues comme des alliées. Elles comprenaient la mélancolie qui l'étreignait, elles savaient ce que cela faisait d'être réduite à l'arbitraire de son sexe comme il avait été réduit à l'absurde de sa religion. D'elles, il avait appris un mélange de résignation et de combativité, il avait compris que la joie était une vengeance contre ceux qui voulaient vous nier.

Amine et Mathilde s'étonnèrent du raffinement de la maison des Palosi. À regarder ce couple, on aurait difficilement pu imaginer une telle délicatesse, une telle recherche dans l'ameublement, dans la disposition des tentures, dans le choix des couleurs. Ils s'installèrent dans une salle de réception charmante qu'une large baie vitrée ouvrait sur l'extérieur et sur un jardin dont on ne pouvait qu'admirer l'extraordinaire tenue. Des bougainvilliers poussaient sur le mur du fond et la glycine était en fleur. Sous un jacaranda, Corinne avait fait installer une table et des chaises. « Mais il fait trop chaud pour manger dehors, non ? »

À chaque fois qu'elle parlait ou qu'elle riait, ses seins se soulevaient et on avait l'impression qu'ils allaient sortir de sa robe, se déplier, que les tétons allaient apparaître comme éclatent des bourgeons sous l'effet du printemps. Amine ne la quitta pas des yeux et il sourit avec appétit, plus beau que jamais. À force de vivre au grand air, son visage était sculpté par le vent et le soleil, il avait les yeux pleins d'horizon, sa peau recelait une odeur merveilleuse. Mathilde n'ignorait pas le pouvoir de séduction qu'il exerçait sur les femmes. Elle se demanda alors si c'était pour lui faire plaisir qu'il avait accepté cette invitation ou si c'étaient les rondeurs de cette femme, sa lascivité, qui les avaient entraînés ici.

« Votre femme est très élégante », avait fait remarquer Amine en arrivant sur le perron, et il avait posé un baiser langoureux sur la main de Corinne. « Oh mais ces gâteaux ont l'air délicieux, avait répondu Dragan. Votre femme est un cordon-bleu. » Quand, au cours du repas, il reparla des gâteaux, Mathilde eut envie de disparaître. Elle posa ses mains sur ses tempes pour rattraper sa coiffure, qui s'était affaissée. La sueur dégoulinait sur son front et sa robe bleue était tachée sous les aisselles et entre les seins. Mathilde avait passé la matinée à s'agiter dans la cuisine, puis il avait fallu courir pour faire manger les enfants et donner des recommandations à Tamo. La voiture avait calé à dix kilomètres de la ferme et c'est elle qui avait poussé parce qu'Amine prétendait qu'elle ne savait pas manœuvrer efficacement. Tandis qu'elle portait à sa bouche une mousse de foie trop compacte, elle se dit que son mari était fourbe et que c'était pour ne pas abîmer sa veste du dimanche qu'il l'avait forcée à pousser la vieille guimbarde. C'était à cause de lui si elle était arrivée ainsi chez les Palosi, épuisée et transpirante, sa robe chiffonnée, ses jambes couvertes de piqûres d'insectes. Elle complimenta Corinne pour sa délicieuse entrée et elle glissa sa main sous la table pour gratter ses mollets qui la démangeaient.

Elle voulut demander : « Que faisiez-vous pendant la guerre ? » car il lui semblait que c'était la seule façon de connaître les gens. Mais Amine, que le vin blanc avait rendu bavard, se mit à parler de politique marocaine avec Dragan, et les femmes se sourirent en silence. Corinne laissa tomber la cendre de sa cigarette sur le sol et une petite braise brûla une frange du tapis. L'air las, les yeux embrumés par l'alcool, elle proposa à Mathilde de l'accompagner dans le jardin et celle-ci accepta à contrecœur. « Je la laisserai parler », se répétait-elle, butée, mauvaise. Corinne sortit d'un petit guéridon un paquet de cigarettes et elle en proposa une à Mathilde. « Il faudra amener vos enfants la prochaine fois. J'avais fait préparer des friandises et il y a quelques vieux jouets dans la pièce du fond. Ils ont été laissés par les anciens propriétaires », expliqua-t-elle d'une voix asséchée par la mélancolie. Corinne s'assit sur une des marches de l'escalier qui menait au jardin. « Quand êtes-vous arrivée au Maroc ? » demanda-t-elle. Mathilde lui raconta son histoire et, en cherchant ses mots, elle se rendit compte que c'était la première fois qu'on l'écoutait ainsi, avec intérêt et bienveillance. Corinne, elle, avait débarqué à Casablanca juste après le déclenchement de la guerre. Dragan, qui avait fui la Hongrie, puis l'Allemagne puis la France, avait entendu dire par un ami russe que le Maroc était un lieu idéal pour tout recommencer. Dans la Ville blanche, sur la côte Atlantique, il avait trouvé un emploi de médecin dans une clinique renommée. Il y avait gagné beaucoup d'argent mais la réputation du directeur et la nature des opérations qu'il pratiquait avaient fini par le faire fuir. Et il avait porté son choix sur Meknès, sa douceur de vivre et ses vergers.

« De quel genre d'opérations s'agissait-il ? » demanda Mathilde que le ton conspirateur de Corinne avait intriguée.

Corinne regarda derrière elle, elle fit glisser ses fesses contre celles de Mathilde et elle chuchota : « Des opérations tout à fait extraordinaires si vous voulez mon avis. Ne savez-vous pas qu'on vient de toute l'Europe pour cela ? Ce docteur est un génie ou un fou, qu'importe, mais on dit qu'il est capable de transformer un homme en femme ! »

À la fin du trimestre, les sœurs demandèrent à voir les parents d'Aïcha. Amine et Mathilde se présentèrent devant la grille avec un quart d'heure d'avance et sœur Marie-Solange les conduisit dans le bureau de la mère supérieure. Ils remontèrent la longue allée de gravier et passèrent devant la chapelle vers laquelle Amine tourna les yeux. Ce dieu-là, que lui réservait-il? Sœur Marie-Solange les fit asseoir en face du long bureau en cèdre sur lequel étaient empilés quelques dossiers. Un crucifix était accroché au-dessus de la cheminée. Lorsque la mère supérieure entra dans son bureau, ils se levèrent et Amine se tint prêt. Avec Mathilde, ils avaient parlé toute la nuit des reproches qu'on allait leur faire : les retards continuels, les tenues d'Aïcha, ses délires mystiques. Ils s'étaient disputés. « Cesse de lui raconter des histoires qui la tourmentent », menaçait Amine. « Achète-nous une voiture », rétorquait Mathilde. Mais face à la directrice, ils se sentirent unis. Quoi qu'elle dise, ils sauraient défendre leur enfant.

La religieuse leur fit signe de s'asseoir. Elle remarqua la différence de taille entre Amine et sa femme et cela eut l'air de l'amuser. Elle pensa sans doute que seul un homme amoureux ou modeste pouvait accepter d'arriver aux épaules de sa femme. Elle s'installa dans son fauteuil et essaya d'ouvrir un tiroir dont elle ne trouvait pas la clé.

« Voilà, sœur Marie-Solange et moi-même voulions vous dire que nous sommes très contentes d'Aïcha. »

Les jambes de Mathilde furent prises de tremblements. Elle attendait la mauvaise nouvelle. « C'est une enfant timide et sauvage et il n'est certes pas facile de l'apprivoiser. Mais ses résultats sont exceptionnels. »

Elle poussa vers eux un livret de notes qu'elle était parvenue à sortir du tiroir. Son doigt osseux glissa sur la feuille, elle avait des ongles blancs, parfaitement taillés, aussi fins que ceux d'une enfant.

« Aïcha est bien au-dessus de la moyenne dans toutes les matières. Et si nous avons voulu vous voir c'est parce que nous pensons que votre fille devrait sauter une classe. Y seriez-vous favorables ? »

Les deux sœurs les fixèrent et affichèrent un sourire radieux. Elles attendaient leur réponse et semblaient déçues qu'ils ne soient pas plus enthousiastes. Amine et Mathilde ne bougèrent pas. Ils fixaient le livret et semblaient avoir entre eux une conversation silencieuse, faite de clignements d'yeux, de sourcils froncés, de lèvres mordues. Amine n'avait pas eu son baccalauréat et ses souvenirs d'école se résumaient aux gifles que l'instituteur distribuait de manière préventive. Mathilde, elle, se souvenait surtout qu'elle avait eu froid, si froid qu'elle ne pouvait apprendre ou tenir un stylo. C'est elle qui prit la parole.

« Si vous pensez que c'est bien pour elle. » Elle faillit ajouter : « Vous la connaissez mieux que nous. »

Quand ils retrouvèrent Aïcha qui les attendait sagement dans la rue, ils la regardèrent bizarrement, comme si c'était la première fois qu'ils la voyaient. Cette enfant, songèrent-ils, leur était étrangère, elle avait malgré son jeune âge une âme et des secrets, quelque chose d'irréductible qu'il leur était impossible de comprendre ou de saisir. Cette petite fille malingre, aux genoux cagneux, au visage chiffonné, cette petite fille hirsute était donc si intelligente. À la maison, elle parlait peu. Elle passait ses soirées à jouer avec les franges du grand tapis bleu et elle était prise de crises d'éternuements à cause de la poussière. Elle ne racontait jamais ce qu'elle faisait à l'école, elle tenait secrètes ses peines, ses joies et ses amitiés. Quand des étrangers venaient à la maison, elle s'enfuyait aussi vite que les insectes que l'on poursuit, elle disparaissait dans sa chambre ou bien dans la plaine. Où qu'elle aille, elle courait, ses longues jambes maigres comme désolidarisées du reste de son corps. Ses pieds étaient en avance sur son torse, sur ses bras, et il semblait que si Aïcha devenait rouge et transpirait, c'était pour rattraper ses fines guibolles qui, par un sortilège, lui échappaient. Elle semblait ne rien savoir, ne rien connaître. Elle ne demandait jamais d'aide pour ses devoirs et quand Mathilde se penchait au-dessus de ses cahiers, elle ne pouvait qu'admirer l'écriture soignée de sa fille, son aisance, son opiniâtreté.

Aïcha ne posa pas de questions sur le rendez-vous. Ils lui dirent qu'ils étaient contents d'elle et qu'ils allaient fêter ça en déjeunant dans une brasserie de la ville nouvelle. Elle prit la main que Mathilde lui tendait et elle les suivit. La seule chose qui eut l'air de la rendre heureuse fut la pile de livres que lui tendit sa mère. « Je crois que tu as gagné un prix. » Ils s'installèrent sur la terrasse, sous le grand auvent rouge couvert de poussière. Amine prit le petit verre d'Aïcha et il y versa un fond de bière. Il lui dit que c'était un jour un peu spécial et qu'elle pouvait boire une gorgée avec eux. Aïcha enfonça le nez dans son verre. La bière n'avait pas d'odeur alors elle la porta à sa bouche et avala le liquide amer. Sa mère essuya avec son gant une trace de mousse sur sa joue. Elle aima beaucoup ça, le liquide glacé qui glissait de sa gorge à son estomac et la rafraîchissait. Elle ne réclama pas, ne fit pas de caprice mais elle poussa un peu son verre au centre de la table et sans vraiment y penser son père le remplit à nouveau. Il était encore tout retourné. Sa fille avait l'air d'une souillon et pourtant elle connaissait le latin et elle dépassait toutes les Françaises en mathématiques. « Des dons exceptionnels », avait dit l'institutrice.

Amine et Mathilde commençaient à être un peu ivres. Ils commandèrent des fritures, ils se mirent à rire et à manger avec les doigts. Aïcha parlait peu. Son esprit était tout embrumé. Elle avait l'impression que son corps n'avait jamais été aussi léger, elle sentait à peine ses bras. Il y avait comme un décalage étrange entre ses pensées et ses sentiments, une sorte de contretemps qui la perturbait. Elle était saisie par une intense bouffée d'amour à l'égard de ses parents et quelques secondes après, ce sentiment lui était devenu étranger et elle se mettait à penser à un poème qu'elle avait appris et dont elle avait oublié le dernier vers. Elle n'arrivait pas à concentrer son attention et elle ne rit pas quand une bande de jeunes garçons s'arrêta devant le café et fit quelques acrobaties pour amuser les clients. Elle avait terriblement sommeil et elle eut du mal à garder les yeux ouverts. Ses parents se levèrent pour saluer un couple d'épiciers arméniens à qui ils vendaient des fruits et des cageots d'amandes. Aïcha entendit qu'on prononçait son nom. Son père parlait fort et il posa sa main sur l'épaule osseuse de sa fille. Elle sourit la bouche ouverte, elle regarda la main noire de son père et y posa sa joue. Les adultes l'interrogèrent : « Quel âge as-tu ? », « Est-ce que tu aimes l'école ? » Elle ne répondit pas. Quelque chose lui échappait mais elle savait que c'était quelque chose d'heureux et c'est cette dernière pensée qu'elle emporta avec elle quand elle s'endormit, la tête sur la table du déjeuner.

Elle se réveilla, les joues mouillées par les baisers de sa mère. Ils marchèrent vers l'avenue de la République et le cinéma Empire dont l'entrée faisait penser à un théâtre grec. Ils lui achetèrent une glace qu'elle mangea sur le trottoir, lentement et d'une façon que son père jugea si obscène, qu'il finit par lui arracher le cornet des mains et le jeter à la poubelle. « Tu vas tacher ta robe », se justifia-t-il. On jouait *Le train sifflera trois fois*. Dans la salle, des groupes d'adolescents riaient entre eux, des hommes en habit du dimanche commentaient les nouvelles à voix haute et se disputaient. Une jeune femme vendait du chocolat et des cigarettes. Aïcha était si petite que son père dut la prendre sur ses genoux pour qu'elle puisse voir l'écran. La lumière s'éteignit et la vieille ouvreuse marocaine qui les avait installés se mit à crier en direction d'un groupe de jeunes. « *Sed foumouk*[1] ! » Aïcha se colla contre Amine comme étourdie par le contact chaud de sa peau. Elle enfonça son visage dans le cou de son père, indifférente à ce qui se jouait sur l'écran et à la lampe torche que l'ouvreuse agitait en direction d'un jeune homme qui avait allumé une cigarette. Pendant le film, Mathilde

1. « Ferme ta bouche ! »

passa ses mains dans les cheveux d'Aïcha, elle tira doucement sur chaque mèche, si bien que le corps de l'enfant fut parcouru de frissons de la nuque à la plante des pieds. Quand ils sortirent du cinéma, sa tignasse était encore plus gonflée et crépue que d'habitude et cela lui fit honte d'être vue ainsi dans la rue.

Dans la voiture, sur la route du retour, l'atmosphère s'assombrit. Ce n'était pas seulement dû au ciel lourd et orageux ou aux nuages de poussière que de petites tornades soulevaient. Amine avait oublié la bonne nouvelle que les sœurs lui avaient annoncée et il était préoccupé par l'argent qu'il avait inconsidérément dépensé. Mathilde, le front collé contre la vitre, parlait toute seule. Aïcha se demanda comment sa mère pouvait avoir autant de choses à dire sur ce film. Elle écouta la voix aiguë de Mathilde, elle hocha la tête quand celle-ci se retourna vers elle et demanda : « Grace Kelly est si belle, non ? » Mathilde aimait le cinéma, si passionnément que cela la faisait souffrir. Elle regardait les films sans presque respirer, le corps tout entier tendu vers les visages en Technicolor. Quand, au bout de deux heures, elle quittait le noir de la salle, l'agitation des rues la heurtait. C'était la ville qui était fausse, incongrue, c'était le réel qui lui apparaissait comme une fiction triviale, comme un mensonge. Elle jouissait du bonheur d'avoir vécu ailleurs, d'avoir effleuré de sublimes passions et en même temps bouillonnait en elle une forme de rage, une amertume.

Elle aurait voulu entrer dans l'écran, vivre des sentiments qui aient la même matière, la même densité. Elle aurait voulu qu'on lui reconnaisse sa dignité de personnage.

Pendant l'été 1954, Mathilde écrivit souvent à Irène mais ses lettres restèrent sans réponse. Elle pensa que les troubles qui agitaient le pays étaient responsables de ces dysfonctionnements et elle ne s'inquiéta pas du silence de sa sœur. Francis Lacoste, nouveau résident général, avait succédé au général Guillaume et à son arrivée, en mai 1954, il promit de lutter contre la vague d'émeutes et d'assassinats qui terrorisaient la population française. Il menaça les nationalistes de terribles représailles et Omar, le frère d'Amine, n'avait pas de mot trop dur pour lui. Un jour, ce dernier s'en prit à Mathilde et il l'insulta. Il avait appris la mort, en prison, du résistant Mohammed Zerktouni et il écumait de rage. « Il n'y a plus que les armes qui permettront de libérer ce pays. Ils vont voir ce que les nationalistes leur réservent. » Mathilde essaya de le calmer. « Tous les Européens ne sont pas comme ça, tu le sais très bien. » Elle lui cita l'exemple de Français qui s'étaient clairement déclarés favorables à l'indépendance et qui s'étaient même parfois fait arrêter pour avoir apporté une aide logistique à des cellules clandestines. Mais Omar haussa les épaules et il cracha par terre.

Au milieu du mois d'août, alors qu'approchait le premier anniversaire de la déposition du sultan, ils allèrent passer la journée chez Mouilala qui accueillit son fils aîné avec mille prières, remerciant Dieu de lui avoir offert une telle protection. Ils s'enfermèrent dans une pièce pour parler argent et affaires et Mathilde s'installa dans le petit salon pour natter les cheveux d'Aïcha. Selim s'agitait dans la maison et il faillit tomber dans les escaliers de pierre. Omar, qui adorait le petit garçon, le hissa sur ses épaules. « Je vais l'emmener courir dans le parc », prévint-il et il sortit, sans prêter attention aux recommandations de Mathilde. À cinq heures, Omar n'était pas revenu et Mathilde, inquiète, alla chercher son mari. Amine se pencha à la fenêtre. Il appela son frère et, en réponse, lui parvinrent des hurlements et des insultes. Des manifestants appelaient au rassemblement, à l'insurrection ; ils enjoignaient les musulmans à faire preuve de fierté, à relever la tête devant l'envahisseur. « Il faut trouver Selim, cria Amine. Descendez. » Ils dirent à peine au revoir à Mouilala dont la tête tremblait et qui posa, sur le front de son fils, une main pour le bénir. Amine poussa les filles dans les escaliers. « Mais tu es folle, dit-il à Mathilde. Qu'est-ce qui t'a pris de le laisser

partir, tu ne sais pas qu'il y a des manifestations tous les jours ? »

Il fallait sortir le plus vite possible de la vieille
ville. Ces rues étroites formaient un piège dans
lequel ils craignaient de se retrouver pris en
embuscade, sa famille à la merci des manifestants. Des bruits se rapprochèrent, des voix
rebondissaient sur les murs de la médina. Ils
virent arriver des hommes, devant et derrière
eux, qui jaillissaient à une vitesse folle. Une
foule de plus en plus compacte les entoura et
Amine, qui portait sa fille dans ses bras, se mit
à courir vers la porte de la médina.

Ils atteignirent la voiture et se jetèrent à l'intérieur. Aïcha se mit à pleurer. Elle réclama
les bras de sa mère, elle demanda si son frère
allait mourir et Amine et Mathilde, ensemble,
lui ordonnèrent de se taire. La foule des émeu-
tiers les avait rattrapés et Amine ne put pas
faire marche arrière. Des visages se collèrent
contre la vitre. Le menton d'un jeune homme
laissa sur la fenêtre une longue trace grasse.
Des yeux inconnus examinaient cette étrange
famille, cette enfant dont on avait du mal à
dire dans quel camp elle se trouvait. Un jeune
homme se mit à hurler, le bras tendu vers le
ciel, et la foule fut galvanisée. Il n'avait pas
plus de quinze ans et il s'était laissé pousser
une petite barbe d'adolescent. Sa voix grave
et haineuse tranchait avec la douceur de son
regard. Aïcha le fixa et elle sut que ce visage
s'imprimerait pour toujours dans sa mémoire.
Ce garçon lui faisait peur et elle le trouvait

beau avec son pantalon de flanelle, sa petite veste qui rappelait celle des aviateurs américains. « Vive le roi ! » hurla le jeune homme, et le chœur répéta « Vive Mohammed Ben Youssef ! » si fort qu'il sembla à Aïcha que c'étaient les voix qui faisaient tanguer la voiture. Des garçons s'étaient mis à taper sur le toit du véhicule avec de grands bâtons et ils rythmaient leurs chants comme un orchestre et leur clameur montait, presque mélodieuse. Ils se mirent à tout briser, les vitres des voitures, les ampoules des réverbères, les pavés étaient jonchés d'éclats de verre et les manifestants marchaient dessus avec leurs mauvaises chaussures, sans remarquer le sang qui coulait sur leurs pieds.

« Allongez-vous », cria Amine, et Aïcha posa sa joue contre le sol de la voiture. Mathilde protégea son visage avec ses mains et se mit à répéter « Tout va bien, tout va bien ». Elle pensa à la guerre et à ce jour où elle s'était jetée dans un fossé pour éviter les tirs d'un avion. Elle avait planté ses ongles dans la terre, elle avait arrêté de respirer pendant quelques instants et puis elle avait serré les cuisses, si fort qu'elle avait failli jouir. Elle aurait voulu, à cet instant, partager ce souvenir ou simplement poser ses lèvres sur les lèvres d'Amine, faire se dissoudre la peur dans le désir. Puis brusquement la foule se dispersa comme si une grenade avait éclaté au milieu, projetant les corps dans tous les sens. La voiture tangua et Mathilde aperçut les yeux d'une femme qui tapait du bout des ongles contre la vitre. De l'index, elle fit un signe vers la petite qui tremblait. Sans savoir pourquoi, Mathilde lui fit confiance. Elle ouvrit la vitre et la femme, avant de s'enfuir, lui lança deux gros morceaux d'oignon. « Le gaz ! » hurla Amine. En quelques secondes, l'habitacle fut envahi par une odeur âcre et piquante et ils se mirent à tousser.

Amine démarra et roula très lentement pour traverser le nuage de fumée qui s'était formé. Il arriva devant les grilles du parc et se précipita hors de la voiture, laissant la portière ouverte derrière lui. Il vit, de loin, son frère et son fils qui jouaient. C'était comme si les troubles qui avaient eu lieu à quelques mètres d'ici s'étaient produits dans un autre pays. Le jardin des Sultanes était calme et tranquille. Un homme était assis sur un banc et à ses pieds était posée une grande cage aux barreaux rouillés. Amine s'approcha et il aperçut, à l'intérieur, un singe maigre, au pelage grisâtre, dont les pattes piétinaient sa propre merde. Il s'accroupit pour mieux voir l'animal qui se tourna vers lui, ouvrit la bouche et lui montra ses dents. Il sifflait et crachait et Amine n'aurait pas su dire si le singe riait ou s'il le menaçait.

Amine appela son fils qui courut dans ses bras. Il ne voulait pas parler à son frère, il n'avait pas le temps pour les explications ou les remontrances et il retourna dans sa voiture, laissant Omar debout au milieu de la pelouse. Sur la route de la ferme, des policiers avaient installé un barrage. Aïcha remarqua la longue chaîne cloutée posée sur le sol et elle imagina le bruit que feraient les pneus s'ils éclataient. Un des policiers fit signe à Amine de se ranger. Il s'approcha lentement de la voiture et ôta ses lunettes de soleil pour observer le visage des occupants. Aïcha le fixa avec une curiosité qui désarçonna le fonctionnaire. Il semblait ne rien comprendre à la famille qui était sous ses yeux et qui, sagement, le regardait sans rien dire. Mathilde se demanda quelle histoire il pouvait bien se raconter. Prenait-il Amine pour le chauffeur? Imaginait-il que Mathilde était la riche femme d'un colon que ce domestique était chargé de raccompagner? Mais le policier semblait indifférent au sort des adultes et il fixait les enfants. Il observa les mains d'Aïcha qui entouraient le torse de son petit frère, comme pour le protéger. Mathilde baissa lentement sa vitre et sourit au jeune homme.

« On va décréter le couvre-feu. Rentrez chez vous. Allez. » Le policier donna un coup sur le capot et Amine démarra.

Au bal du 14-Juillet, Corinne mit une robe rouge et des escarpins en cuir tressé. Dans le jardin, où on avait installé des lampions de couleur, elle ne dansa qu'avec son mari, refusant d'un geste poli les invitations des autres convives. Elle croyait ainsi se préserver des jalousies, s'assurer l'amitié des épouses mais celles-ci, au contraire, la jugèrent méprisante et vulgaire. « Nos maris, se dirent-elles, ne sont donc pas assez bien pour elle ? » Dans ces circonstances, Corinne faisait preuve de prudence. Elle se méfiait de l'alcool et de l'enthousiasme car elle savait les matins douloureux ensuite. Elle craignait cette sensation de s'être avilie, d'avoir trop parlé, d'avoir désespérément eu envie de plaire. Avant minuit, on vint chercher Dragan qui buvait, adossé au comptoir. Une femme accouchait, c'était son troisième enfant et il fallait faire vite. Corinne refusa de rester. « Si tu n'es pas là je ne danserai pas », et il la raccompagna chez eux avant de se rendre à l'hôpital. Quand elle se réveilla le lendemain matin, son mari n'était pas rentré. Elle resta allongée dans la pièce aux volets fermés, écoutant le bruit des pales du ventilateur, sa chemise de nuit trempée par la transpiration. Elle finit par se lever et se traîna jusqu'à la fenêtre. Dans la rue, où la chaleur était déjà harassante, elle vit un homme balayer le trottoir avec une feuille de palmier. Dans la maison d'en face, les voisins s'affairaient. Les enfants étaient assis sur les marches de l'entrée tandis que leur mère courait d'une pièce à l'autre, fermant les volets, houspillant les bonnes qui n'avaient pas fini de remplir les valises. Le père, qui s'était installé à l'avant de la voiture et qui fumait, la porte ouverte, semblait épuisé déjà par ce long voyage. Ils rentraient en métropole et Corinne savait que bientôt la ville nouvelle serait vide. Quelques jours avant, sa professeure de piano lui avait annoncé qu'elle partait pour le Pays basque. « Quel bonheur d'échapper pour quelques semaines à cette chaleur et à cette haine. »

Corinne quitta le balcon et elle pensa qu'elle n'avait nulle part où aller. Pas de lieu à retrouver, pas de maison d'enfance remplie de souvenirs. Elle frissonna de dégoût en pensant aux rues noires de Dunkerque, aux voisines qui l'épiaient. Elle les revoyait, debout sur le perron de leurs masures, tenant des deux mains le gros châle qui leur recouvrait les épaules, leurs cheveux sales tirés en arrière. Elles se méfiaient de Corinne dont le corps, à quinze ans, s'était subitement déployé. Ses épaules de petite fille durent supporter ses seins énormes, ses pieds fragiles porter le poids de ses hanches arrondies. Son corps était un leurre, un piège dans lequel elle se trouvait prisonnière. À table, son père n'osait plus la regarder. Sa mère répétait bêtement : « Cette petite, va savoir comment l'habiller. » Les soldats la reluquaient, les femmes la jugeaient vicieuse. « Un corps pareil ça vous donne des idées tordues ! » On l'imaginait gourmande, volontiers lascive. On pensait qu'une telle femme n'était faite que pour le plaisir. Les hommes se jetaient sur elle, ils la déshabillaient comme on déballe un cadeau, avec précipitation et brutalité. Ils contemplaient alors, éblouis, ses seins extraordinaires, qui, libérés du soutien-gorge, se répandaient comme un nuage de crème. Ils se jetaient dessus, les mordaient à pleine bouche, comme rendus fous à l'idée que cette friandise ne finirait jamais, qu'ils ne viendraient pas à bout de ces merveilles.

Corinne ferma les volets et elle passa la matinée dans cette pénombre, allongée sur son lit, fumant des cigarettes jusqu'à ce que le mégot lui brûle les lèvres. De son enfance comme de celle de Dragan il ne restait rien que des amas de pierres, des immeubles effondrés sous les bombardements, des corps ensevelis dans des cimetières déserts. Ils avaient échoué ici, et à son arrivée à Meknès elle avait cru que peut-être elle pourrait construire une nouvelle vie. Elle imaginait que le soleil, le bon air, la vie paisible auraient sur son corps des effets salvateurs et qu'elle pourrait enfin donner à Dragan un enfant. Mais les mois passèrent, puis les années. Dans la maison on n'entendait que le triste ronron du ventilateur et jamais n'y résonna le rire d'un enfant.

Quand son mari rentra, juste avant le déjeuner, elle posa mille questions cruelles à son propre endroit. Elle se torturait en demandant : « Combien pesait-il ? », « A-t-il pleuré ? », « Dis-moi, mon chéri, était-ce un beau bébé ? » Dragan, avec des yeux de noyé, lui répondit doucement en serrant contre lui le corps de son aimée. Cet après-midi-là, il avait prévu de se rendre à la ferme des Belhaj et Corinne proposa de l'accompagner. Elle aimait bien la jeune Mathilde, sa nervosité et sa maladresse. Elle avait été émue d'entendre le récit que la jeune femme lui avait fait de sa vie. Mathilde avait dit : « Je n'ai pas d'autre choix que la solitude. Dans ma position, comment voulez-vous que nous ayons une vie sociale ? Vous n'imaginez pas ce que c'est d'être mariée avec un indigène, dans une ville comme celle-là. » Corinne avait failli lui répondre qu'il n'avait pas toujours été facile d'être mariée avec un juif, un métèque, un apatride et d'être une femme sans enfants. Mais Mathilde était jeune et Corinne pensait qu'elle ne comprendrait pas.

Quand elle arriva à la ferme, Corinne la trouva étendue sous le saule, ses enfants endormis auprès d'elle. Elle s'approcha en silence, pour ne

196

pas troubler le sommeil des petits, et Mathilde lui fit signe de s'asseoir sur le drap qu'elle avait étalé sur l'herbe. À l'ombre, bercée par le bruit délicieux des souffles enfantins, elle observa les arbres qui poussaient en contrebas et sur les branches desquels se mêlaient des fruits de différentes couleurs.

Cet été-là, Corinne vint presque tous les jours sur la colline. Elle aimait jouer avec Selim dont la beauté la fascinait et elle lui mordait doucement les joues et les cuisses. Parfois, Mathilde allumait le poste de radio et elle laissait la porte de la maison ouverte. La musique parvenait dans le jardin et chacune d'elles prenait la main d'un enfant et le faisait tourner et danser. Plusieurs fois, Mathilde la retint pour dîner et à la nuit tombée, les hommes les rejoignaient pour manger dans le jardin sous une pergola qu'Amine avait construite et sur laquelle une glycine commençait à pousser.

Les bruits de la ville leur parvenaient déformés, tordus par la rumeur. Mathilde ne voulait rien savoir du reste du monde. Les nouvelles charriaient avec elles trop de miasmes et de malheurs. Mais elle n'eut pas le courage de faire taire Corinne le jour où celle-ci arriva, le visage défait. « Fièvre tragique au Maroc », titrait le journal qu'elle tenait à la main. Elle chuchota, pour que les enfants n'entendent pas les horreurs qui avaient eu lieu le 2 août, à Petitjean. « Ils ont tué des israélites », et, comme une élève appliquée, elle récita le menu des supplices. Le torse ouvert en deux d'un père de onze enfants. La mise à sac puis l'incendie des maisons. Elle décrivit les corps ravagés ramenés jusqu'à Meknès pour être inhumés et elle cita les paroles des rabbins, déclamées dans toutes les synagogues. « Dieu n'oubliera pas. Nos morts seront vengés. »

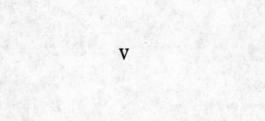

V

En septembre, Aïcha retourna à l'école et dès lors, ce furent les malades qu'elle tint pour responsables de ses retards. Depuis l'accident de Rabia s'était répandu le bruit que Mathilde avait des talents de guérisseuse. Qu'elle savait le nom des médicaments et la manière de les administrer. Qu'elle était calme et généreuse. C'est en tout cas ce qui expliqua qu'à partir de ce jour, chaque matin, des paysans se présentèrent à la porte des Belhaj. Les premières fois, Amine alla ouvrir, demandant d'un air soupçonneux :

« Qu'est-ce que tu fais là ?

— Bonjour patron. Je suis venu voir madame. »

Chaque matin, la file des patients de Mathilde s'allongeait. Au moment des vendanges, les ouvrières furent nombreuses à se présenter. Certaines s'étaient fait piquer par des tiques, d'autres souffraient de phlébites ou ne pouvaient plus nourrir leur enfant car le lait, dans leurs seins, s'était tari. Amine n'aimait pas voir ces files de femmes sur les marches. Il haïssait l'idée qu'elles pénètrent chez lui, qu'elles épient ses faits et gestes, qu'elles aillent répéter au village ce qu'elles avaient vu dans les appartements du maître. Il mettait en garde sa femme contre la sorcellerie, la médisance, la jalousie qui dort dans le cœur de tous les hommes.

Mathilde savait soigner les plaies, endormir les tiques avec de l'éther ou apprendre à une femme à nettoyer un biberon et à faire la toilette d'un bébé. Elle s'adressait aux paysans avec une certaine rudesse. Elle ne partageait pas leurs rires quand ils faisaient des plaisanteries salaces pour expliquer une nouvelle grossesse. Elle levait les yeux au ciel quand on lui racontait, encore et encore, des histoires de mauvais génie, de bébé endormi dans le ventre de sa mère ou de femmes enceintes qu'aucun homme n'avait jamais touchées. Elle s'emportait contre le fatalisme des paysans qui, en tout, s'en remettaient à Dieu et elle ne pouvait pas comprendre leur soumission au destin. Elle répétait à longueur de temps ses recommandations sur l'hygiène. « Tu es sale ! » criait-elle. « Ta plaie s'infecte. Apprends à te laver. » Elle refusa même de recevoir une ouvrière venue de loin, dont les pieds nus étaient couverts de merde séchée et qu'elle soupçonnait d'être infestée de poux. Désormais, tous les matins, la maison résonnait du hurlement des enfants des environs. Souvent, c'est la faim qui les faisait crier car les femmes, pour retourner au champ ou parce qu'elles étaient à nouveau enceintes, sevraient leurs enfants sans ménagement. Le petit passait du lait de sa mère au pain trempé dans le thé et de jour en jour, il maigrissait. Mathilde berçait ces enfants aux yeux enfoncés, aux joues hâves et parfois, les larmes lui montaient aux yeux de ne pouvoir les consoler.

Bientôt, Mathilde fut dépassée par les besoins et elle se trouva ridicule, dans ce dispensaire improvisé, où elle ne disposait que d'alcool, de mercurochrome et de serviettes propres. Un jour, une femme arriva, portant un petit dans ses bras. L'enfant était enroulé dans une couverture sale et quand Mathilde s'approcha elle vit que la peau de ses joues était noire et se décollait comme celle des poivrons que les femmes font griller sur le charbon de bois. Dans ces maisons, elles cuisinaient par terre et il arrivait que les enfants reçoivent une pleine théière sur le visage ou bien qu'ils se fassent mordre la bouche ou l'oreille par un rat.

« Nous ne pouvons pas rester là à ne rien faire », répétait Mathilde qui décida de s'approvisionner pour le dispensaire. « Je ne te demanderai pas d'argent, jura-t-elle. Je me débrouillerai. »

Amine haussa les sourcils et il se mit à rire.

« La charité, dit-il, est un devoir de musulman.

— C'est aussi un devoir de chrétien.

— Alors nous sommes d'accord. Il n'y a rien à ajouter. »

Aïcha prit l'habitude de faire ses devoirs dans le dispensaire qui sentait le camphre et le savon. Elle levait la tête de ses cahiers et elle voyait les paysans qui portaient des lapins par les oreilles et venaient les offrir en guise de remerciement. « Ils se privent pour moi mais quand je refuse leurs cadeaux, je sais que je leur fais de la peine », expliqua Mathilde à sa fille. Aïcha souriait aux enfants secoués par une toux grasse et dont les yeux étaient couverts de mouches. Elle était impressionnée par sa mère qui parlait de mieux en mieux berbère et qui houspillait Tamo parce qu'elle pleurait à la vue du sang. Mathilde riait parfois et elle s'asseyait dans l'herbe, ses pieds nus contre les pieds des femmes. Elle posait des baisers sur les joues osseuses d'une vieille, elle cédait aux caprices d'un petit qui réclamait du sucre. Elle demandait qu'on lui raconte de vieilles histoires et les femmes racontaient, en faisant claquer leur langue sur leurs gencives édentées, en riant, le visage caché derrière leur main. Elles racontaient en berbère des souvenirs intimes et elles oubliaient que Mathilde était à la fois leur maîtresse et une étrangère.

« Des gens qui vivent en paix ne devraient pas vivre comme cela », répétait Mathilde que la misère révoltait. Son mari et elle se rejoignaient dans une même aspiration au progrès pour les hommes : moins de faim, moins de douleur. Chacun se passionnait pour la modernité avec l'espoir fou que les machines permettent de meilleures récoltes et que les médicaments viennent à bout des maladies. Amine, cependant, essaya souvent de dissuader sa femme. Il craignait pour sa santé et il s'inquiétait des microbes que ces étrangers pourraient semer parmi eux, mettant en danger les enfants. Un soir, une ouvrière se présenta avec un enfant qui avait de la fièvre depuis quelques jours. Mathilde lui recommanda de le déshabiller et de le faire dormir nu, recouvert de serviettes fraîches. Le lendemain, à l'aube, la femme revint. L'enfant était brûlant et dans la nuit il avait été secoué de convulsions. Mathilde fit monter la paysanne dans la voiture et elle installa l'enfant à côté d'Aïcha. « Je dépose ma fille à l'école et ensuite on va à l'hôpital, tu as compris? » On les fit attendre longtemps dans la salle d'attente de l'hôpital indigène et un médecin aux cheveux roux finit par ausculter l'enfant. Quand Mathilde revint chercher Aïcha à la fin de la journée, elle était pâle et sa mâchoire tremblait. Aïcha pensa qu'il était arrivé quelque chose. « Le petit garçon est mort? » demandat-elle. Mathilde prit sa fille dans ses bras, elle lui pinça les cuisses et les bras. Elle pleura et ses larmes coulèrent sur le visage de l'enfant. « Ma petite, mon ange, comment tu te sens? Regarde-moi, ma chérie. Est-ce que tu vas bien? » Cette nuit-là, Mathilde ne trouva pas le sommeil et, pour une fois, elle pria le

Seigneur. Elle se dit qu'elle était punie pour sa vanité. Elle s'était prise pour une guérisseuse alors qu'elle ne savait rien. Elle n'avait été bonne qu'à faire courir des risques à son enfant et peut-être que demain, elle trouverait Aïcha brûlante de fièvre et que le médecin lui dirait, comme ce matin : « C'est la polio, madame. Prenez garde, c'est très contagieux. »

Le dispensaire fut aussi l'objet de dissensions avec le voisinage. Des hommes vinrent se plaindre à Amine. Mathilde avait conseillé à leurs femmes de se soustraire au devoir conjugal, elle leur avait mis des histoires dans la tête. Cette chrétienne, cette étrangère n'avait pas à se mêler de ces choses-là, à allumer la mèche de la discorde au sein des familles. Un jour, Roger Mariani se présenta à la porte des Belhaj. C'était la première fois que leur riche voisin franchissait la route qui séparait leurs deux propriétés. D'habitude, Mathilde l'apercevait à cheval, sur ses terres, un chapeau enfoncé sur le front. Il entra dans la salle où des ouvrières étaient assises par terre, leurs enfants dans les bras. En le voyant, certaines d'entre elles s'enfuirent sans dire au revoir à Mathilde qui appliquait consciencieusement du tulle gras sur la brûlure d'un garçon. Les mains croisées derrière le dos, Mariani traversa la pièce et vint se poster derrière Mathilde. Il mâchouillait une tige de blé et le bruit de sa langue agaça la jeune femme, l'empêchant de se concentrer. Quand elle se retourna vers lui, il lui sourit. « Continuez, je vous en prie. » Il s'assit sur une chaise et attendit que Mathilde renvoie le jeune garçon auquel elle recommanda de se tenir à l'ombre et de prendre du repos.

Quand ils se retrouvèrent seuls, Mariani se leva. Il était un peu déstabilisé par la haute taille de Mathilde et par ses yeux verts dans lesquels il ne crut pas percevoir de peur à son endroit. Toute sa vie, les femmes l'avaient craint, sursautant au son de sa grosse voix, cherchant à s'enfuir quand il les saisissait par la taille ou par les cheveux, pleurant doucement quand il les prenait de force dans une grange ou derrière un buisson. « Cette bicophilie va vous revenir en pleine face », lança-t-il à Mathilde. Il se saisit négligemment d'une bouteille d'alcool, fit claquer sur la table la pointe d'un ciseau. « Vous croyez quoi ? Qu'ils vont vous considérer comme une sainte ? Vous ériger un temple comme pour les marabouts ? Ces femmes-là, murmura-t-il en montrant les ouvrières qui travaillaient dehors, elles sont dures à la douleur. N'allez pas leur apprendre à s'apitoyer, vous m'avez compris ? »

*

Mais rien ne fit faiblir la volonté de Mathilde. Un samedi, au début du mois de septembre, elle se rendit au cabinet du docteur Palosi qui se situait rue de Rennes, au troisième étage d'un immeuble sans charme. Dans la salle d'attente, quatre Européennes étaient assises et l'une d'elles, qui était enceinte, posa sa main sur son ventre en apercevant Mathilde, comme si elle voulait protéger son fœtus de cette funeste rencontre. Elles patientèrent longtemps dans la pièce surchauffée où régnait un pesant silence. L'une d'elles s'endormit, le visage appuyé contre sa main droite. Mathilde essaya de lire le roman qu'elle avait apporté mais la canicule était telle qu'elle ne parvenait pas à penser, son esprit divaguait, allant d'une idée à l'autre, sans parvenir à se fixer.

Enfin, Dragan Palosi sortit de son bureau et quand Mathilde l'aperçut, elle se leva et poussa un soupir de soulagement. Il était beau dans sa blouse blanche, ses cheveux noirs peignés en arrière. Il était très différent de l'homme jovial qu'elle avait rencontré la première fois et il lui sembla que ses yeux cernés étaient un peu tristes. Il portait sur son visage cette fatigue qui est propre aux bons médecins. Sur leurs traits on voit, comme en transparence, les douleurs de leurs patients, on devine que ce sont les confidences de leurs malades qui courbent leurs épaules et que c'est le poids de ce secret et de leur impuissance qui ralentit leur démarche et leur élocution.

Le médecin s'approcha de Mathilde et il hésita un peu avant de poser deux baisers sur ses joues. Il remarqua qu'elle avait rougi et, pour dissiper le malaise, il examina la couverture du livre qu'elle tenait à la main.

« La mort d'Ivan Ilitch », lut-il doucement. Il avait une voix grave, une voix pleine de promesses et on sentait que ce corps, que ce cœur étaient emplis d'histoires extraordinaires. « Vous aimez Tolstoï ? »

Mathilde hocha la tête et tandis qu'il l'escortait dans son spacieux bureau, il lui raconta une anecdote. « Quand je suis arrivé au Maroc, en 1939, je me suis installé à Rabat chez un ami russe qui avait fui la révolution. Un soir, il a invité des amis à dîner. Nous avons bu, nous avons joué aux cartes et l'un des convives, qu'on appelait Michel Lvovitch, s'est endormi sur le canapé du salon. Il ronflait si fort que nous nous sommes mis à rire et mon hôte m'a alors dit : "Quand on pense que c'est le fils du grand Tolstoï !" »

Mathilde écarquilla les yeux et Dragan poursuivit.

« Parfaitement, le fils de ce génie, s'exclamat-il en désignant à Mathilde un fauteuil en cuir noir. Il est mort à la fin de la guerre. Je ne l'ai jamais revu. »

Le silence s'installa et Dragan fut saisi par l'incongruité de la situation. Mathilde tourna le visage vers le paravent vert d'eau derrière lequel les patientes se déshabillaient.

« Pour être tout à fait honnête, se lançat-elle, je ne suis pas venue pour une consultation. Je voudrais vous demander de l'aide. »

Dragan posa son menton sur ses mains jointes. Combien de fois avait-il vécu cette situation ? « Un gynécologue doit s'attendre à tout », lui avait dit un de ses professeurs à la faculté de Budapest. Aux femmes suppliantes prêtes aux pires expérimentations pour avoir un enfant. Aux femmes suppliantes prêtes aux pires souffrances pour se débarrasser d'un enfant. Aux patientes désespérées en découvrant, par des symptômes honteux, que leurs maris les avaient trompées. À celles, enfin, qui se sont inquiétées trop tard d'une grosseur sous le bras, d'une douleur dans le bas-ventre. « Mais vous avez dû terriblement souffrir, demandait-il à celles-ci. Pourquoi n'êtes-vous pas venue avant ? »

Dragan regarda le beau visage de Mathilde, son teint qui n'était pas fait pour ces latitudes et qui était couvert de plaques roses. Qu'attendait-elle de lui ? Allait-elle lui demander de l'argent ? Venait-elle de la part de son mari ?

« Je vous écoute. »

Mathilde parla, de plus en plus vite, avec une passion qui déstabilisa le gynécologue. Elle parla de Rabia, qui présentait d'étranges plaques sur le ventre et les cuisses et qui avait des vomissements. Elle évoqua le cas de Jmia dont l'enfant de dix-huit mois ne parvenait pas à se mettre debout. Elle lui avoua qu'elle se sentait dépassée, qu'elle n'était pas de taille à affronter la diphtérie, la coqueluche, le trachome, dont elle avait appris à reconnaître les symptômes mais qu'elle ne savait pas traiter. Dragan la regardait, la bouche ouverte et les yeux ronds. Impressionné par le sérieux avec lequel elle décrivait chaque pathologie, il se saisit d'un bloc-notes, d'un stylo et se mit à écrire ce qu'elle lui disait. Il l'interrompait parfois pour poser une question : « Ces plaques, est-ce qu'elles suintent ou est-ce que c'est sec ? », « Vous avez désinfecté la plaie ? » Il était ému par la passion de cette femme pour la médecine, par le désir qu'elle exprimait de comprendre l'extraordinaire machine du corps.

« Normalement, je ne donne pas de conseils ou de médicaments si je n'ai pas moi-même examiné les patientes. Mais ces femmes ne se laisseront jamais ausculter par un homme, qui plus est par un étranger. » Il lui raconta qu'une fois, à Fès, un très riche commerçant l'avait fait venir pour sa femme qui présentait d'abondants saignements. Un portier loqueteux l'avait guidé dans la demeure et Dragan avait été contraint d'interroger la malade à travers un rideau opaque. La femme était morte le lendemain, vidée de son sang.

Dragan se leva et tira deux grands livres de sa bibliothèque. « Les planches d'anatomie sont en hongrois, je suis désolé. J'essaierai de vous en trouver en français mais entretemps, vous pourrez vous familiariser avec la mécanique. » L'autre livre concernait la médecine coloniale et il était illustré par des photographies en noir et blanc. Sur la route du retour, Aïcha feuilleta le gros volume et elle s'arrêta sur une image qui était légendée ainsi : « Endiguement de l'épidémie de typhus, Maroc, 1944. » Des hommes en djellaba, alignés les uns derrière les autres, étaient entourés par un nuage de poudre noire et le photographe était parvenu à saisir sur leur visage un mélange d'effroi et d'émerveillement.

Mathilde gara la voiture devant la poste. Elle ouvrit la portière et allongea ses jambes, les pieds posés sur le trottoir. Jamais elle n'avait connu un mois de septembre aussi chaud. Elle sortit de son sac une feuille de papier et un stylo et entreprit de terminer la lettre qu'elle avait commencée le matin même. Dans le premier paragraphe, elle écrivait qu'il ne fallait pas croire tout ce que disaient les journaux. Que Petitjean c'était affreux, bien sûr, mais qu'en même temps, c'était plus compliqué.

« Ma chère Irène, es-tu partie en vacances ? J'imagine, mais j'ai peut-être tort, que tu es dans les Vosges, près d'un de ces lacs où nous nous baignions enfants. J'ai encore, sur le bout de la langue, le goût de la tarte aux myrtilles que servait cette grande dame dont le visage était couvert de verrues. Ce goût m'est resté parfaitement en mémoire et j'y pense quand je suis triste, pour me consoler. »

Elle remit ses chaussures et monta les escaliers qui menaient au bureau de poste. Elle fit la queue devant le guichet que tenait une femme souriante. « Mulhouse, France », expliqua Mathilde. Elle se dirigea ensuite dans la salle centrale qui abritait des centaines de boîtes postales. Sur les hauts murs s'étalaient, de part et d'autre, les petites portes en laiton sur lesquelles s'affichait un numéro et elle s'arrêta devant la boîte 25, le même chiffre que son année de naissance, avait-elle fait remarquer à Amine que ce genre de coïncidence indifférait. Elle enfonça dans la serrure la petite clé qu'elle cachait dans sa poche mais celle-ci ne tourna pas. Elle la retira, l'enfonça à nouveau mais rien ne se produisit et la boîte ne s'ouvrit pas. Mathilde répéta les mêmes gestes avec une brusquerie toujours plus grande, avec un agacement que les autres usagers remarquèrent. Peut-être veut-elle voler les lettres qu'une maîtresse envoie à son mari ? Ou peut-être est-ce la boîte aux lettres de son amant dont elle veut se venger ? Un employé s'approcha lentement, comme un gardien de zoo chargé de ramener un fauve dans sa cage. C'était un très jeune homme, aux cheveux roux et à la mâchoire prognathe. Mathilde le trouva laid et ridicule avec ses trop grands pieds et cet air sérieux qu'il adopta pour lui parler. Ce n'était encore qu'un enfant, pensa-t-elle, et pourtant il la regarda avec dureté :

« Que se passe-t-il, madame ? Puis-je vous aider ? » Elle retira la clé avec une telle précipitation qu'elle faillit planter son coude dans l'œil du jeune homme qui était beaucoup plus petit qu'elle. « Ça ne s'ouvre pas », s'agaça-t-elle.

Le postier prit la clé des mains de Mathilde mais il dut se mettre sur la pointe des pieds pour atteindre la serrure. Sa lenteur exaspéra Mathilde. La clé finit par se casser dans la serrure et Mathilde dut attendre qu'il appelle un supérieur. Elle allait prendre du retard sur son travail ; elle avait promis à Amine d'avancer dans les écritures pour la paie des ouvriers et son mari serait furieux si elle n'était pas à l'heure pour lui servir son déjeuner. Le postier réapparut enfin, muni d'un escabeau et d'un tournevis, et avec solennité il entreprit de dévisser les gonds de la boîte. D'un ton désespéré, il dit qu'il n'avait jamais eu affaire à « une telle situation » et Mathilde eut envie de retirer l'escabeau qu'il avait sous les pieds. La porte finit par céder et le garçon la tendit à Mathilde. « Qui me dit que c'était la bonne clé ? Car si vous vous êtes trompée, c'est à vous de payer la réparation. » Mathilde le poussa d'un geste, elle attrapa le tas de lettres et sans même lui dire au revoir, elle se dirigea vers la sortie.

Au moment où la chaleur la saisit, où elle sentit sur son crâne l'empreinte brûlante du soleil, elle apprit que son père était mort. Un télégramme, sèchement rédigé par Irène, lui avait été adressé la veille. Elle retourna le papier, relut l'adresse sur l'enveloppe, fixa les lettres du télégramme comme s'il ne pouvait s'agir que d'une farce. Était-il possible qu'à cet instant, à des milliers de kilomètres d'ici, dans son pays doré par l'automne, on enterre son père ? Pendant que le rouquin expliquait à sa hiérarchie le malheureux épisode de la boîte 25, des hommes portaient le cercueil de Georges dans le cimetière de Mulhouse. Tout en conduisant, nerveuse et incrédule, en direction de la ferme, Mathilde se demanda combien de temps il faudrait à la vermine pour venir à bout de l'énorme bedaine de son père, pour obstruer les narines de ce géant, pour envelopper cette carcasse et la dévorer.

*

Quand il apprit la mort de son beau-père, Amine dit : « Tu sais que je l'aimais beaucoup », et il ne mentait pas. Il avait immédiatement ressenti une vive amitié pour cet homme franc et joyeux, qui l'avait accueilli dans sa famille sans aucun préjugé et sans paternalisme. Amine et Mathilde s'étaient mariés dans l'église du village alsacien où Georges était né. À Meknès, personne ne le savait et Amine avait fait promettre à sa femme de garder le secret. « C'est un crime grave. Ils ne comprendraient pas. » Personne n'avait vu les photographies prises à la sortie de la cérémonie. Le photographe avait demandé à Mathilde de descendre de deux marches pour être à la même hauteur que son époux. « Sinon, avait-il expliqué, c'est un peu ridicule. » Pour l'organisation de la fête, Georges céda à tous les caprices de sa fille à qui il glissait parfois quelques billets dans la main, en secret d'Irène que les dépenses inutiles consternaient. Lui comprenait qu'on ait besoin de jouir, de se trouver beau, et il ne jugeait pas la frivolité de son enfant.

Jamais Amine ne vit d'hommes aussi soûls que ce soir-là. Georges ne marchait pas, il tanguait, il s'accrochait aux épaules des femmes, il dansait pour masquer son étourdissement. Vers minuit, il se jeta sur son gendre et il enserra son cou dans son coude, comme on le fait à un garçon bagarreur. Georges n'était pas conscient de sa force et Amine pensa qu'il pourrait le tuer, lui rompre le cou par excès d'affection. Il entraîna Amine vers le fond de la salle surchauffée où quelques couples dansaient sous des guirlandes de lampions. Ils s'accoudèrent au comptoir en bois et Georges commanda deux bières sans prêter attention à Amine qui agitait les mains pour refuser. Il se sentait déjà tellement ivre et il avait même dû se cacher, quelques minutes auparavant, pour vomir derrière la grange. Georges le fit boire, pour mesurer sa résistance, pour le faire parler. Il le fit boire parce que c'était la seule façon qu'il connaissait de nouer une amitié, d'établir un lien de confiance. Comme les enfants qui s'entaillent le poignet et scellent un serment dans le sang, Georges voulut noyer dans des litres de bière son affection pour son gendre. Amine avait des haut-le-cœur et il ne cessait pas de roter. Il chercha Mathilde des yeux mais la mariée semblait avoir disparu. Georges le saisit aux épaules et l'entraîna dans des conversations d'ivrogne. Avec son fort accent alsacien, il prit l'assistance à témoin : « Dieu seul sait que je n'ai rien contre les Africains ni contre les croyants de ta race. D'ailleurs, je ne connais rien à l'Afrique si tu veux savoir. » Abrutis par l'alcool, les hommes autour d'eux ricanèrent, leurs lèvres humides pendaient. Le nom de ce continent continua de résonner dans leur crâne, évoquant des femmes aux seins nus, des hommes en pagne, des fermes s'étendant à perte de vue et cernées par une végétation tropicale. Ils entendaient « Afrique » et ils s'imaginaient un lieu où ils pourraient être les maîtres du monde s'ils survivaient aux miasmes et aux épidémies. « Afrique », et surgissait un désordre d'images qui en disaient plus sur leurs fantasmes que sur ce continent lui-même. « Je ne sais pas comment on traite les femmes de par chez toi mais la gosse, dit Georges, elle n'est pas facile, hein ? » Il donna un coup de coude au vieillard avachi à ses côtés comme pour lui demander de témoigner de l'insolence de Mathilde. L'homme tourna ses yeux vitreux vers Amine et ne dit rien. « Moi j'ai été trop coulant avec elle, poursuivit Georges dont la langue semblait avoir gonflé et qui avait du mal à articuler. La gosse avait perdu sa mère, qu'est-ce que tu veux ? Je me suis laissé attendrir. Je l'ai laissée courir sur les bords du Rhin, on me l'a ramenée par la peau du cou parce qu'elle avait volé des cerises ou parce qu'elle s'était baignée nue. » Georges ne remarqua pas qu'Amine avait rougi et qu'il s'impatientait. « Tu vois, j'ai jamais eu le courage de la rosser. Irène avait beau me gronder, j'y pouvais rien. Mais toi, il ne faudra pas te laisser faire. Mathilde, elle doit comprendre qui commande. Hein fiston ? » Georges continua à parler et il finit par oublier qu'il s'adressait à son gendre. Une camaraderie grasse et virile s'était désormais installée entre eux et il se sentit autorisé à parler des seins des femmes et de leurs fesses, qui l'avaient consolé de toutes les désillusions. Il tapa du poing sur la table et d'un air égrillard il proposa une tournée au bordel. Les voisins rirent et il se rappela que c'était la nuit de noces d'Amine et que ce soir, c'était des fesses de sa fille qu'il s'agissait.

Georges était un coureur et un ivrogne, un mécréant et un sacré roublard. Mais Amine aimait ce géant qui, pendant les premières soirées où le jeune soldat avait été posté dans le village, se tenait en retrait dans le salon, fumant sa pipe dans son fauteuil. Il observait, sans mot dire, l'idylle naissante entre sa fille et cet Africain, sa fille à qui, lorsqu'elle était enfant, il avait appris à se méfier des idioties qu'on écrit dans les livres de contes. « Ce n'est pas vrai que les nègres mangent les méchants enfants. »

*

Dans les jours qui suivirent, Mathilde fut inconsolable et jamais Aïcha n'avait vu sa mère ainsi. Elle éclatait en sanglots au milieu du repas ou bien elle enrageait contre Irène, qui l'avait laissée dans l'ignorance de l'état de leur père. « Cela faisait des mois qu'il était malade. Si elle m'avait prévenue avant, j'aurais pu m'occuper de lui, j'aurais pu lui dire au revoir. » Mouilala vint présenter ses condoléances « Il est délivré maintenant. Il faut passer à autre chose puisque nous sommes vivants. »

Au bout de quelques jours, Amine perdit patience et il lui reprocha de négliger la ferme et les enfants. « Ici, on ne se morfond pas pendant des jours. On dit adieu aux morts et on continue à vivre. » Un matin, alors qu'Aïcha buvait son lait chaud et sucré, Mathilde déclara : « Il faut que je parte ou je vais devenir folle. Je dois aller sur la tombe de mon père et quand je reviendrai, tout ira mieux. »

Quelques jours avant le départ de sa femme, auquel il avait consenti et pour lequel il avait payé, Amine lui parla d'un problème qui le torturait. « J'y ai repensé quand Georges est mort. Notre mariage, à l'église, n'a pas de valeur légale ici. Le pays va bientôt gagner son indépendance et je ne voudrais pas, si je venais à mourir, que tu te retrouves sans aucun droit sur les enfants ou sur la ferme. Quand tu rentreras nous devrons régler ça. »

Deux semaines plus tard, au milieu du mois de septembre 1954, Amine se réveilla de bonne humeur et il proposa à Aïcha de le suivre dans sa tournée, d'arpenter les champs à ses côtés. Il lui dit : « Pour un paysan, dimanche n'existe pas. » Il fut d'abord surpris par la résistance de sa fille, par la façon dont elle courait au-devant de lui, dont elle le dépassait pour atteindre les allées d'amandiers et s'y perdre. Elle semblait connaître chacun de ces arbres, ses petits pieds évitaient avec une agilité étonnante les buissons d'orties et les flaques de boue qu'une pluie salutaire avait formées dans la nuit. Parfois, Aïcha se retournait, comme lasse de l'attendre, et elle le fixait de son regard rond et ahuri. Il conçut, pendant une seconde, une minute, une idée folle puis il se ravisa. « Une femme, se dit-il, ne peut pas diriger une ferme comme celle-là. » Il avait pour elle d'autres ambitions, celle d'être un rat des villes, une femme civilisée, un médecin même ou pourquoi pas une avocate. Ils longèrent un champ et à la vue de l'enfant les paysans poussèrent de grands cris. Ils se mirent à battre des bras, ils avaient peur que la langue de la moissonneuse-batteuse avale la petite, ça s'était déjà vu et ils ne pouvaient prendre un tel risque avec la fille du patron. Son père se mêla aux ouvriers et ils eurent une discussion qui parut interminable à Aïcha. Elle se coucha sur la terre humide et elle vit, dans le ciel alourdi de nuages, une étrange formation d'oiseaux. Elle se demanda si c'étaient des messagers, s'ils arrivaient d'Alsace pour annoncer le retour de sa mère.

Achour, qui travaillait auprès de son père depuis le premier jour, arriva sur un cheval à la robe grisâtre et dont la queue était emmêlée par la boue. Amine fit un signe à sa fille. « Viens par là », lui dit-il. On arrêta le moteur de la moissonneuse et Aïcha, d'un pas craintif, rejoignit le groupe d'hommes. Amine était monté sur le dos du cheval et souriait. « Viens ! » Aïcha refusa de sa voix fluette, prétextant qu'elle aimait courir, qu'elle resterait à côté, mais il ne l'écouta pas. Il crut qu'elle voulait jouer, comme il jouait lui quand il était enfant ; des jeux violents, où l'on faisait la guerre, où l'on tendait des pièges, où l'on disait le contraire de ce que l'on pensait. Il donna un coup de talon dans la croupe du cheval qui s'élança et il se coucha sur la bête, sa joue contre le cou du cheval dont les naseaux s'étaient dilatés. Il se mit à tourner, à toute vitesse, autour de l'enfant, soulevant la poussière, obstruant le soleil. Il jouait au sultan, au chef de tribu, aux croisés et bientôt, victorieux, il allait enlever cette enfant, qui n'était pas plus grosse qu'une chèvre. D'une main qui ne tremblait pas, il saisit Aïcha sous le bras et la souleva comme Mathilde soulevait les chats par la peau du cou. Il l'assit devant lui sur la selle et il poussa un cri de cow-boy ou d'Indien, un cri qu'il crut drôle mais qui fit trembler sa fille. Elle se mit à pleurer et son corps maigre fut secoué de sanglots. Amine dut la serrer fort contre lui. Il passa sa main sur le crâne de sa fille, il lui dit : « N'aie pas peur. Calme-toi ! » Mais l'enfant agrippa violemment la crinière du cheval, elle regarda en bas et fut saisie par une sensation de vertige. Amine sentit alors, contre sa cuisse, couler un liquide chaud. Il souleva avec brutalité le corps de l'enfant qui ne cessait pas de hurler et il avisa le fond de son pantalon trempé. « Mais c'est pas vrai ! » hurla-t-il, portant Aïcha du bout des doigts, comme si elle le dégoûtait, comme s'il était incommodé à la fois par l'odeur et par la lâcheté qui s'exhalaient de sa propre fille. Il arrêta le cheval en tirant sur le mors et il mit pied à terre. Face à face, le père et la fille gardèrent les yeux baissés. Le cheval gratta son sabot contre la terre et Aïcha, terrorisée, se jeta contre la jambe de son père. « Il ne faut pas être peureuse comme ça. » Il agrippa le bras de la petite et regarda l'urine couler sur la selle du cheval.

Tandis qu'ils marchaient vers la maison, à bonne distance l'un de l'autre, Amine pensa qu'Aïcha n'était pas à sa place ici, qu'il ne savait pas s'y prendre avec elle. Depuis que Mathilde était en Europe, il avait essayé de consacrer du temps à sa fille, d'être un père aimant et convenable. Mais il était gauche, nerveux, cette petite femme de sept ans le mettait mal à l'aise. Sa fille avait besoin d'une présence féminine, de quelqu'un qui la comprenne, et pas seulement de la tendresse de Tamo qui était idiote et sale. Il avait surpris la bonne dans la cuisine, la théière penchée au-dessus de sa bouche, buvant à même le bec verseur, et il avait eu envie de la gifler. Il devait soustraire sa fille à ces influences néfastes et puis il ne pouvait plus, à lui tout seul, s'occuper des allers-retours entre la ferme et l'école.

Ce soir-là, il entra dans la chambre d'Aïcha et s'assit sur le petit lit pour la regarder, assise à son bureau.

« Qu'est-ce que tu dessines là ? » demanda-t-il sans bouger du bord du lit. Aïcha ne leva pas les yeux vers lui, elle dit seulement : « Je dessine pour Maman. » Amine lui sourit et plusieurs fois il essaya de parler, puis il renonça. Il se leva et ouvrit les tiroirs de la commode dans laquelle Mathilde rangeait les vêtements. Il sortit une des culottes de laine que sa femme avait tricotée et l'habit lui sembla affreusement petit. Il fit un tas avec les quelques vêtements et les fourra dans un grand sac marron. « Tu vas dormir chez ta grand-mère à Berrima pour quelques jours. Je crois que ce sera mieux pour toi et plus facile pour aller à l'école. » Aïcha plia son dessin en deux, lentement, et elle attrapa sa poupée qui traînait sur le lit. Elle suivit son père dans le couloir et alla poser un baiser sur le front de son frère, endormi contre le ventre de Tamo.

C'était la première fois qu'ils étaient seuls tous les deux en pleine nuit, et ce tête-à-tête les rendit nerveux. Dans la voiture, Amine tournait parfois le visage vers sa fille et il lui souriait comme pour dire « Ça ira », « Ne t'inquiète pas ». Aïcha lui sourit en retour puis, rendue téméraire par le calme de la nuit, elle lui demanda : « Raconte-moi la guerre. » Elle eut, en disant ça, une voix d'adulte, une voix assurée, plus grave que d'habitude. Amine en fut surpris. Les yeux fixés sur la route, il dit : « Est-ce que tu as déjà remarqué cette cicatrice ? » Il posa son doigt derrière son oreille droite et le fit lentement descendre vers son épaule. Il faisait trop noir pour distinguer le relief brun de la cicatrice mais Aïcha connaissait par cœur le drôle de dessin sur la peau de son père. Elle hocha la tête, folle d'excitation à l'idée que soit enfin résolu ce mystère. « Pendant la guerre, juste avant que je ne rencontre Maman (Aïcha ricana), j'ai passé quelques mois dans un camp où les Allemands nous avaient faits prisonniers. Il y avait beaucoup de soldats comme moi, des Marocains de l'armée coloniale. On était assez bien traités pour des prisonniers. Les repas n'étaient pas bons et pas copieux et j'ai perdu beaucoup de poids. Mais on ne nous battait pas et on ne nous obligeait pas à travailler. En fait, le pire à cette époque, c'était l'ennui. Un jour, un officier allemand a fait appeler les prisonniers. Il a demandé s'il y avait un coiffeur parmi nous et, sans réfléchir, je ne sais aujourd'hui encore pas pourquoi, j'ai traversé la foule à toute vitesse, je me suis posté devant l'officier et j'ai dit : "Moi, monsieur, j'étais coiffeur dans mon village." Les autres hommes, qui me connaissaient, se sont mis à rire. "Tu t'es mis dans le pétrin", m'ont-ils dit. Mais l'officier m'a cru et il a fait installer au milieu du camp une petite table et une chaise. On m'a donné une vieille tondeuse, une paire de ciseaux et un produit gluant dont les Allemands raffolent pour se coller les cheveux. » Amine passa sa main sur son crâne pour mimer le geste des officiers allemands. « Mon premier client s'est assis et là, ma petite, les ennuis ont commencé. Je n'avais aucune idée de la façon dont il fallait se servir de cette tondeuse et quand je l'ai posée sur la nuque de l'Allemand elle m'a comme échappé. Un grand trou est apparu au milieu du crâne du soldat. Je transpirais et je me suis dit qu'il valait mieux tout couper à ras mais va savoir pourquoi, cette maudite tondeuse faisait n'importe quoi. Au bout d'un moment, l'homme s'est agité, il passait sa main sur son crâne et il avait l'air nerveux. Il parlait en allemand et je ne comprenais rien à ce qu'il disait. Il a fini par me pousser brutalement et il a attrapé un petit miroir, posé sur la table. Quand il a découvert son reflet il s'est mis à hurler et j'avais beau ne rien comprendre, je savais qu'il m'insultait, qu'il me traitait de tous les noms. Il a fait venir l'homme qui m'avait embauché et celui-ci m'a demandé des explications. Et tu sais ce que je lui ai répondu? J'ai levé les bras au ciel, j'ai souri et j'ai dit : "Coupe Afrika, monsieur!" »

Amine se mit à rire, il tapa sur le volant pour marquer son enthousiasme mais Aïcha, elle, ne riait pas. Elle n'avait pas compris la chute de l'histoire. « Mais cette cicatrice, alors? » Amine songea qu'il ne pouvait pas lui dire la vérité. Qu'il s'adressait à une petite fille et pas à un camarade de chambrée. Comment lui raconter l'évasion, le contact des fils barbelés contre son cou, la chair qui s'y était accrochée mais dont il n'avait pas senti la déchirure tant la peur était plus forte que la douleur physique? Il faudrait garder cette histoire pour plus tard, songea-t-il. « Eh bien voilà », dit-il simplement d'une voix douce qu'Aïcha ne lui connaissait pas. Déjà, les lumières de la ville étaient apparues et elle pouvait distinguer le visage de son père et la boursouflure sur son cou. « Quand je me suis enfui du camp, j'ai marché longtemps dans la Forêt-Noire. Il y faisait froid et je n'y ai pas rencontré âme qui vive. Une nuit, alors que je dormais, j'ai entendu un bruit, comme un rugissement, un cri d'animal féroce. Quand j'ai ouvert les yeux, un tigre du Bengale se tenait devant moi. Il m'a sauté dessus et de sa griffe acérée il m'a déchiré le cou. » Aïcha poussa un petit cri ravi. « Heureusement, j'avais gardé sur moi mon fusil et j'en suis

226

venu à bout. » Aïcha sourit et elle eut envie de toucher la longue entaille qui courait de la racine des cheveux à la clavicule. Elle en avait presque oublié la raison de ce voyage nocturne et elle fut surprise quand son père se gara, à quelques mètres de la maison de Mouilala. D'une main, Amine portait le sac marron et de l'autre il tenait le poignet d'Aïcha. Dans la maison, l'enfant se mit à hurler et elle supplia son père de ne pas la laisser là. Les femmes poussèrent Amine dehors et elles cajolèrent l'enfant. Puis Mouilala se lassa du spectacle d'Aïcha qui se roulait par terre, qui jetait les coussins sur le sol, qui poussait avec une rage mauvaise le plat de gâteaux qu'on lui tendait. « La petite Française est colérique », conclut la vieille.

Ils installèrent l'enfant dans une chambre contiguë à celle de Selma et pour cette première nuit, Yasmine accepta de coucher par terre, au pied de son lit. Malgré la présence de la bonne, dont la respiration aurait dû la rassurer, Aïcha eut du mal à trouver le sommeil. Elle avait l'impression que cette maison était comme celle du petit cochon qui s'entête à construire un abri de paille que le loup, par son souffle, parvient à faire s'envoler.

En classe, le lendemain, tandis que sœur Marie-Solange écrivait des chiffres au tableau, Aïcha pensa : « Où est ma mère et quand va-t-elle revenir ? » Elle se demanda si on s'était joué d'elle, si ce voyage était comme ceux dont on ne revient pas, comme celui qu'avait fait le mari de la veuve Mercier. Monette, sa voisine de pupitre, lui parla dans l'oreille et l'institutrice tapa avec un bâton sur le rebord du bureau. Monette était une enfant vive et bavarde dont la haute taille impressionnait toutes les écolières. Elle s'était prise pour Aïcha d'une affection que cette dernière ne s'expliquait pas. Monette parlait sans cesse, sur les bancs de la chapelle et dans la cour de récréation, dans le réfectoire et même pendant les interrogations, dans la salle de classe. Elle irritait les adultes et un jour, la mère supérieure cria « Bon sang ! » et ses joues ridées s'enflammèrent de honte. Aïcha n'aurait pas su dire ce qui, dans le discours de Monette, était vrai et ce qui n'était qu'invention. Monette avait-elle vraiment, en France, une sœur comédienne ? Avait-elle réellement voyagé en Amérique, vu des zèbres au zoo à Paris, embrassé sur la bouche un de ses cousins ? Était-il vrai que son père, Émile Barte, était un aviateur ? Monette le décrivait avec tant de détails et de passion qu'Aïcha finit par croire à l'existence de ce prodige de l'aéro-club de Meknès. Monette lui expliqua la différence entre les T-33, les Piper Cub et les Vampire, elle détailla les figures les plus dangereuses que son père maîtrisait. Elle disait : « Je t'emmènerai un jour, tu verras. » Cette promesse devint une véritable obsession pour Aïcha. Elle n'avait plus que deux pensées en tête : un après-midi à l'aéro-club et le retour de sa mère. Elle imagina que le père de son amie pourrait aller chercher Mathilde dans un de ses avions. Si elle le demandait gentiment, si elle suppliait, il accepterait sans doute de lui rendre ce petit service.

Monette dessinait sur son missel. Elle traçait des moustaches noires et épaisses aux personnages peints sur les images saintes. Elle faisait rire Aïcha qui, dans les premiers mois de leur amitié, n'en revenait pas qu'on puisse aussi peu craindre l'autorité. Aïcha observait les bêtises de son amie, la bouche ouverte, les sourcils levés, gonflée d'admiration. Plusieurs fois, les sœurs la supplièrent de dénoncer son amie. Jamais Aïcha n'avoua et elle se découvrit loyale. Un jour, Monette l'entraîna dans les toilettes du pensionnat. Il y faisait si froid que la plupart des fillettes se retenaient pendant des heures pour ne pas avoir à se déshabiller et à claquer des dents, accroupies au-dessus du trou. Monette regarda autour d'elle. « Surveille la porte », ordonna-t-elle à Aïcha dont le cœur menaçait d'exploser. Elle disait « Dépêche-toi », « Tu as bientôt fini? », « Mais qu'est-ce que tu fais enfin, on va avoir des histoires! » La grande Monette tira de sous sa blouse une bouteille en verre. Elle souleva sa jupe en laine dont elle tint l'ourlet entre ses dents. Elle baissa sa culotte et Aïcha aperçut, horrifiée, le sexe glabre de son amie. Monette y colla la petite bouteille et elle pissa dedans. Le liquide chaud glissa du goulot jusque dans le fond en verre et Aïcha se mit à trembler, de frayeur et d'excitation. Puis elle sentit ses jambes se dérober sous elle. Elle faillit faire quelques pas en arrière, préparer sa fuite car elle pensa qu'elle était peut-être tombée dans un piège et que Monette allait lui faire boire son urine. Elle était trop naïve sans doute et bientôt Monette ameuterait les autres filles de la classe, elles se jetteraient sur Aïcha, elles colleraient le goulot contre ses dents, elles crieraient : « Bois ! Bois ! » Mais Monette remonta sa culotte, elle lissa sa jupe et elle attrapa, de sa main humide, la main d'Aïcha. « Suis-moi », lui dit-elle, et elles se mirent à courir sur l'allée de gravier, en direction de la chapelle. Aïcha fut chargée de faire le guet devant la porte mais toutes les minutes, elle tournait son regard vers l'intérieur pour voir ce que Monette y fabriquait. C'est ainsi qu'elle vit son amie verser le contenu de la bouteille dans le bénitier. À compter de ce jour, Aïcha ne put s'empêcher de frissonner à chaque fois qu'elle apercevait des doigts, vieux ou enfantins, plonger dans la vasque et se signer.

« C'est combien un mois ? » demanda Aïcha
à Mouilala qui la serra sur son torse maigre.
« Maman va revenir », jura la vieille. Aïcha n'aimait pas l'odeur de sa grand-mère, les grandes
mèches orange qui s'échappaient de son foulard, le henné qu'elle appliquait sur la plante
de ses pieds. Et puis, il y avait ses mains, si calleuses, si rêches, qu'on ne pouvait en attendre
des caresses. Ces mains dont les ongles avaient
été érodés par l'eau du ménage, dont la peau
était couverte de petites cicatrices héritées de
combats domestiques. Ici, la trace d'une brûlure, là une entaille datant d'un jour de fête où
elle avait saigné dans l'arrière-cuisine. Aïcha,
malgré son dégoût, venait se réfugier dans la
chambre de la vieille femme quand elle avait
peur. Mouilala riait du caractère de sa petite-
fille et elle attribuait à ses origines européennes
cette nervosité. Quand les voix s'élevaient des
dizaines de mosquées de la ville, Aïcha se mettait à trembler. À la fin de l'appel à la prière,
les muezzins soufflaient dans d'immenses

trompettes dont le bruit caverneux terrorisait l'enfant. Dans un livre qu'une sœur lui avait montré à l'école, l'archange Gabriel tenait à la main un instrument cerclé d'or. Il réveillait les morts pour le Jugement dernier.

Un soir, alors qu'elle faisait ses devoirs avec Selma, Aïcha entendit claquer des portes et Omar poussa un hurlement. Les filles abandonnèrent leurs cahiers et elles se penchèrent au-dessus de la balustrade pour observer le patio. Mouilala se tenait debout au pied du bananier et à voix basse, avec une dureté qu'Aïcha ne lui connaissait pas, elle menaçait son fils de représailles. Elle s'approcha de la porte d'entrée et son fils la supplia. « Je ne peux pas les mettre dehors maintenant ! Il s'agit de l'avenir du pays, ya moui[1]. » Il embrassa l'épaule de sa mère, il prit de force la main qu'elle lui refusait et il la remercia.

La vieille femme monta les escaliers, la bouche pleine d'insultes et d'amertume. Ses fils la tueraient ! Qu'avait-elle fait à Allah, quels crimes avait-elle commis pour mériter ces deux fils dans son foyer ? Jalil était possédé par les démons et Omar lui avait toujours causé tant de soucis. Avant la guerre, il était élève dans un lycée de la ville nouvelle où Kadour avait réussi à l'inscrire grâce à l'intervention d'un ami européen. Son père mort, son frère sur le champ de bataille, Omar n'eut plus à répondre devant personne de ses actes. Plusieurs fois, il

1. Ma mère.

232

rentra à Berrima le visage en sang, les lèvres enflées. Il aimait la bagarre et dissimulait dans sa poche le tranchant d'une lame. Un fils sans père est un danger public, se disait alors Mouilala. Pendant plusieurs semaines, il avait caché à sa mère son renvoi du lycée puis elle avait fini par apprendre par une voisine qu'Omar était arrivé en classe un journal sous le bras, hurlant d'un air triomphant : « Paris est tombé aux mains des Allemands ! Il est fort ce Hitler ! » À cette époque, Mouilala avait juré qu'elle raconterait tout à Amine quand il rentrerait de la guerre.

Omar était aussi beau que son aîné mais il avait un physique plus étrange, un visage anguleux, de hautes pommettes, des lèvres fines et d'épais cheveux bruns. Il était surtout beaucoup plus grand et il adoptait toujours une expression si grave, si méchante qu'on le croyait souvent plus âgé qu'il ne l'était. Depuis l'âge de douze ans, il portait des lunettes dont les verres, pourtant très épais, n'étaient pas efficaces, et ce regard de myope donnait l'impression qu'il était égaré, qu'il allait tendre les bras et demander de l'aide. Cette nervosité effrayait Aïcha. C'était comme être au contact d'un animal affamé ou qui vient d'être battu.

Il ne l'aurait jamais reconnu publiquement, mais pendant les années de guerre Omar avait béni l'absence de son grand frère. Souvent, il avait rêvé du corps décomposé d'Amine, broyé par un obus, pourrissant au fond d'une tranchée. De la guerre, il ne savait que ce que son propre père lui avait raconté. Le gaz, les excavations pleines de boue et de rats. Il ignorait que ce n'était plus ainsi qu'on se battait. Amine avait survécu. Pire, il était revenu de la guerre en héros, le torse alourdi par les médailles, la bouche pleine de récits fantastiques. En 1940, Amine avait été fait prisonnier et il avait fallu feindre l'angoisse et le désespoir. En 1943, il était revenu et Omar avait joué la comédie du soulagement puis de l'admiration quand son aîné avait décidé de retourner sur le front comme engagé volontaire. Combien de fois Omar avait-il subi le récit des actes héroïques de son frère, l'évasion du camp, la cavale dans les champs glacés où un pauvre paysan l'avait fait passer pour son employé ? Combien de fois avait-il dû faire semblant de rire lorsque Amine mimait son voyage dans un wagon à charbon et sa rencontre, à Paris, avec une fille de joie qui l'avait hébergé ? Lorsque son frère se donnait en spectacle, Omar souriait. Il lui tapait sur l'épaule en disant : « C'est un Belhaj, ça, un vrai ! » Mais il en crevait de voir pendre les lèvres des filles, qui tiraient un peu la langue, qui gloussaient, qui se seraient bien fait prendre par un héros de guerre.

Omar haïssait son frère autant qu'il haïssait la France. La guerre avait été sa vengeance, son moment de grâce. Il avait fondé beaucoup d'espoir sur ce conflit et il avait pensé qu'il en sortirait doublement libre. Son frère serait mort et la France serait vaincue. En 1940, après la capitulation, Omar afficha avec délice son mépris pour tous ceux qui manifestaient la moindre obséquiosité devant les Français. Il prenait du plaisir à les bousculer, à les pousser dans les queues des magasins, à cracher sur les chaussures des dames. Dans la ville européenne, il insultait les domestiques, les gardiens, les jardiniers qui tendaient, la tête basse, leur certificat de travail aux policiers français qui menaçaient : « Quand tu as fini de travailler, tu dégages : compris ? » Il appelait à la révolte, montrait du doigt les pancartes qui, au bas des immeubles, interdisaient les ascenseurs ou la baignade aux indigènes.

Omar maudissait cette ville, cette société rance et conformiste, ces colons et ces soldats, ces agriculteurs et ces lycéens persuadés de vivre au paradis. Chez Omar, la soif de vivre allait de pair avec l'envie de détruire : détruire les mensonges, casser les images, réduire en bouillie le langage, les intérieurs crasseux pour faire surgir un ordre nouveau dont il pourrait être l'un des maîtres. En 1942, pendant « l'année des bons », Omar dut se débrouiller avec la pénurie et le rationnement. Alors qu'Amine était prisonnier, il enrageait d'être cantonné à un combat si trivial. Il savait que les Français avaient droit à deux fois plus que les Marocains. Il avait entendu dire qu'on ne donnait pas de chocolat aux indigènes sous prétexte que ce n'était pas dans leurs habitudes alimentaires. Il se fit quelques contacts parmi les gens qui vendaient au marché noir et il proposa de les aider à écouler la marchandise. Mouilala ne posait pas de questions sur l'origine des poulets qu'Omar jetait sur l'étal de la cuisine, ni sur le sucre ou le café. Elle secouait la tête, prenant même parfois un air contrarié qui rendait son fils fou. Il en crevait de cette ingratitude. Ce n'était pas assez bien pour elle? Est-ce qu'elle ne pourrait pas lui dire merci, lui être un peu redevable de nourrir sa sœur, son illuminé de frère et cette esclave trop gourmande? Non, sa mère n'en avait que pour Amine et pour cette idiote de Selma. Quoi qu'il fasse pour son pays, pour sa famille, Omar se sentait incompris.

Au sortir de la guerre, il avait de nombreux amis dans les organisations secrètes formées contre l'occupant français. Au début, ses chefs rechignaient à lui confier des responsabilités. Ils se méfiaient de ce garçon impulsif, qui n'avait pas la patience d'écouter les discours sur l'égalité ou l'émancipation des femmes et qui appelaient, d'une voix éraillée, à la lutte armée. « Tout de suite! Maintenant! » Omar repoussait, d'une main impatiente, les livres et les journaux que ses chefs lui conseillaient de lire. Une fois, il s'était emporté contre un Espagnol au visage balafré, qui avait fait la guerre contre Franco et se disait communiste. L'homme, qui appelait au soulèvement de la masse prolétaire, défendait l'indépendance pour tous les peuples. Omar l'avait insulté; il l'avait traité d'infidèle, il s'était moqué de son bavardage pour prôner, encore et toujours, l'action à la place des mots.

Ses défauts étaient compensés par une inébranlable loyauté et un courage physique qui finit par convaincre les chefs de cellule. De plus en plus souvent, il lui arrivait de disparaître de la maison pendant quelques jours ou même une semaine. Mouilala ne le lui avait jamais dit mais dans ces moments-là elle mourait d'inquiétude. Elle se levait de son lit dès qu'elle entendait le grincement de la porte d'entrée. Elle s'en prenait à la pauvre Yasmine puis finissait par pleurer dans les bras de l'esclave malgré le dégoût que lui inspirait sa peau noire. Elle avait prié pendant des nuits entières et elle s'était imaginé que son fils était en train de croupir en prison ou qu'il était mort, pour une histoire de fille ou de politique. Mais il était toujours revenu, la bouche plus écumante, les idées affermies, le regard noir.

Ce soir-là, Omar imposa une réunion sous le toit de sa mère et il fit jurer à celle-ci qu'elle n'en parlerait pas à Amine. Mouilala d'abord refusa ; elle ne voulait pas d'histoires dans sa maison, elle refusait qu'on cache des armes entre les murs que Kadour Belhaj lui-même avait construits. Elle ne voulut rien entendre des grands discours nationalistes d'Omar qui faillit cracher par terre et lui dire : « Quand ton fils se battait pour les Français tu étais contente pourtant. » Mais il se maîtrisa et il la supplia, ses lèvres tendues vers elle, embrassant ses mains parcheminées malgré la honte que toute cette scène lui inspirait. « Je ne peux pas perdre la face. Nous sommes musulmans ! Nous sommes nationalistes. Vive Sidna Mohammed Ben Youssef ! »

Mouilala vouait au sultan une touchante déférence. Mohammed Ben Youssef vivait dans son cœur, d'autant plus présent qu'il était exilé loin du pays. Comme les autres femmes, elle montait la nuit sur sa terrasse pour voir le visage du souverain dans la lune. Elle n'avait pas apprécié que Mathilde se mette à rire quand elle avait pleuré à cause de l'exil de Sidna Mohammed chez la Madame Gascar. Elle avait bien vu que sa belle-fille ne la croyait pas quand elle racontait qu'à son arrivée sur cette île étrange, cette île peuplée de nègres, les éléphants et les fauves s'étaient prosternés devant le sultan déchu et sa famille. Mohammed, que Dieu l'ait en Sa sainte protection, avait accompli un miracle dans l'avion qui l'amenait sur ce lieu maudit. Lui et sa famille avaient failli s'écraser à cause d'une panne de kérosène mais le sultan avait posé son mouchoir sur la carlingue et l'avion avait atteint sans encombre sa destination. C'est en pensant à lui et au Prophète que Mouilala céda aux demandes de son fils. Elle se précipita dans les escaliers, pour ne pas croiser les hommes qui entraient chez elle. Omar la suivit et quand il aperçut Aïcha, assise sur une marche, il la poussa brusquement.

« Allez, va-t'en, bouge-toi, on dirait un gros

sac de smid[1]. Tu comprends l'arabe el nassrania? Que je ne te prenne pas à espionner, tu
as compris?»

Il leva le bras, lui montra la paume de sa
main et Aïcha pensa qu'il pourrait l'envoyer
s'écraser contre le mur, comme les grosses
mouches vertes que Selma écrasait avec ses
ongles. Aïcha détala et elle referma la porte de
sa chambre derrière elle, le front couvert de
sueur.

1. Semoule.

Le 3 octobre 1954, Mathilde prit l'avion pour Le Bourget puis elle embarqua sur un coucou en direction de Mulhouse. Le voyage lui parut interminable tant elle était impatiente de déverser sa rage sur Irène et de régler ses comptes. Comment sa sœur avait-elle osé la tenir à l'écart de la mort de son père ? Elle avait pris Georges en otage, elle avait gardé son petit papa pour elle et couvert son front de baisers hypocrites. Dans l'avion, Mathilde pleura en pensant que son père l'avait peut-être réclamée et qu'Irène, sans doute, avait menti. Elle imagina les mots qu'elle emploierait, les gestes qu'elle ferait une fois que le visage de sa sœur lui ferait face. Elle revivait une de ces scènes où, enfant, elle faisait devant Irène des crises de rage et où elle l'entendait rire : « Papa, viens voir la petite. On dirait qu'elle est possédée ! »

Lorsqu'elle atterrit à Mulhouse et qu'un vent frais vint caresser son visage, toute sa colère disparut. Mathilde regarda autour d'elle comme, dans les rêves, on contemple le paysage qui nous entoure, en craignant qu'un geste déplacé, un mot de trop nous jette hors du songe. Elle tendit son passeport au douanier et elle eut envie de lui dire qu'elle était une enfant du pays, qu'elle était de retour. Elle l'aurait embrassé sur les deux joues tant elle trouvait charmant son accent alsacien. Irène l'attendait, maigre et pâle, dans son élégante tenue de deuil. Elle agita doucement sa main gantée de noir et Mathilde marcha vers elle. Sa sœur avait vieilli. Elle portait à présent de larges lunettes qui lui donnaient un air dur et masculin. Sous sa narine droite, quelques poils blancs et durs s'échappaient d'un grain de beauté. Elle embrassa Mathilde avec une tendresse que celle-ci ne lui connaissait pas. Elle songea « nous voilà orphelines maintenant », et cette pensée la fit pleurer.

Pendant le trajet en voiture jusqu'à la maison, Mathilde garda le silence. L'émotion du retour était si forte qu'elle ne voulait pas en faire trop et risquer de réveiller l'ironie de sa sœur. Le pays qu'elle avait quitté s'était reconstruit sans elle, les gens qu'elle avait connus s'étaient passés de sa présence. Sa vanité se trouvait un peu blessée à l'idée que son absence n'avait pas empêché le lilas de fleurir, la place d'être pavée. Irène se gara dans la petite allée, face à la maison de leur enfance. Mathilde, debout sur le trottoir, observa le jardin où elle avait tant joué et elle leva la tête, pour observer la fenêtre du bureau où si souvent elle avait aperçu le profil imposant de son père. Son cœur se serra, elle pâlit et elle ne savait pas si elle était saisie par la familiarité de ce lieu ou, au contraire, par un dérangeant sentiment d'étrangeté. Comme si, en venant ici, elle n'avait pas seulement changé de lieu mais de temporalité et que ce voyage était d'abord un retour dans le passé.

Les premiers jours, elle reçut de nombreuses visites. Elle passa ses après-midi à boire du thé et à manger des gâteaux et au bout d'une semaine elle avait regagné le poids que la maladie lui avait fait perdre. Ses anciennes camarades de classe traînaient un enfant avec elles, d'autres étaient enceintes, la plupart s'étaient transformées en épouses autoritaires et se plaignaient des penchants de leurs maris pour la bouteille et pour les femmes faciles. Elles mangeaient des cerises trempées dans l'eau-de-vie et elles en donnaient à leurs enfants, dont la bouche était tachée de rouge et qui finissaient par s'endormir, hagards, sur le sofa de l'entrée. Joséphine, qui avait été sa plus proche camarade et qui abusait du schnaps, raconta qu'elle avait surpris son mari avec une femme, un après-midi où elle était supposée visiter ses parents. « Ils le faisaient dans mon propre lit! » Les amies venaient, pour voir si la vie avait réservé à Mathilde autant de déceptions qu'à elles. Elles désiraient savoir si elle aussi avait fait l'expérience désolante de la trivialité de la vie, du silence imposé, des douleurs de l'enfantement et de la copulation sans tendresse.

Un après-midi, des orages éclatèrent et les jeunes femmes se rapprochèrent de la cheminée. Irène était un peu lasse de ce défilé incessant et de la coquetterie dont sa sœur faisait preuve. Mais Mathilde avait semblé avoir tant de chagrin, à genoux devant la tombe de son père, qu'elle n'osa pas lui refuser ces innocentes distractions. « Raconte-nous à quoi ressemble la vie en Afrique ! Veinarde ! Nous qui n'avons jamais mis le nez dehors.

— Eh bien, ce n'est pas si exotique que ça, minauda Mathilde. Au début, bien sûr, on a l'impression d'avoir atterri sur une autre planète mais très vite, il faut s'occuper des tâches quotidiennes qui sont les mêmes que partout ailleurs. »

Elle se fit prier pour en dire plus et elle jouit de l'attente qu'elle percevait dans le regard de ces ménagères qui avaient l'air tellement plus vieilles qu'elle. Mathilde mentit. Elle mentit sur leur vie, sur le caractère de son mari, elle tint des propos incohérents qu'elle ponctuait d'un rire aigu. Elle ne cessa de répéter que son mari était un homme moderne, un agriculteur de génie qui dirigeait d'une main de fer une immense exploitation. Elle parla de « ses » malades et décrivit son dispensaire, où elle faisait des miracles, cachant à l'auditoire son manque de connaissances et de moyens.

Le lendemain, Irène la fit venir dans le bureau de son père et elle lui tendit une enveloppe. « Voici une part de ce qui te revient. » Mathilde n'osa pas l'ouvrir mais elle en tâta

243

l'épaisseur et elle dut contenir sa joie. « Tu le sais, Papa n'était pas un homme d'affaires très prudent. En ouvrant ses livres de comptes, j'ai découvert des aberrations. Dans quelques jours nous irons voir le notaire, il mettra tout cela au clair et tu pourras repartir, l'esprit tranquille. » Cela faisait presque trois semaines que Mathilde était en Alsace et Irène évoquait de plus en plus souvent son départ. Elle lui demandait si elle avait réservé un billet, si elle avait reçu une lettre de son mari et elle supposait que celui-ci s'impatientait. Mais Mathilde ne voulait rien entendre et elle parvint à tenir à distance cette pensée qu'elle avait une vie quelque part et qu'on l'attendait.

Elle sortit du bureau, son enveloppe à la main, et elle dit à sa sœur qu'elle se rendait en ville. « J'ai quelques achats à faire avant mon retour. » Elle se jeta dans la rue commerçante comme dans les bras d'un homme. Elle tremblait d'excitation et elle dut prendre deux profondes inspirations avant d'entrer dans un élégant magasin dont le propriétaire s'appelait Auguste. Elle essaya deux robes. Une noire et une mauve entre lesquelles elle hésita longtemps. Elle acheta la mauve mais sortit de la boutique d'humeur ombrageuse, fâchée d'avoir eu à choisir, regrettant déjà la noire qui l'amincissait. Sur le chemin de la maison, elle agitait son sac de courses comme une petite fille qui rentre de l'école et rêve de jeter ses cahiers dans un fossé. Dans la vitrine du chapelier le plus élégant du bourg, elle aperçut une capeline en paille d'Italie, aux bords larges et mous et décorée d'un ruban rouge. Mathilde monta les quelques marches qui menaient à la boutique et un vendeur lui ouvrit la porte. C'était un homme âgé et maniéré, un pédéraste, pensa Mathilde qui trouva l'intérieur de la boutique triste et décevant.

« Vous désirez, mademoiselle ? »

Silencieuse, elle indiqua la capeline du bout de l'index.

« Parfaitement. »

L'homme glissa sur le parquet et il décrocha lentement le chapeau dans la vitrine. Mathilde l'essaya et lorsqu'elle se vit dans la glace elle sursauta. Elle avait l'air d'une femme, une vraie femme, une Parisienne sophistiquée, une bourgeoise. Elle repensa à sa sœur qui disait que le diable est debout derrière les orgueilleuses et qu'il est mauvais de s'admirer dans le miroir. Le vendeur la complimenta mollement puis il sembla s'impatienter car Mathilde replaçait sans cesse la capeline, la faisant pencher à droite puis à gauche. Elle fixa pendant de longues minutes l'étiquette sur laquelle était inscrit le prix et elle se perdit dans une réflexion compliquée et profonde. Un client entra et le vendeur, agacé, tendit la main vers le chapeau qu'il désirait à présent récupérer.

Le client s'approcha de Mathilde et dit : « Ravissant. »

Elle rougit et ôta le chapeau qu'elle fit glisser lentement sur sa poitrine, dans un geste dont elle ne devina pas la brûlante sensualité.

« Vous, mademoiselle, vous n'êtes pas d'ici. Je jurerais que vous êtes artiste. Est-ce que j'ai raison ?

— Absolument, répondit-elle. Je travaille au théâtre. Je viens d'être engagée pour la saison. »

Elle s'avança vers le comptoir et tira de son sac l'enveloppe de billets. Pendant que le vendeur, avec une lenteur extrême, empaquetait le chapeau, Mathilde répondait aux questions du jeune homme. Il portait un élégant pardessus et un chapeau en feutre kaki qui masquait un peu son regard. Elle s'enfonça dans le mensonge, avec un mélange de honte et d'excitation. Le vendeur traversa la boutique et devant la porte vitrée il tendit son paquet à Mathilde. À l'homme en pardessus, qui lui proposait de la revoir, elle répondit : « Malheureusement, je suis très occupée par mes répétitions. Mais venez me voir sur scène un soir. »

Arrivée devant la maison, elle eut honte de tous les paquets qu'elle portait. Elle traversa le salon à toute vitesse et elle s'enferma dans sa chambre, heureuse et rougissante. Elle prit un bain et déplaça le gramophone qui était dans le bureau de son père, pour l'installer près de son lit. Ce soir-là, elle était invitée à une fête et elle se prépara en écoutant une vieille chanson allemande que Georges adorait. Lorsqu'elle arriva à la réception, les convives la complimentèrent sur sa robe mauve et les hommes regardèrent en souriant ses onctueux bas de soie. Elle but un vin mousseux si sec qu'au bout d'une heure elle n'eut plus de salive et dut boire encore pour continuer à raconter. Tout le monde l'interrogeait sur sa vie africaine, sur l'Algérie avec laquelle on confondait sans cesse le Maroc. « Vous parlez donc l'arabe ? » lui demanda un homme charmant. Elle but d'un trait le verre de vin rouge qu'on lui tendait et prononça une phrase en arabe sous un tonnerre d'applaudissements.

Elle rentra seule et goûta le plaisir de marcher dans la rue, sans chaperon et sans témoin. Elle titubait un peu et fredonnait un air grivois qui la faisait rire. Elle monta les escaliers sur la pointe des pieds et s'allongea sur son lit, sans ôter sa robe ni ses bas. Elle était heureuse de cette ivresse et de cette solitude, heureuse de pouvoir s'inventer une vie sans être contredite. Elle se tourna, enfonça son visage dans l'oreiller pour calmer la nausée qui venait de la saisir. Un sanglot monta en elle, un sanglot qui était le fruit de cette joie même. Elle pleurait d'être si heureuse sans eux. Les yeux fermés, le nez planté dans le coussin, elle laissa émerger une pensée secrète, une pensée honteuse qui, depuis des jours déjà, faisait son nid en elle. Une pensée qu'Irène avait surprise sans doute et qui expliquait ses airs inquiets. Ce soir-là, alors qu'elle écoutait le vent dans les feuilles des peupliers, Mathilde pensa : « Je reste ici. » Oui, elle pensa qu'elle pourrait ne pas rentrer, qu'elle pourrait – même si ces mots lui étaient impossibles à prononcer – abandonner ses enfants. La violence de cette idée lui donna envie de crier et elle dut mordre le drap. Mais l'idée ne s'échappa pas. Au contraire, le scénario se fit de plus en plus concret dans son esprit. Une nouvelle vie lui semblait possible et elle en mesurait tous les avantages. Bien sûr, il y avait Aïcha et Selim. Il y avait la peau d'Amine et le ciel infiniment bleu de son nouveau pays. Mais avec le temps et la distance, la douleur s'atténuerait. Ses enfants, après l'avoir haïe, après avoir souffert, en viendraient peut-être à l'oublier et ils seraient, eux comme elle, heureux de chaque côté de la mer. Peut-être même qu'un jour viendrait où ils auraient l'impression de ne s'être jamais rencontrés, comme si leurs destins avaient toujours été distincts, étrangers les uns aux autres. Il n'y a pas de drame dont on ne puisse se remettre, pensa Mathilde, pas de désastre sur les ruines duquel on ne puisse reconstruire.

Bien sûr, on la jugerait. On lui jetterait au visage tous ses beaux discours sur sa vie là-bas. « Si tu es si heureuse, pourquoi tu n'y retournes pas ? » D'ailleurs elle sentait bien monter l'impatience parmi les voisins ; il était temps qu'elle retourne à sa vie et que le quotidien morne et tranquille reprenne ses droits. Furieuse contre elle-même, contre le destin, contre le monde entier, Mathilde se dit qu'elle partirait encore, qu'elle irait à Strasbourg ou même à Paris, là où personne ne la connaissait. Elle pourrait reprendre ses études, devenir médecin et même chirurgienne. Elle échafauda des scénarios impossibles qui lui tordaient le ventre. Elle avait bien le droit de penser à elle, d'œuvrer à son salut. Elle s'assit au milieu du lit, nauséeuse, ivre. Son sang battait dans ses tempes et l'empêchait de réfléchir. Était-elle devenue folle ? Était-elle de ces femmes que la nature n'a pas dotées d'instinct ? Elle ferma les yeux et s'allongea. Des images confuses accompagnèrent sa lente plongée dans le sommeil. Cette nuit-là, elle rêva de Meknès et des champs qui s'étendaient autour de la ferme. Elle vit les vaches aux yeux tristes et aux côtes saillantes sur lesquelles de beaux oiseaux blancs venaient manger les parasites. Son rêve se mua en cauchemar, traversé de meuglements déchirants. Des paysans aussi maigres que leurs troupeaux abattaient leurs bâtons sur la nuque des vaches qui mâchaient des herbes malsaines. Accroupis, ils se saisissaient d'un rouleau de corde et ils attachaient entre elles les pattes arrière des bêtes pour les empêcher de fuir.

Le lendemain matin, elle se réveilla dans sa robe, ses bas avaient roulé sur ses chevilles. Son crâne était si douloureux qu'elle eut du mal à garder les yeux ouverts pendant le petit déjeuner. Irène buvait son thé lentement, elle croquait dans une tranche de pain couverte de confiture en prenant soin de ne pas tacher son journal. Depuis le départ de sa sœur, Irène se passionnait pour la situation des colonies. Quand Mathilde entra dans la salle à manger, elle était en train de découper un article à propos des heurts dans les campagnes, des négociations du sultan avec le résident général. Mathilde haussa les épaules. « Peut-être bien. Je ne sais pas. » Elle n'était pas d'humeur à faire la conversation. De temps en temps, la bile brûlait sa gorge et elle devait prendre une profonde inspiration pour ne pas vomir.

Depuis qu'elle était arrivée, elle ne s'était pas disputée avec Irène. Pendant les premiers jours, elle avait vécu dans l'inquiétude que soit dit le mot de trop, que tout soit gâché, que les dissensions refassent surface. Mais une complicité nouvelle s'était établie entre sa sœur et elle. Dans l'enfance, la compétition pour l'amour des parents n'avait jamais permis la tendresse. À présent, elles étaient seules au monde et seules détentrices, surtout, des souvenirs des morts. La distance et l'âge avaient ramené les choses à l'essentiel et effacé les mesquineries.

Mathilde s'allongea sur le sofa du salon et elle somnola pendant le reste de la journée. Irène resta auprès d'elle, couvrit ses pieds nus et mit dehors les visiteurs trop pressants. Quand elle se réveilla il faisait nuit. Un feu brûlait dans la cheminée et Irène tricotait. Mathilde se sentit triste et pâteuse. Elle repensa à son comportement durant la réception de la veille et elle se trouva ridicule. Elle n'était qu'une enfant, voilà ce qu'Irène devait penser. Mathilde se redressa et tourna ses pieds vers le feu. Elle ressentit le besoin de parler. Ici était son refuge et elle serait consolée. Dans ce salon, où on n'entendait que le bruit des aiguilles à tricoter et le feu crépitant, elle raconta le caractère de son mari. Ses éclats. Elle ne dit rien de trop précis, rien qui aurait pu passer pour un mensonge ou pour une exagération. Elle en dit juste assez et elle sut qu'Irène avait compris. Elle parla de l'isolement de la ferme, de la peur qui la tenaillait dans la nuit noire quand seuls les hurlements des chacals venaient déchirer le silence. Elle tenta de lui faire comprendre ce que c'était de vivre dans un monde où elle n'avait pas de place, un monde régi par des règles injustes et révoltantes, où les hommes ne rendent jamais de comptes, où l'on n'a pas le droit de pleurer pour un mot blessant. Elle se mit à sangloter en évoquant la longueur des journées et l'immense solitude, la nostalgie qu'elle avait de chez elle et de sa propre enfance. Elle n'avait pas imaginé ce que c'était que l'exil. Mathilde replia ses jambes sous elle et tourna son visage vers sa sœur, qui regardait fixement les flammes. Mathilde n'avait pas peur car elle croyait que sa sincérité résoudrait tout. Elle n'avait pas honte de ses joues couvertes de larmes, de ses propos décousus. À présent, elle se fichait de jouer un rôle, elle acceptait d'apparaître pour ce qu'elle était : une femme vieillie par l'échec et la désillusion, une femme sans fierté. Elle raconta et quand elle eut fini elle tourna son visage vers Irène qui ne bougea pas.

« Tu as fait un choix. Il faut l'assumer. La vie est dure pour tout le monde, tu sais. »

Mathilde baissa la tête. Comme elle avait

été bête de rêver d'un regard compatissant. Comme elle avait honte d'avoir cru, même un instant, qu'on pourrait la comprendre et la consoler. Mathilde ne sut pas comment réagir à une telle indifférence. Elle aurait préféré que sa sœur se moque, qu'elle se mette en colère, qu'elle dise « Je te l'avais bien dit. » Elle aurait trouvé naturel qu'Irène rende responsables les Arabes, les musulmans, les hommes du malheur de Mathilde. Mais cette dureté la laissa glacée et silencieuse. Elle eut la conviction que sa sœur avait préparé sa réplique depuis longtemps, qu'elle la mâchait et la remâchait, impatiente de trouver l'occasion de la jeter à son visage. Il aurait suffi d'un rien pour qu'elle ne reparte plus. Pour qu'elle renonce à cette idée folle d'être une étrangère, de vivre ailleurs, de souffrir dans la plus extrême solitude. Irène se leva sans jeter un regard en direction de sa sœur. Elle ne tendrait pas le bras. Mathilde pouvait se noyer. Au pied des escaliers, Irène l'appela : « Allons nous coucher maintenant. Demain, nous avons rendez-vous chez le notaire. »

★

Elles sortirent après le petit déjeuner. Quand elle monta dans la voiture, Irène avait quelques miettes de pain collées sur les lèvres. Elles se présentèrent en avance dans le bureau du notaire, au premier étage d'un immeuble cossu. Une jeune femme vint leur ouvrir et les installa dans un salon glacé. Elles gardèrent leur manteau et ne se parlèrent pas. À nouveau, elles étaient des étrangères. Quand la porte s'ouvrit, elles tournèrent la tête et Mathilde ne put retenir un cri. En face d'elle, il y avait l'homme de la boutique. L'homme du chapeau. Elle lui tendit sa main moite et lui jeta un regard suppliant. Irène ne se rendit compte de rien et elle s'avança.

« Bonjour, maître. » Il les laissa passer devant lui et leur désigna deux chaises en face de son bureau en bois massif. Le jeune homme avait pris la suite du vieux notaire que Mathilde avait toujours connu et qui était mort de son ivrognerie. Il souriait comme le ferait un maître chanteur face à une victime impuissante.

« Alors, madame, comment se passe cette vie au Maroc ? lui demanda-t-il.

— Très bien, je vous remercie.

— Vous vivez à Meknès, m'a expliqué votre sœur. »

Elle hocha la tête, fuyant le regard de l'homme qui se penchait sur son bureau comme un chat prêt à s'abattre sur sa proie. Il fouilla dans un dossier, en sortit un document et se tourna à nouveau vers Mathilde :

« Dites-moi, y a-t-il des théâtres dans la ville où vous habitez ?

— Absolument, répondit-elle d'une voix glaciale. Mais mon mari et moi travaillons beaucoup. J'ai autre chose à faire que m'amuser. »

VI

Le 2 novembre, Mathilde était de retour. Ce jour-là, Aïcha eut le droit de manquer l'école et elle attendit sa mère sur la route, assise sur un cageot de bois. Quand elle vit arriver la voiture de son père, elle se leva et agita les bras. Les fleurs qu'elle avait cueillies ce matin-là étaient tout affaissées et elle renonça à les offrir. Amine freina à quelques mètres du portail et Mathilde descendit. Elle portait un nouveau manteau, d'élégantes chaussures en cuir marron et un chapeau de paille qui n'était pas fait pour la saison. Aïcha la contempla, le cœur débordant d'amour. Sa mère était un soldat qui revenait du front, un soldat victorieux et blessé, qui cachait des secrets sous ses médailles. Elle serra sa fille contre elle, elle plongea son nez dans le cou de l'enfant et ses doigts dans la tignasse frisée. Aïcha lui parut si légère, si frêle qu'elle eut peur de lui briser une côte en l'étreignant.

Elles marchèrent main dans la main jusqu'à la maison et Selim apparut, dans les bras de

Tamo. En un mois, il avait beaucoup changé et Mathilde pensa qu'il avait grossi, à cause de la bonne et des nourritures trop grasses qu'elle préparait. Mais rien n'aurait pu, ce jour-là, la contrarier ou la mettre en colère. Elle était calme et sereine puisqu'elle s'était résignée à accepter son sort, à s'y plier, à en faire quelque chose. Tandis qu'elle pénétrait dans la maison, qu'elle traversait le salon baigné par le soleil d'hiver, qu'elle faisait porter sa valise dans sa chambre, elle pensa que c'était le doute qui était néfaste, que c'était le choix qui créait de la douleur et qui rongeait les âmes. Maintenant qu'elle était décidée, à présent qu'aucun retour en arrière n'était possible, elle se sentait forte. Forte de ne pas être libre. Et lui revint en mémoire ce vers d'Andromaque appris à l'école, elle la pathétique menteuse, l'actrice de théâtre imaginaire : « Je me livre en aveugle au destin qui m'entraîne. »

De toute la journée, les enfants ne la quittèrent pas. Ils s'accrochaient à ses jambes et elle jouait à avancer, malgré ces poids sur ses mollets. Elle ouvrit sa valise comme on ouvre un coffre aux trésors, avec solennité, et en sortit des peluches, des livres pour enfants, des bonbons à la framboise couverts de sucre glace. En Alsace elle avait renoncé à sa propre enfance, elle l'avait ficelée, réduite au silence et rangée au fond d'un tiroir. Désormais, il ne pouvait plus être question de son enfance à elle, de ses rêves naïfs, de ses caprices. Elle attira ses petits contre son torse, les souleva, un dans chaque bras, et elle roula sur le lit avec eux. Elle les embrassa avec passion et dans les baisers qu'elle posait sur leurs joues il n'y avait pas seulement la force de son amour, mais toute l'intensité de ses regrets. Elle les aimait d'autant plus qu'elle avait renoncé à tout pour eux. Au bonheur, à la passion, à la liberté. Elle pensa : « Je me déteste d'être ainsi enchaînée. Je me déteste de ne rien préférer à vous. » Elle prit Aïcha sur ses genoux et elle lui lut des histoires. « Encore », répéta l'enfant, et Mathilde recommença. Elle avait apporté toute une valise de livres dont Aïcha caressa religieusement la couverture avant de les ouvrir. Il y avait le Struwwelpeter qui l'intrigua et lui fit peur avec ses cheveux emmêlés et ses ongles immenses. Selim dit : « Il te ressemble », et cela la fit pleurer.

★

Le 16 novembre 1954, Aïcha fêta ses sept ans. Pour l'occasion, Mathilde décida d'organiser une fête d'anniversaire à la ferme. Elle confectionna elle-même de ravissants cartons d'invitation dans lesquels elle glissa une petite feuille sur laquelle les parents pourraient confirmer la venue de leurs enfants. Tous les soirs, elle demanda à Aïcha si ses petites camarades avaient répondu. « Geneviève ne viendra pas. Ses parents lui interdisent d'aller au bled. Ils disent qu'elle va attraper des puces et des coliques. » Mathilde haussa les épaules.

« Geneviève est une idiote et ses parents sont des imbéciles. Nous nous passerons d'eux, ne t'inquiète pas. »

Pendant une semaine, Mathilde ne parla que de la fête. Le matin, dans la voiture, elle évoqua le gâteau qu'elle allait commander chez le pâtissier le plus chic de la ville, les guirlandes qu'elle découperait dans du papier crépon, les jeux de son enfance qu'elle allait leur apprendre et qui les amuseraient tant. Elle avait l'air si heureuse et si enthousiaste qu'Aïcha n'eut pas le cœur de lui dire la vérité. Ses camarades ne cessaient pas de se moquer d'elle. Au cours élémentaire, où elle était la plus jeune, les petites filles lui tiraient les cheveux, la poussaient dans l'escalier. Elles la haïssaient d'autant plus qu'elle était la pre-mière de la classe et raflait tous les prix en latin, en mathématiques et en orthographe. « Heureusement que tu es intelligente. Tu es si laide que personne ne voudra jamais se marier avec toi. » Dans la chapelle, agenouillée auprès de Monette, Aïcha s'abîmait dans des prières malsaines, dans des supplications haineuses. Elle voulait que les petites filles meurent. Elle rêvait qu'elles s'étouffaient, qu'elles contrac-taient des maladies incurables, qu'elles tom-baient d'un arbre et se brisaient les deux jambes. « *Pardonnez-nous nos offenses, comme nous pardonnons à ceux qui nous ont offensés.* » Mais elle s'empêchait de faire des bêtises, de mettre à exécution les vengeances qu'elle fan-tasmait. Elle contenait sa jalousie à l'égard de

Selim et elle serrait les poings quand lui venait l'envie de pincer le dos du petit garçon que sa mère couvait des yeux avec une tendresse qui la blessait. Depuis que Mathilde était rentrée, elle avait plusieurs fois entendu son père se plaindre des déplacements incessants de la maison à l'école. « Ça nous ruine la santé, disait-il. Ça fatigue les enfants. » Aïcha se fit alors le plus discrète, le plus transparente possible car elle vivait dans la terreur que ses parents ne l'inscrivent à l'internat et qu'elle ne puisse voir sa mère que le samedi et le dimanche, comme la plupart des filles du pensionnat.

*

Le jour de la fête arriva. C'était un dimanche maussade et pluvieux. Quand elle se réveilla, Aïcha se mit debout sur son lit et elle regarda par la fenêtre les branches des amandiers qui tremblaient sous le vent. Le ciel était triste et froissé, comme un drap après une nuit de cauchemars. Un homme en djellaba de bure marron passa, sa capuche sur la tête, et l'enfant entendit le bruit de la boue qui giclait sous ses chaussures. À midi, le vent se calma, la pluie cessa mais le ciel était toujours tapissé de nuages gris et il y avait dans l'air comme un tourment. « C'est trop injuste, pensa Mathilde. Dans ce pays où il fait si désespérément beau, pourquoi le soleil nous fuit-il ? »

Amine devait se rendre chez le pâtissier pour

chercher le gâteau puis au pensionnat où trois petites filles, qui ne rentraient pas chez elles le week-end, avaient accepté l'invitation d'Aïcha. Amine tarda. Deux fois il dut s'arrêter sur le bord de la route et attendre que la pluie cesse car ses essuie-glaces fonctionnaient mal et qu'il n'y voyait rien. Chez le pâtissier, on le fit attendre. Il y avait eu une confusion et son gâteau avait été donné à quelqu'un d'autre. « Il n'y a plus de fraises », lui expliqua la vendeuse. Amine haussa les épaules. « Peu importe. Je veux juste un gâteau. »

À la ferme, Mathilde tournait en rond. Elle avait décoré le salon, déposé sur la table de la salle à manger des assiettes sur lesquelles étaient peintes des scènes de la vie quotidienne en Alsace. Elle marcha dans la maison, nerveuse, irritée, déroulant dans sa tête les scénarios les plus effroyables. Aïcha ne bougeait pas. Le nez collé contre la baie vitrée, elle fixait le ciel comme si elle voulait chasser les nuages, comme si elle espérait que par la seule force de son désir, elle pourrait faire surgir un grand soleil. Qu'allaient-elles faire dans cette maison poussiéreuse ? À quels jeux pouvait-on jouer entre quatre murs ? Il fallait qu'elles puissent courir dans la campagne, qu'elle leur montre ses cachettes dans les arbres, qu'elle leur présente l'âne dans l'étable, trop vieux pour travailler, et la horde de chats que Mathilde avait apprivoisés. « *Seigneur, donne-moi la force, toi qui n'es qu'amour.* »

Amine arriva enfin, ses vêtements trempés,

tenant dans ses mains la boîte à gâteau couverte de taches de crème. Derrière lui se trouvaient Monette et trois fillettes aux yeux effrayés.

« Aïcha, viens saluer tes petites amies », dit Mathilde en poussant sa fille dans le dos.

Aïcha eut envie de disparaître. Elle aurait tout donné pour qu'on ramène ces filles chez elles, qu'on la rende à sa solitude sans danger. Mais Mathilde, comme possédée, se mit à chanter des chansons et Selma tapa dans ses mains. Les fillettes reprirent les airs, elles se trompaient dans les paroles et elles riaient. On banda les yeux d'Aïcha et Mathilde la fit tourner sur elle-même. Aveugle, elle s'avança, les mains en avant, guidée par les ricanements étouffés des écolières. À dix-sept heures, la lumière baissa. Mathilde cria : « Je crois qu'il est temps », et elle disparut dans la cuisine, laissant au salon ces enfants qui n'avaient rien à se dire. Lorsqu'elle ouvrit la boîte, elle faillit pleurer. Ce n'était pas le gâteau qu'elle avait commandé. Les mains tremblantes de rage, elle déposa le gâteau sur un plat et Aïcha entendit la voix de sa mère qui chantait : « Joyeux anniversaire… Joyeux anniversaire… » À genoux sur sa chaise, Aïcha se pencha au-dessus des bougies et alors qu'elle s'apprêtait à souffler, sa mère l'arrêta. « Tu dois faire un vœu et le garder pour toi. »

On alluma les lampes. Ginette, dont le nez coulait constamment, se mit à pleurnicher. Elle avait peur ici et elle voulait rentrer. Mathilde se pencha vers elle, la rassura mais ce qu'elle aurait voulu c'est secouer cette petite empotée, lui dire d'être moins égoïste. Ne voyait-elle pas qu'aujourd'hui ce n'était pas d'elle qu'il s'agissait ? Mais les autres enfants, à l'exception de Monette, changèrent de visage.

« On veut rentrer, nous aussi. Demande à ton chauffeur de nous raccompagner.

— Le chauffeur ? » Mathilde repensa au visage sombre d'Amine, à la manière brutale dont il avait jeté la boîte du pâtissier sur la table de la cuisine. Ces enfants l'avaient pris pour le chauffeur et il ne les avait pas démenties.

Mathilde se mit à rire, elle s'apprêtait à éclaircir la situation quand Aïcha s'exclama :

« Maman, est-ce que le chauffeur peut les raccompagner ? »

Aïcha fixait sa mère, avec ce même regard noir que lorsqu'elle était punie et qu'elle semblait haïr le monde entier. Le cœur de Mathilde se serra et elle hocha lentement la tête. Les petites filles la suivirent comme les canetons suivent leur mère jusqu'au bureau où Amine était resté enfermé. Il avait passé l'après-midi là, dévoré par une rage qu'il calmait en fumant des cigarettes et en découpant des articles dans un magazine. Les écolières dirent mollement au revoir à Aïcha et elles montèrent à l'arrière de la voiture.

Amine roula lentement à cause de la pluie qui s'était remise à tomber. Les trois fillettes s'endormirent, les unes sur les autres, et

Ginette ronfla. Amine pensa : « Ce ne sont que des enfants. Il faut leur pardonner. »

★

Le jeudi suivant, Mathilde emmena ses enfants dans un studio de photographie rue Lafayette. Le photographe les fit asseoir sur un tabouret, devant un panneau qui représentait la cathédrale Notre-Dame de Paris. Selim refusa de se tenir tranquille et Mathilde se mit en colère. Avant que le photographe ne s'installe, elle arrangea la coiffure d'Aïcha et passa sa main sur le col de sa robe blanche. « Voilà, comme ça, surtout ne bougez pas. » Au dos du cliché, Mathilde inscrivit la date, le lieu. Elle le glissa dans une enveloppe et écrivit à Irène : « Aïcha est la première de sa classe et Selim apprend très vite. Hier, elle a fêté ses sept ans. Ils sont mon bonheur et ma joie. Ils me vengent de ceux qui nous humilient. »

Un soir, alors qu'ils finissaient de dîner, un homme se présenta à leur porte. Dans l'obscurité du hall d'entrée, Amine ne reconnut pas tout de suite son compagnon d'armes. Mourad était trempé par la pluie, il grelottait dans ses habits mouillés. D'une main, il tenait fermés les pans de son manteau, de l'autre, il secouait sa casquette qui dégoulinait. Mourad avait perdu ses dents et il parlait comme un vieillard, en mâchant l'intérieur de ses joues. Amine le tira à l'intérieur et le serra contre lui, si fort qu'il put sentir chacune des côtes de son ancien compagnon. Il se mit à rire et il se fichait bien de mouiller ses vêtements. « Mathilde ! Mathilde ! » hurla-t-il en tirant Mourad derrière lui jusqu'au salon. Mathilde poussa un cri. Elle se souvenait parfaitement de l'ordonnance de son mari, un homme timide et délicat pour qui elle avait eu de l'amitié sans pouvoir jamais le lui exprimer. « Il faut qu'il se change, il est trempé jusqu'aux os. Mathilde, va lui chercher des vêtements. »

Mourad s'insurgea, il mit les mains devant son visage et les agita nerveusement. Non, il ne prendrait pas la chemise de son commandant, il n'emprunterait pas une paire de chaussettes et encore moins un tricot de peau. Jamais il ne pourrait faire une chose pareille, ce serait indécent. « Ne sois pas ridicule, s'exclama Amine. La guerre est finie. » Cette phrase heurta Mourad. Elle provoqua comme un sifflement dans sa tête, elle l'incommoda et il eut l'impression que si Amine avait dit ça, c'était pour lui faire de la peine.

Dans la salle de bains, dont les murs étaient couverts de carreaux de faïence bleue, Mourad se déshabilla. Il évita de croiser son reflet famélique dans le grand miroir. Quel besoin aurait-il de contempler ce corps dévasté par l'enfance misérable, la guerre, l'errance sur des routes étrangères ? Sur le bord du lavabo, Mathilde avait déposé une serviette propre et un savon en forme de coquillage. Il se lava les aisselles, le cou, les mains jusqu'à hauteur des coudes. Il ôta ses souliers, et plongea ses pieds dans une bassine remplie d'eau froide. Puis, à contrecœur, il enfila les vêtements de son commandant.

Il sortit et traversa le couloir de cette maison inconnue, guidé par les voix. Celle de l'enfant qui demandait « Qui est cet homme ? » et « Raconte encore la guerre ! ». Celle de Mathilde, qui suppliait qu'on ouvre la fenêtre à cause de la fumée de la cuisinière. Celle d'Amine, enfin, qui s'impatientait. « Mais qu'est-ce qu'il fait? Tu crois que je devrais aller voir si tout va bien? » Avant d'entrer dans la cuisine où ils étaient tous réunis, Mourad s'arrêta et par l'entrebâillement de la porte, il observa la petite famille. Son corps se réchauffait lentement. Il ferma les yeux et respira l'odeur du café qui brûlait. Un sentiment de douceur s'empara de lui et l'étourdit. C'était comme un sanglot impossible à réfréner. Il se tint la gorge, écarquilla les paupières pour faire reculer le goût du sel qui avait envahi sa bouche. Amine était assis en face de son enfant échevelée. Voilà des siècles, pensa Mourad, qu'il n'avait pas vu ça. Des gestes de femmes affairées, des manières enfantines, des élans de tendresse. Mourad se dit qu'il avait peut-être, enfin, terminé sa course. Qu'il était arrivé à bon port et qu'ici, entre les murs de cette maison, les cauchemars le fuiraient.

Il entra et les adultes dirent « Ah ! » tandis que la petite fille le dévisageait. Ils s'assirent tous les quatre autour de la table sur laquelle Mathilde avait étalé une nappe brodée par ses soins. Mourad but son café tout doucement, gorgée après gorgée, ses mains serrées autour de la tasse en émail. Amine ne lui demanda pas d'où il venait, ni ce qu'il faisait là. Il lui sourit et posa sa main sur son épaule en répétant « Quelle surprise ! » et « Quelle joie ! ». Toute la soirée, ils évoquèrent des souvenirs devant l'enfant fascinée, qui les supplia de ne pas l'envoyer dormir. Alors ils parlèrent de leur voyage, sur le bateau qui les menait vers les hommes civilisés et belliqueux, en septembre 1944. Sur le port de La Ciotat, ils avaient entonné des chants pour se donner du courage. « Comment tu chantais, Papa ? Et puis tu chantais quoi ? »

Amine se moquait de son aide de camp, le seconde classe Mourad qui s'étonnait de tout et qui tirait sur sa manche pour lui chuchoter des questions. « Ils ont des pauvres ici ? » demandait-il. Dans les champs du sud de la France, il s'étonnait de voir travailler des femmes blanches, des femmes qui ressemblaient à celles qui dans son pays ne s'adressaient à lui que lorsqu'elles y étaient contraintes. Mourad aimait dire que c'était pour la France qu'il s'était engagé, pour défendre ce pays dont il ne connaissait rien mais sur lequel, il ne savait pas pourquoi, reposait son destin. « La France, c'est ma mère. La France, c'est mon père. » La vérité, c'est qu'il n'avait pas eu le choix. Quand les Français avaient débarqué dans son village, à quatre-vingts kilomètres de Meknès, ils avaient rassemblé les hommes et exclu les vieillards, les enfants et les malades. Aux autres, ils avaient indiqué l'arrière d'un camion : « C'est la guerre ou la prison. » Alors Mourad avait fait la guerre. Et jamais il ne lui était venu à l'esprit que la cellule d'une prison aurait été un abri plus confortable, plus sûr, que les champs de bataille du pays enneigé. D'ailleurs, ce ne fut pas ce chantage qui le convainquit. Ce ne fut pas la peur de l'incarcération ou de la honte.

Ce n'était pas non plus la prime d'engagement et la solde, qu'il envoya à sa famille et pour lesquelles sa mère lui fut si reconnaissante. Plus tard, quand il rejoignit le régiment de spahis où Amine était première classe, il comprit qu'il avait eu raison. Que quelque chose de grand venait d'arriver, qu'il allait donner à sa vie, sa vie misérable de paysan, une grandeur inespérée, une ampleur dont il n'était même pas digne. Parfois, il ne savait plus si c'était pour Amine ou pour la France qu'il était prêt à mourir.

Quand il repensait à la guerre, Mourad était saisi par le souvenir du silence. Le bruit des bombes, des fusils, les cris avaient disparu et ne demeurait dans son esprit que la mémoire d'années taiseuses, du peu de mots échangés entre les hommes. Amine lui disait de baisser les yeux, de ne pas se faire remarquer. Il fallait se battre, vaincre et puis rentrer. Aucun bruit ne devait être fait. Aucune question ne devait être posée. De La Ciotat, ils étaient remontés vers l'est où on les avait accueillis en libérateurs. Les hommes ouvraient de bonnes bouteilles en leur honneur et les femmes agitaient de petits drapeaux. « Vive la France ! Vive la France ! » Un jour un enfant montra Amine du doigt et il dit « le nègre ».

Mourad était là quand Amine avait vu Mathilde pour la première fois, durant l'automne 1944. Leur régiment était stationné dans un petit village à quelques kilomètres de Mulhouse. Le soir même, elle les avait invités à dîner chez elle. Elle s'excusa par avance : « Le rationnement », expliqua-t-elle, et les soldats acquiescèrent. Le soir venu, on les fit entrer dans le salon qui était plein de monde. Des villageois, d'autres soldats, de vieux messieurs qui semblaient déjà soûls. Ils s'installèrent autour d'une longue table en bois et Mathilde s'assit face à Amine et posa sur lui un regard d'affamée. Il lui semblait que cet officier lui avait été envoyé du ciel. Qu'il répondait à ses prières, elle qui maudissait moins la guerre que l'absence d'aventures. Elle qui vivait terrée depuis quatre ans, sans rien à se mettre, sans nouveau livre à lire. Elle avait dix-neuf ans, faim de tout, et la guerre lui avait tout pris.

Le père de Mathilde entra dans le salon en chantant un air grivois que tout le monde reprit. Amine et Mourad restèrent silencieux. Ils fixaient ce géant au ventre énorme, à la moustache noire comme l'ébène malgré son âge. Tout le monde prit place pour le repas. Mourad se fit bousculer et il se colla de plus en plus contre Amine. Un homme s'installa au piano et les convives se prirent par les coudes et chantèrent une chanson. On réclama à manger. Les femmes, dont les joues étaient couvertes de couperose, posèrent sur la table de grandes assiettes de charcuterie et du chou. On servit des chopes de bière et le père de Mathilde hurla pour proposer du schnaps. Mathilde poussa le plat devant Amine. Ils étaient les soldats de la Libération après tout, c'était à eux de se servir en premier. Amine

planta sa fourchette dans une saucisse. Il dit :
« Merci » et il mangea.

Assis à ses côtés, Mourad tremblait. Il était
d'une pâleur de spectre et sa nuque était
couverte de sueur. Ce bruit, ces femmes,
cette indécente façon de chanter le mettaient
mal à l'aise et lui rappelaient le Bousbir[1] de
Casablanca, où des soldats français l'avaient
un jour traîné. Depuis, il était hanté par le rire
de ces hommes, par la manière brutale dont ils
s'étaient comportés. Ils avaient enfoncé leurs
doigts dans le sexe d'une fille qui avait l'âge de
sa sœur. Ils tiraient les cheveux des prostituées,
ils leur suçaient les seins non pas avec sensualité mais comme à un animal dont on voudrait
purger les pis. Les filles avaient le corps violet,
parsemé de suçons et de traces de griffures.

Mourad s'était collé contre son commandant. Il avait tiré sur sa manche et Amine
s'en était agacé. « Mais qu'est-ce qu'il y a?
demanda-t-il en arabe. Tu vois bien que je
parle, non? » Mais Mourad avait insisté. Il
avait posé sur Amine des yeux paniqués. « Ça,
dit-il en montrant les plats du doigt, c'est du
porc non? Et ça, dit-il en soulevant les sourcils en direction des verres, c'est de l'alcool,
n'est-ce pas? » Amine le regarda, et d'une voix
blanche il lui dit : « Mange, et tais-toi. »

« Qu'est-ce que ça pouvait bien faire? » lui
demanda-t-il ensuite, tandis qu'ils marchaient

1. Quartier de Casablanca réservé à la prostitution à
l'époque du protectorat français.

dans les rues sombres du village pour rejoindre leurs lits. « De quoi as-tu peur ? De l'enfer ? On y était et on en est revenus. »

N'en avaient-ils pas rêvé, d'une pièce bien chauffée, d'une assiette pleine, du sourire d'une jeune femme quand ils marchaient derrière les SS qui les avaient faits prisonniers après la bataille de La Horgne en mai 1940 ? Ils avaient marché, des heures, des jours, et Mourad insistait pour porter le barda d'Amine. Qu'avaient-ils à voir avec tout ça ? Ils ne demandaient rien d'autre que d'exploiter une petite ferme, sur une colline bien loin d'ici. Ils n'avaient pas d'ennemis dont ils ne puissent dire le nom et là, face à eux, des hommes immenses, des hommes qui parlaient une langue inconnue, ils avaient jeté leurs armes à terre et s'étaient mis en rang. Une nuit, ils s'étaient arrêtés en bordure d'un champ et dans le noir le plus total, ils avaient gratté la terre verglacée. Ils avaient déterré, en silence, des pommes de terre à peine germées et les avaient mangées en prenant soin de ne pas faire de bruit en mâchant. Cette nuit-là, tous les hommes vomirent, certains se chièrent dessus. Quand le jour se leva et qu'il fallut se remettre en route, ils posèrent un dernier regard sur le champ. Il était traversé de minces sillons de rage, on aurait dit qu'il avait été labouré par de petites bêtes aux griffes acérées. Puis ils avaient pris un train pour un camp de prisonniers près de Dortmund. « Raconte-moi le camp ! » demanda Aïcha dont les paupières se fermaient. « Les histoires du camp, ce sera pour plus tard », promit Amine, que ces souvenirs avaient épuisé.

Amine guida Mourad au fond du couloir et il ouvrit une porte qui donnait sur une petite chambre, dont les murs étaient tapissés de tissus fleuris. Mourad n'osa pas entrer, il était gêné par la délicatesse et la féminité de cette pièce. Sur la table de nuit, on avait posé une carafe en verre sur laquelle était peint un bouquet de violettes. Mathilde avait cousu puis accroché des rideaux froufroutants et elle avait disposé sur le lit un tas de coussins colorés. Mourad, qui s'attendait à dormir sur une banquette ou à même le sol dans la cuisine, fut interloqué. « Tu peux rester avec nous autant que tu voudras. C'est bien que tu sois venu », le rassura Amine.

Mourad se déshabilla et il se glissa entre les draps frais. Tout était paisible et pourtant, il ne parvint pas à dormir. Il ouvrit la fenêtre, jeta les draps à terre mais rien n'apaisa son angoisse. Il paniquait au point qu'il eut envie de se relever, d'enfiler sa veste trempée et de repartir dans la nuit. Cette douceur, cette clarté, cette chaleur humaine n'étaient pas faites pour lui. Il n'avait pas le droit, pensa-t-il, de transporter ici ses péchés, de venir assombrir le destin de ces êtres avec ses secrets. Dans son lit, Mourad eut honte de ne pas avoir tout dit. Il pensa que quand Amine découvrirait la vérité il le mettrait dehors, il l'insulterait, il l'accuserait d'avoir profité de sa bonté.

Mourad aurait aimé poser sa main sur celle d'Amine et s'il avait osé, laisser tomber sa tête sur l'épaule de son commandant, respirer son odeur. Il aurait voulu, sur le pas de la porte, que leur enlacement ne finisse jamais. Il avait manifesté à Mathilde et aux enfants une joie hypocrite car il aurait préféré qu'ils ne soient pas là, qu'il n'y ait personne entre le commandant et lui. Tout à l'heure, il avait enfilé le tricot de peau et la chemise d'Amine avec une lubricité dont il se repentait à présent. Comme il avait honte. Des larmes lui montaient aux yeux de sentir son sexe brûlant, son ventre noué par le désir. Il tenta de chasser ces images de son esprit. Il mordit sa main comme un malade terrassé par la douleur. Il ne fallait pas penser à ça, comme il ne fallait pas penser aux cadavres, aux corps lacérés qui pourrissaient dans les flaques de boue, à la foutue mousson qui rendait fous ses camarades en Indochine, aux coulées de sang noir de ceux qui avaient préféré se tuer plutôt que de repartir au combat. Il ne fallait penser ni à la guerre ni au besoin démentiel, fébrile, qu'il éprouvait de chercher de la tendresse auprès d'Amine.

C'est ici qu'il était venu et il lui était impossible à présent de se résoudre à quitter cette maison. La vérité, c'est que sa désertion n'avait eu qu'un but, elle ne tendait qu'à une seule chose. Pendant toutes les nuits où il avait marché, où il s'était caché dans des wagons à bestiaux, dans des granges et dans des caves, pendant ces jours où hébété de fatigue il s'endormait dans les halls de gare, oubliant même d'avoir peur, c'est le visage d'Amine qui le guidait. Il pensait au sourire de son commandant, ce sourire asymétrique qui ne dévoilait que la moitié de ses dents blanches. Ce sourire pour lequel il aurait traversé encore un continent. Et tandis que les autres soldats tenaient contre leur cœur la photographie d'une poupée aux jambes nues, qu'ils se branlaient en pensant aux seins laiteux d'une pute ou d'une vague fiancée, Mourad se jurait de retrouver son commandant.

Le lendemain matin, Amine l'attendait dans la cuisine. Mathilde était assise, Aïcha sur ses genoux, et toutes deux étaient plongées dans la contemplation d'une planche d'anatomie figurant le fonctionnement des reins. Selim, qui sentait l'urine, jouait par terre avec des casseroles vides. « Ah, te voilà ! s'exclama Amine. J'ai réfléchi toute la nuit et j'ai une proposition à te faire. Viens, je t'en parlerai en marchant. » Mathilde tendit à Mourad une tasse de café qu'il but d'un trait. Amine ramassa sa veste, ses lunettes de soleil, et il posa un baiser sur l'épaule de Mathilde et frôla, du bout des doigts, les fesses de sa femme. « Allez, sortez maintenant », dit-elle en riant.

Ils marchèrent en direction des étables. « Je voudrais te montrer tout ce que j'ai réalisé en seulement cinq ans. Il y a quelques mois, j'ai engagé un contremaître, un jeune Français qui m'avait été recommandé par ma voisine, la veuve Mercier. C'était un bon garçon, honnête et travailleur, mais il est rentré en France au bout de quelques mois. Il y a beaucoup de travail et beaucoup de potentiel. Je voudrais que tu m'aides. Si tu pouvais rester, je te nommerais contremaître. » Mourad marchait en silence, réglant son pas sur le pas de son commandant. Il ne connaissait rien à l'agriculture mais il avait grandi en plein air et aucune mission ne lui semblait impossible à accomplir si c'était Amine qui le lui demandait. Amine lui montra les plantations d'arbres fruitiers qui recouvraient maintenant une bonne partie du domaine. Il lui parla de sa passion pour l'olivier, un arbre noble sur lequel il tentait de nombreuses expérimentations. « Je voudrais construire une serre pour produire mes propres plants et améliorer les rendements. Il faudrait créer une pépinière, installer un système de chauffage et d'humidification. Et il me faut du temps pour me consacrer à mes études et au développement de nouvelles variétés. » Le visage rouge d'excitation, Amine serra la main de Mourad dans la sienne. « J'ai un rendez-vous à la chambre d'agriculture. Nous en reparlerons à mon retour, tu veux bien ? »

Le soir même, Mourad accepta la proposition et il s'installa dans la remise qui se trouvait au pied du palmier géant, à quelques mètres de la maison. La nuit, il pouvait entendre le bruit des rats qui grimpaient dans le lierre, autour de l'énorme tronc. Il n'avait besoin de rien pour vivre : un lit de camp, une couverture qu'il pliait chaque matin avec un soin irritant, une gamelle et un grand broc d'eau pour une sommaire toilette. On aurait pu lui demander de chier dans les champs, ça ne l'aurait ni surpris ni choqué. Mais il utilisait les toilettes extérieures, celles qu'on avait installées dans la cour de la cuisine pour Tamo, la bonne, qui n'avait pas le droit de pisser là où pissait Mathilde. Aux ouvriers, Mourad imposa une rigueur toute militaire et il fallut moins de trois semaines pour que les gens du bled le haïssent. « La discipline, répétait-il, est le secret des armées victorieuses. » Il était pire encore que certains Français, que ceux qui enfermaient les mauvais travailleurs dans un cagibi ou qui les rossaient. Ce type, se plaignaient les fellahs, était pire qu'un étranger. C'était un traître, un vendu, il appartenait à la race des trafiquants d'esclaves qui fondent des empires sur le dos de leur peuple.

Un jour, alors que Mourad et Achour passaient devant la ferme de Mariani, l'ouvrier racla bruyamment sa gorge et cracha. « Sois maudit ! cria-t-il en fixant la clôture de la propriété. Ces colons ont eu les meilleures terres. Ils ont pris notre eau et nos arbres. » Mourad lui coupa la parole et, d'un air grave, il lui demanda : « Avant lui, que crois-tu qu'il y avait ici ? Ce sont eux qui ont foré pour chercher l'eau, ce sont eux qui ont planté les arbres. N'est-il pas vrai qu'ils ont vécu dans la misère, dans des cabanes en pisé ou sous la tôle ? Tais-toi, va ! Ici on ne fait pas de politique. On travaille la terre. » Mourad décida de faire l'appel chaque matin et il reprocha à Amine de n'avoir jamais pensé à contrôler les horaires de travail des ouvriers. « Sans autorité c'est l'anarchie. Comment veux-tu que ta ferme devienne florissante si tu les laisses faire ce qu'ils veulent ? »

Mourad restait sur ses machines de l'aube jusqu'au soir et il ne quittait pas les champs pour déjeuner. Les ouvriers ne voulaient pas manger avec lui alors il s'asseyait seul, à l'ombre d'un arbre, et il mâchait son pain les yeux baissés, pour ne pas croiser les regards moqueurs de sa troupe.

Dans les jours qui suivirent son embauche, Mourad entreprit de régler le problème de l'eau. Avec un vieux moteur de Pontiac, il créa une station de pompage et il engagea quelques hommes pour forer. Lorsque l'eau jaillit, les ouvriers poussèrent des cris de joie. Ils tendirent leurs mains calleuses sous le jet, rafraîchirent leurs visages brûlés par le vent et bénirent Dieu pour sa générosité. Mais Mourad n'avait pas les largesses d'Allah. La nuit, il organisa des « tours d'eau » pour faire garder le puits. Deux ouvriers en qui il avait confiance se relayaient devant le trou, une carabine posée sur l'épaule. Ils allumaient un feu pour éloigner les chacals et les chiens et ils luttaient contre le sommeil en attendant la relève.

Mourad voulait qu'Amine soit heureux et qu'il soit fier. Il se fichait de la haine des ouvriers et il avait pour seule obsession de satisfaire son commandant. Amine délégua chaque jour plus de tâches à Mourad et il se consacra à ses expériences et aux nombreux rendez-vous avec la banque. Il était souvent absent, laissant Mourad désespéré. Quand il avait accepté ce travail, il s'était imaginé que se renouerait le lien qu'ils avaient eu pendant la guerre, qu'ils retrouveraient les joies de la vie au grand air, à marcher pendant des heures, à affronter ensemble le danger et à rire, de leur rire d'hommes, à des plaisanteries idiotes. Il pensait que leur complicité ancienne renaîtrait et que, malgré le rapport hiérarchique qui subsisterait toujours, se rétablirait cette amitié dont Mathilde, les ouvriers et même les enfants seraient exclus.

Il fut transporté de joie quand, au milieu du mois de décembre, Amine lui proposa de l'aider à réparer la moissonneuse-batteuse. Ils passèrent trois après-midi enfermés dans le hangar. Amine s'étonna de l'enthousiasme de Mourad qui sifflait gaiement en se hissant sur l'énorme engin. Pendant la guerre, c'était toujours lui qui réparait les chars. Un soir, le visage couvert de cambouis, les mains tremblantes de fatigue et de frustration, Amine jeta contre un mur un outil, furieux d'avoir perdu son temps et son argent sur cette machine. Il leur manquait des pièces et aucun mécanicien de la région n'avait été en mesure de les leur fournir. « Il vaut mieux laisser tomber. Je rentre. » Mais Mourad le rattrapa et d'une voix forte, d'une voix comique, il poussa Amine à se montrer vaillant et optimiste. Il se faisait fort de forger lui-même les pièces manquantes, et il lui dit que si cela pouvait être d'une quelconque utilité pour faire démarrer la moissonneuse, il se couperait une jambe ou un bras. Cela fit rire Amine qui, à cette époque-là, ne riait pas beaucoup.

Amine se réjouissait de l'efficacité de son contremaître mais il s'inquiétait de l'atmosphère pesante que ses méthodes militaires avaient installée. Les ouvriers venaient souvent se plaindre. Mourad pourfendait les nationalistes et, souvent, on l'avait vu marcher sur la grand-route, son petit doigt tenant le petit doigt du moqaddem[1]. Le contremaître se vantait d'être un agent de l'ordre et de la prospérité. Quand Amine s'émut des bagarres qui éclataient de plus en plus souvent sur la ferme, quand il lui dit son regret de voir, matin et soir, le visage fermé des paysans, Mourad le rassura. « Ce n'est pas le moment d'être faible. Partout dans le pays, les jeunes sèment le désordre, il faut se montrer ferme. »

« Il me pèse », lui avoua un jour Mathilde. Elle ne supportait plus la présence de Mourad qu'Amine imposait aux repas de famille, même le dimanche. Elle trouvait qu'il ressemblait à un

1. Chef des renseignements.

vautour avec ses grandes épaules tombantes, son nez busqué comme un bec, sa solitude de charognard et Amine, pour une fois, n'eut pas le cœur de la contredire. Mourad parlait avec des métaphores guerrières et souvent Amine devait le reprendre. « Ne dis pas ce genre de choses devant les enfants. Tu vois bien que tu leur fais peur. » Pour le contremaître, il n'était jamais question que d'honneur et de devoir, toutes les histoires qu'il racontait comportaient leur lot de batailles. Amine avait de la peine pour son aide de camp qui était piégé dans le passé comme ces insectes figés par l'ambre dans un éternel suspens. Derrière l'arrogance de Mourad, il lisait de la maladresse et un soir, alors qu'ils rentraient ensemble des champs, il lui dit : « Tu dînes avec nous pour Noël. C'est un soir de fête, c'est important pour Mathilde. » Il avait eu envie d'ajouter : « On ne parle ni de la France, ni de la guerre », mais il n'osa pas.

★

Pour Noël, Mathilde convia les Palosi et Corinne accepta avec joie. « Un Noël sans enfants est si triste, tu ne crois pas ? » avait-elle dit à Dragan dont le cœur s'était serré. Corinne croyait qu'il ne comprenait pas ce que c'était de ne pas être mère. Elle s'imaginait que ce chagrin-là lui était inaccessible et elle pensait, de manière générale, que les hommes ignoraient tout de ces souffrances intimes. Corinne se trompait. Un jour, alors qu'il était lui-même enfant et qu'il vivait encore à Budapest, le petit Dragan avait enfilé une des robes de sa sœur Tamara. La petite fille avait ri, elle faillit faire pipi dans sa culotte et elle répéta : « Que tu es belle ! Que tu es belle ! » Quand il l'avait appris, le père de Dragan s'était mis en colère et il avait puni son fils. Il l'avait mis en garde contre ces jeux pervers, contre cette pente douteuse vers laquelle il s'était laissé entraîner. Quand il y repensait, Dragan songeait que c'était là que s'était nouée sa fascination pour les femmes. Il n'avait jamais voulu les posséder, ni même être comme elles, non, ce qui le bouleversait c'était ce pouvoir magique qu'elles avaient, ce ventre qui s'arrondissait comme s'était arrondi celui de sa mère. Il ne dit pas cela à son père et il ne le dit pas non plus à son professeur de médecine quand celui-ci, l'œil torve, lui demanda pourquoi il souhaitait se tourner vers la gynécologie. Il avait simplement répondu : « Parce que les femmes auront toujours des bébés. »

Dragan aimait les enfants et ils le lui rendaient bien. Aïcha adorait le docteur qui lui glissait des bonbons à la menthe ou à la réglisse dans le creux de la main en lui adressant un clin d'œil complice. Elle lui savait gré moins des sucreries que de ce secret partagé, car elle avait l'impression de compter pour lui. D'avoir de l'importance. Il l'intriguait aussi, à cause de son accent et de ce « rideau de fer » qu'il évoquait souvent et derrière lequel il voulait envoyer des oranges et un jour, peut-être, des abricots. Mathilde avait dit qu'il serait accompagné de sa sœur, Tamara, qui vivait derrière le rideau de fer elle aussi et Aïcha imagina cette femme derrière un grand volet en métal, comme celui que l'épicier Soussi baissait le soir pour protéger son magasin. « Comme c'est étrange, pensa-t-elle. Pourquoi quelqu'un vivrait-il ainsi ? »

★

Le soir de Noël, les Palosi arrivèrent les derniers et Aïcha, cachée derrière les jambes de sa mère, les guetta. Tamara apparut, c'était une femme au teint jaune et aux cheveux rares, ramenés sur le côté dans une sorte de chignon à la mode dans les années 1930. Ses yeux globuleux, surmontés de longs cils blanchis, lui dévoraient le visage et on avait l'impression que s'y étaient fixés des images, des souvenirs tristes que cette femme ne pouvait pas cesser de contempler. Elle était comme une vieille enfant prise au piège d'un manège. Selim, effrayé, ne voulut pas tendre sa joue quand elle approcha ses fines lèvres de lui. Elle portait une robe démodée dont les manches et le col avaient souvent été reprisés. Mais sur sa gorge et ses lobes d'oreilles, des bijoux somptueux attirèrent le regard de Mathilde. Ces parures, héritées d'un temps ancien, d'un monde disparu, la firent rêver et elle traita Tamara en invitée de marque.

Leur arrivée égaya la maison qui se remplit

de rires et d'exclamations de surprise. Tout le monde complimenta Corinne sur sa tenue, une robe corolle qui dévoilait ses chevilles et dont le décolleté profond hypnotisa les hommes. Même la veuve Mercier, qui s'était tordu la cheville et restait assise sous la fenêtre du salon, complimenta l'invitée sur son élégance. Dragan, ce soir-là, fit office de père Noël. Il demanda à Tamo et à Amine de l'aider à vider le coffre de sa voiture et quand ils entrèrent dans le salon, les bras chargés de paquets, Mathilde se précipita à leur rencontre. Aïcha regarda sa mère se jeter par terre et elle pensa : « C'est une enfant elle aussi. » « Merci, merci ! » répétait Mathilde en découvrant d'abord le tokay hongrois que Dragan avait réussi à dénicher et dont il déboucha une bouteille, debout au milieu du salon. « Ça vous rappellera vos vendanges tardives en Alsace, vous verrez », et il versa le liquide doré dans un verre qu'il huma avec cérémonie. « Ouvrez donc ce carton ! » Mathilde déchira le cordon et dans la boîte elle trouva toute une panoplie de médicaments, de matériel et des livres de médecine. Elle en prit un et le serra contre son torse. « Il est en français celui-là ! » s'exclama Dragan qui leva son verre à la santé des enfants et à la joie d'être ensemble.

Avant de dîner, Tamara accepta de chanter pour ses hôtes. Dans sa jeunesse, elle avait connu une petite gloire de cantatrice et s'était produite à Prague, à Vienne et en Allemagne, au bord d'un lac dont elle avait oublié le nom.

Elle se mit debout devant la grande fenêtre. Elle posa une main sur son ventre et allongea l'autre bras, les doigts pointés vers l'horizon. De son torse sec et malingre surgit une voix puissante et, sur son cou, il sembla que les pierres précieuses vibraient. Ce chant, d'une tristesse infinie, était comme la plainte d'une sirène ou de quelque animal étrange exilé sur la terre et cherchant, par cette clameur désespérée, à retrouver les siens. Tamo, qui n'avait jamais rien entendu de pareil, accourut dans le salon. Elle portait une tenue de soubrette noire et blanche et une petite coiffe bouffante que Mathilde l'avait obligée à enfiler. Elle sentait la transpiration et elle avait sali son joli tablier à volants en s'essuyant les doigts dessus. « Ce n'est pas un torchon ! » avait pourtant répété Mathilde. La bonne posa sur la chanteuse un regard stupéfait et, juste avant qu'elle se mette à rire ou qu'elle fasse une remarque à voix haute, Mathilde se jeta sur elle et la renvoya dans la cuisine. Aïcha se colla contre son père. Il y avait de la beauté dans ce chant, peut-être même une certaine magie, mais toutes les émotions d'Amine étaient comme couvertes, comme étranglées par un terrible sentiment de gêne. Ce spectacle lui faisait honte et il ne savait pas pourquoi.

Après dîner, les hommes sortirent sur le perron pour fumer. La nuit était claire et on pouvait deviner la forme obscène des cyprès sur le ciel violet. Amine était un peu ivre et il se sentit heureux, debout sur le perron, devant sa maison et ses invités. Il pensa : « Je suis un homme, je suis un père. Je possède des choses. » Il laissa son esprit se perdre dans une rêverie étrange et légère. À travers la vitre il aperçut le miroir du salon dans lequel se reflétaient les silhouettes de sa femme et de ses enfants. Il tourna les yeux vers le jardin et ressentit pour les hommes qui l'entouraient une amitié si profonde, si vive qu'il eut l'envie idiote de les serrer contre lui, de leur manifester ses sentiments. Dragan, qui comptait faire sa première récolte d'oranges le printemps suivant, leur raconta qu'il avait sans doute trouvé un revendeur et qu'il était à deux doigts de boucler un contrat. Étourdi par l'alcool, Amine avait du mal à se concentrer, ses idées le fuyaient comme les aigrettes du pissenlit s'envolent sous l'effet du vent. Il ne remarqua pas que Mourad était ivre lui aussi et qu'il avait du mal à tenir sur ses jambes. Le contremaître s'était agrippé à Omar à qui il parlait en arabe. « C'est un mou », dit-il à propos de Dragan et quand il ricana, de la salive gicla entre ses dents manquantes. Il était jaloux de l'élégance du Hongrois, jaloux de l'attention qu'Amine lui portait, et il se sentait ridicule dans sa chemise élimée et cette veste que Mathilde lui avait donnée moins par générosité que parce qu'elle ne voulait pas avoir honte devant ces convives étrangers.

Omar avait l'ancien soldat en horreur. Il essuya la salive qui lui avait mouillé le cou et il leva les yeux au ciel quand Mourad entreprit un de ses sempiternels discours sur la guerre. Tous les hommes baissèrent la tête. Ni le juif, ni le musulman, ni aucun de ceux qui avaient traversé ces années de honte et de trahison ne voulaient voir la soirée gâchée par cette évocation. Mourad, dont le regard vacillait, mentionna ses années en Indochine. « Salauds de communistes ! » hurla-t-il, et Dragan regarda vers l'intérieur de la maison, cherchant le regard complice d'une femme. Brusquement, Omar se dégagea, Mourad perdit l'équilibre et s'écroula sur le sol.

« Diên Biên Phu ! Diên Biên Phu ! » répéta Omar, sautillant comme un diable, la bouche contractée par la rage. Omar se baissa, saisit Mourad au col et lui cracha au visage. « Sale vendu ! Pauvre troufion, tu te fais exploiter par les Français. Tu es un traître à l'islam, un traître pour ton pays. » Dragan s'accroupit pour examiner la plaie que Mourad s'était faite au front en tombant. Amine, dégrisé, s'approcha de son frère et avant même qu'il tente de le raisonner, le regard myope d'Omar se posa sur lui et le paralysa. « Je m'en vais. Je ne sais pas ce que je fais dans cette maison de dégénérés, à célébrer un dieu qui n'est même pas le mien. Tu devrais avoir honte devant tes enfants et tes ouvriers. Tu devrais avoir honte de mépriser ton peuple. Tu ferais mieux de te méfier. Les traîtres passeront un sale quart d'heure quand on récupérera le pays. » Omar lui tourna le dos et il disparut dans le noir, sa silhouette longiligne s'effaçant petit à petit, comme si la campagne l'avait dévoré.

Les femmes avaient entendu les cris et s'étaient alarmées en apercevant Mourad couché sur le sol. Corinne courut vers eux et malgré sa colère, malgré sa peine, Amine ne put retenir un rire en la voyant. Ses seins étaient si imposants qu'elle courait d'une drôle de façon, sautillant comme un cabri, le dos très droit, le menton en avant. Dragan tapa dans le dos de son hôte et il dit en hongrois quelque chose qui signifiait : « Il ne faut pas gâcher la fête. Buvons ! »

VII

Omar ne reparut pas. Une semaine passa, puis un mois, et Omar n'avait toujours pas donné signe de vie.

Un matin, Yasmine trouva devant la porte cloutée deux paniers remplis de nourriture. Ils étaient si lourds qu'elle dut les traîner sur le sol jusqu'à la cuisine et elle appela Mouilala en hurlant. « Deux poulets, des œufs et des fèves. Regardez ces tomates et ce sachet de safran ! » Mouilala se jeta sur l'ancienne esclave et elle la frappa. « Range tout ça ! Tu m'entends, range-le ! » Son visage flétri était couvert de larmes et elle tremblait. Mouilala savait que les nationalistes distribuaient aux familles de martyrs ou de prisonniers des paniers de nourriture et parfois de l'argent. « Idiote ! Imbécile ! Tu ne comprends pas qu'il est arrivé quelque chose à mon fils ? »

Quand Amine vint lui rendre visite, la vieille femme était assise dans le patio et, pour la première fois, il la vit en cheveux, de longues mèches grises et rêches lui descendaient dans le dos. Elle se leva, furieuse, et le regarda avec haine.

« Où est-ce qu'il est ? Ça fait un mois qu'il n'est pas rentré à la maison ! Que le Prophète le prenne sous sa protection ! Ne me cache rien, Amine. Si tu sais quelque chose, s'il est arrivé un malheur à mon fils, je t'en supplie dis-le-moi. » Mouilala n'avait pas dormi depuis des jours, ses traits étaient tirés, elle avait maigri.

« Je ne te cache rien. Pourquoi est-ce que tu m'accuses ? Omar fréquente depuis des mois une bande d'agités, c'est lui qui met en péril la sécurité de notre famille. Pourquoi est-ce que tu t'en prends à moi ? »

Mouilala se mit à pleurer. C'était la première fois qu'une dispute éclatait entre Amine et elle.

« Retrouve-le, ya ouldi[1], retrouve ton frère. Ramène-le à la maison. » Amine embrassa le crâne de sa mère, il frotta ses mains dans les siennes et il promit.

« Tout ira bien. Je le ramènerai. Je suis sûr qu'il y a une explication raisonnable. »

En vérité, l'absence d'Omar le torturait. Pendant des semaines, Amine frappa aux portes des voisins, des amis de la famille, de ses quelques relations dans l'armée. Il se rendit dans les cafés où son frère avait souvent été vu, il passa des après-midi entiers assis devant la gare routière, à regarder partir des cars vers

1. Mon fils.

Tanger et Casablanca. Souvent, il sursautait, se levait d'un bond et courait à la rencontre d'un homme dont la silhouette ou la démarche martiale lui rappelaient son frère. Il tapait sur le dos de l'inconnu qui se retournait et Amine disait : « Pardon, monsieur. Je me suis trompé. »

Il se souvint qu'Omar avait souvent parlé d'Otmane, son camarade de lycée, qui était originaire de Fès et il décida de s'y rendre. Il arriva au début de l'après-midi sur les hauteurs de la ville sacrée et pénétra dans les ruelles humides de la médina. C'était un mois de février triste et glacial, qui répandait sa lumière glauque sur les champs verdoyants et les mosquées somptueuses de la ville impériale. Amine demanda son chemin aux passants qui se hâtaient et grelottaient mais chacun lui indiquait une direction différente et, au bout de deux heures à tourner en rond, il paniqua. Sans cesse, il devait se coller aux murs pour laisser passer un âne ou une charrette. « *Balak, balak*[1] ! » et Amine sursautait, sa chemise trempée de sueur malgré la fraîcheur de l'air. Un vieil homme dont la peau était par endroits décolorée s'approcha de lui et d'une voix douce, en roulant les « r », lui proposa de l'escorter. Ils marchèrent en silence, Amine suivant les pas de cet homme distingué que tout le monde saluait. « C'est ici », dit l'inconnu en

1. « Poussez-vous ! »

désignant une porte et, avant qu'Amine put le remercier, il disparut dans une venelle.

Une bonne, qui n'avait pas quinze ans, lui ouvrit et le conduisit dans un petit salon au rez-de-chaussée. Il attendit longtemps dans ce riad désert et silencieux. Plusieurs fois, il se leva et fit, avec précaution, le tour du patio central. Il regarda à travers les portes entrebâillées, il fit claquer ses chaussures contre les zelliges en espérant que les habitants, peut-être endormis à cette heure de l'après-midi, seraient réveillés par le bruit. Le riad était vaste et décoré avec un goût exquis. Face à la fontaine, une grande pièce abritait un bureau en acajou auprès duquel on avait installé deux sofas tapissés de tissus précieux. Dans le patio poussait un jasmin qui embaumait et une glycine qui montait jusqu'aux balustrades du premier étage. À droite de la porte d'entrée, les murs du salon marocain étaient décorés de sculptures de plâtre et le plafond en cèdre couvert de dessins colorés.

Amine s'apprêtait à partir quand la porte s'ouvrit et qu'un homme entra. Il portait une djellaba rayée et un tarbouche. Sa barbe était soigneusement taillée et sous le bras il tenait une pile de dossiers, serrés dans une pochette de cuir rouge. L'homme s'étonna de la présence d'un inconnu dans sa maison et il fronça les sourcils.

« Bonjour Sidi ! Excusez-moi de vous déranger. On m'a laissé entrer. »

Le propriétaire des lieux garda le silence.

« Je m'appelle Amine Belhaj. Encore une fois, pardonnez-moi de vous importuner chez vous. Je suis à la recherche de mon frère, Omar Belhaj. Je sais que votre fils et lui sont amis et je pensais que peut-être je pourrais le trouver ici. Je l'ai cherché partout et ma mère est en train de mourir d'inquiétude.

— Omar, oui bien sûr, je vois la ressemblance à présent. Vous étiez sur le front en 40, n'est-ce pas ? Votre frère n'est pas ici, j'en suis désolé. Mon fils, Otmane, a été renvoyé du lycée et il étudie à présent à Azrou. Cela fait bien longtemps qu'il n'a pas vu votre frère, vous savez. »

Amine ne put cacher sa déception. Il enfonça ses mains dans ses poches et resta silencieux. « Asseyez-vous », le pria le propriétaire, et à cet instant la jeune bonne revint et posa une théière sur la table en cuivre.

Hadj Karim était un riche homme d'affaires et dirigeait un cabinet où il conseillait ses clients sur des acquisitions immobilières et des investissements. Il avait un employé, une machine à écrire, et il jouissait de la confiance de son quartier et même au-delà. À Fès et dans toute la région, on recherchait la protection de ce notable influent, proche des partis nationalistes mais comptant parmi ses amis de nombreux Européens. Il faisait tous les deux ans une cure à Châtel-Guyon pour soigner son asthme et son eczéma. Il aimait le vin, écoutait de la musique allemande et il avait racheté à un ancien ambassadeur d'Angleterre des meubles xixᵉ qui donnaient à son riad une allure toute particulière. C'était un homme insaisissable, qui fut tour à tour accusé d'être un agent de renseignement des autorités françaises et l'un des pires suppôts du nationalisme marocain.

« Je travaillais pour les Français dans les années 30, se mit-il à raconter. Je rédigeais des contrats, je faisais un peu de traduction juridique. J'étais un employé honnête et ils n'avaient rien à me reprocher, Dieu merci. Et puis en 44, j'ai soutenu le manifeste de l'Indépendance et j'ai participé aux soulèvements. Les Français m'ont renvoyé et c'est là que j'ai ouvert mon propre cabinet de défenseur agréé de droit marocain. Qui dit que nous avons besoin d'eux, n'est-ce pas ? » Le visage de Hadj Karim s'assombrit. « D'autres ont eu moins de chance que moi. Certains de mes amis ont été exilés dans le Tafilalet, d'autres ont été torturés par de véritables maniaques qui leur écrasaient des cigarettes sur le dos, qui cherchaient à les rendre fous. Qu'est-ce que je pouvais faire ? J'ai essayé d'aider mes frères. J'ai organisé des collectes pour financer la défense des prisonniers politiques. Un jour, je me suis rendu au tribunal, dans l'espoir de porter assistance à un jeune accusé, ou simplement de soutenir un père dévasté par la cruauté d'un jugement. Devant le bâtiment, j'ai vu un homme assis par terre et qui criait un mot que je ne comprenais pas. Je me suis approché de lui et j'ai aperçu, sur le sol, trois ou quatre cravates qu'il avait soigneusement étalées sur un morceau de tissu. Le marchand a cru flairer le bon client, il a insisté pour m'en vendre une mais j'ai dit que je n'étais pas intéressé et je me suis dirigé vers le tribunal. Devant l'entrée, une foule se pressait. Des hommes qui priaient, des femmes qui se griffaient le visage et invoquaient le nom du Prophète. Croyez-moi, Si Belhaj, je me souviens de chacun d'eux. Des pères, humiliés par leur propre impuissance, qui me tendaient des documents qu'ils ne pouvaient pas lire. Ils jetaient vers moi des regards suppliants, ils disaient aux femmes de se pousser et de se taire mais les mères éplorées n'écoutent personne. Quand j'ai finalement pu accéder à la porte d'entrée du tribunal, je me suis présenté, j'ai mis en avant mes qualités de juriste mais le portier a été catégorique. Impossible de pénétrer dans le hall si je ne portais pas de cravate. J'avais du mal à le croire. Meurtri, honteux, je suis retourné vers le marchand assis en tailleur sur le sol et j'ai attrapé une cravate bleue. J'ai payé sans dire un mot et je l'ai nouée au-dessus de ma djellaba. Je me serais senti ridicule si je n'avais pas aperçu, sur les marches qui menaient vers les salles d'audience, des pères inquiets, la capuche de leur djellaba relevée et une cravate autour du cou. » L'homme prit une gorgée de thé. Amine hochait lentement la tête. « Je suis comme tous ces pères, Si Belhaj. Je suis fier d'avoir un fils nationaliste. Je suis fier de tous ces fils qui se soulèvent contre l'occupant, qui punissent les traîtres, qui luttent pour mettre fin à une occupation injuste. Mais combien faudra-t-il d'assassinats? Combien de condamnés au peloton d'exécution pour voir notre cause triompher? Otmane est à Azrou, loin de tout cela. Il doit étudier et être prêt à conduire ce pays quand il deviendra indépendant. Retrouvez votre frère. Cherchez-le partout. S'il est à Rabat, à Casablanca, ramenez-le chez vous. J'admire ceux qui avec un cœur sincère acceptent le martyre des leurs. Mais je comprends encore mieux ceux qui veulent les sauver à tout prix. »

On alluma de grands candélabres dans le patio où la nuit tombait et où il faisait sombre à présent. Sur un meuble, Amine remarqua une belle horloge en bois, de facture française, dont le cadran doré brillait dans la pénombre. Hadj Karim insista pour faire raccompagner Amine jusqu'aux portes de la médina où était garée sa voiture. Avant de le quitter, il lui promit de se renseigner et de le prévenir dès qu'il apprendrait quelque chose. « J'ai des amis. Ne vous inquiétez pas, quelqu'un finira par parler. »

Sur la route de la ferme, Amine ne cessa de penser à ce que lui avait raconté cet homme. Lui vint à l'esprit qu'il vivait peut-être trop loin de tout, que cet isolement l'avait rendu en quelque sorte coupable et l'avait aveuglé. Il était un lâche, et comme le pire des lâches, il avait creusé un terrier et s'y était caché dans l'espoir que personne ne l'atteigne, que personne ne le voie. Amine était né au milieu de ces hommes, au milieu de ce peuple, mais il n'en avait jamais conçu de fierté. Au contraire, il lui était souvent arrivé de vouloir rassurer les Européens qu'il rencontrait. Il avait tenté de les convaincre que lui était différent, qu'il n'était ni fourbe, ni fataliste, ni fainéant, comme les colons aimaient à parler de leurs Marocains. Il vivait avec, rivée au cœur, l'image que les Français se faisaient de lui. Quand il était adolescent, il avait pris l'habitude de marcher lentement, la tête basse. Il savait que sa peau sombre, son physique trapu, ses larges épaules éveillaient la méfiance. Alors il plaçait ses mains sous ses aisselles comme un homme qui a juré de ne pas se battre. À présent, il lui semblait qu'il vivait dans un monde peuplé uniquement d'ennemis.

Il enviait le fanatisme de son frère, sa capacité à appartenir. Il aurait voulu ne pas connaître la modération, ne pas craindre de mourir. Lui, dans les moments de danger, pensait à sa femme et à sa mère. Il s'obligeait toujours à survivre. En Allemagne, dans le camp où il avait été fait prisonnier, ses compagnons de baraquement lui avaient proposé de faire partie d'un projet d'évasion. Ils avaient minutieusement étudié les options qui s'offraient à eux. Ils avaient volé des cisailles pour couper les barbelés ; ils avaient fait quelques provisions. Pendant des semaines, Amine avait trouvé des excuses pour ne rien tenter. « Il fait trop noir, disait-il. Attendons la pleine lune. » « Il fait trop froid, nous ne survivrons pas dans ces forêts glaciales. Attendons les beaux jours. » Les hommes lui faisaient confiance ou peut-être entendaient-ils dans ces précautions l'écho de leur propre peur. Deux saisons avaient passé, deux saisons d'atermoiements et de mauvaise conscience, deux saisons à faire semblant d'être impatient de fuir. La liberté, bien sûr, l'obsédait, elle habitait tous ses rêves mais il ne pouvait se résoudre à prendre une balle dans le dos, à mourir comme un chien accroché aux barbelés.

Pour Selma, la disparition d'Omar ouvrit une époque de joie et de liberté. Plus personne désormais ne la surveillait, ne s'inquiétait de ses absences et de ses mensonges. Pendant toute son adolescence, elle avait exhibé avec une fierté méchante ses mollets couverts de bleus, ses joues gonflées, ses yeux mi-clos. À ses amies, qui refusaient de la suivre dans ses bêtises, elle disait toujours : « Pourquoi se priver ? On se mangera des gifles de toute façon. » Pour aller au cinéma, elle s'enroulait dans un haïk, de peur d'être reconnue, et une fois dans la salle obscure elle laissait des hommes caresser ses jambes nues et elle pensait : « C'est autant de bonheur qu'on ne m'enlèvera pas. » Omar, souvent, l'attendait dans le patio et sous les yeux de Mouilala, il la battait jusqu'au sang. Un soir, alors qu'elle n'avait pas quinze ans, Selma était rentrée tard de l'école et quand elle avait frappé à la porte de la maison de Berrima, Omar avait refusé d'ouvrir. C'était en hiver et la nuit tombait tôt. Elle avait juré qu'elle avait été retenue à l'étude, qu'elle n'avait rien fait de mal, elle avait invoqué Allah et sa miséricorde. Derrière la porte cloutée, elle avait entendu les cris de Yasmine qui suppliait le jeune homme de se montrer clément. Mais Omar n'avait pas cédé et Selma, morte de peur et de froid, avait passé la nuit dans le petit jardin attenant, couchée dans l'herbe mouillée.

Elle haïssait ce frère qui lui interdisait tout, qui la traitait de putain et qui lui avait, à plusieurs reprises, craché au visage. Mille fois, elle avait souhaité sa mort et elle avait maudit le Seigneur de devoir vivre sous le règne d'un homme aussi brutal. Il riait des désirs de liberté de sa sœur. Il répétait, d'une voix aigre, « les copines, les copines », quand elle demandait l'autorisation de rendre visite à une voisine. « Tu ne penses donc qu'à t'amuser ? » Il la soulevait à quelques centimètres du sol, collait son visage contre celui de la jeune fille qui tremblait et il l'envoyait valser contre un mur ou la jetait dans l'escalier.

Quand Omar disparut et qu'Amine, accaparé par sa ferme, leur rendit visite moins souvent, Selma jubila. Elle vécut comme une funambule, consciente que cette liberté n'aurait qu'un temps et que bientôt, comme la plupart des voisines de son âge, elle ne pourrait plus monter sur la terrasse à cause de son ventre arrondi et d'un mari jaloux. Au hammam, les femmes regardaient son corps, certaines lui caressaient les hanches, et la masseuse, une fois, mit sa main entre ses cuisses avec une certaine brutalité. Elle lui dit : « Il en aura de la chance, ton mari. » Le contact de cette main huileuse, de ces doigts noirs habitués à pétrir les corps, la bouleversa. Elle comprit qu'il y avait en elle quelque chose d'inassouvi, quelque chose d'insatiable, une béance qui n'attendait que d'être comblée et elle reproduisit ce geste, seule dans sa chambre, sans ressentir de honte et sans parvenir à se satisfaire. Des hommes se présentèrent pour demander sa main. Ils s'asseyaient dans le salon et elle, sur les escaliers, observait d'un œil inquiet ces pères de famille bedonnants qui faisaient du bruit en buvant leur thé et mimaient un crachat pour éloigner les chats qui rôdaient. Mouilala les recevait, fébrile, elle écoutait leurs demandes et lorsqu'elle comprenait qu'il ne s'agissait pas de son fils, que ces hommes ne savaient rien de ce qui était arrivé à Omar, elle se levait et l'homme restait là quelques minutes, hébété, et sortait de cette maison de fous sans se retourner. Selma alors pensa qu'on l'avait oubliée. Que plus personne dans cette famille ne se souvenait de son existence et elle en fut heureuse.

Elle se mit à sécher les cours et à traîner dans les rues. Elle jeta ses livres et ses cahiers, elle raccourcit l'ourlet de ses jupes et avec l'aide d'une amie espagnole, elle s'épila les sourcils et coupa ses cheveux à la dernière mode. Elle vola dans les tiroirs de la table de chevet assez d'argent pour acheter des cigarettes et des bouteilles de Coca-Cola. Et quand Yasmine menaça de la dénoncer, elle la prit dans ses bras et lui dit : « Oh non, ma Yasmine, tu ne ferais pas ça. » L'ancienne esclave, qui n'avait jamais rien connu que la vie chez les autres, qui n'avait fait qu'obéir et se taire, avait pris le pouvoir sur la maison. À la ceinture, elle portait un lourd trousseau de clés dont le bruit résonnait dans le couloir et le patio. Elle était responsable des réserves de farine et de lentilles que Mouilala, traumatisée par les guerres et les disettes, s'obstinait à constituer. Elle seule pouvait ouvrir les portes des chambres, les coffres en cèdre décorés de palmettes et les grands placards où Mouilala avait laissé moisir son trousseau. La nuit, quand Selma disparaissait à l'insu de sa mère, la vieille Noire s'asseyait dans le patio et elle attendait. Dans l'obscurité, on devinait le bout incandescent des cigarettes sans filtre qu'elle fumait et qui éclairait à peine son visage de cabosse chiffonné par les ans. Elle comprenait, mais de manière confuse seulement, le désir de liberté de la jeune femme. Les fugues de Selma réveillaient dans le cœur de la pauvre esclave des désirs éteints depuis longtemps, des fantasmes de fuite, des espoirs de retrouvailles.

★

Pendant l'hiver 1955, Selma passa ses matinées au cinéma et ses après-midi chez ses voisines ou au fond d'un café dont le patron exigeait que les consommations soient payées d'avance. Les jeunes y parlaient d'amour et de voyage, de belles voitures et de la meilleure façon d'échapper à la surveillance des vieux. Les vieux étaient au centre de toutes leurs conversations. Les vieux qui ne comprenaient rien, qui ne voyaient pas que le monde avait changé, qui reprochaient à la jeunesse de ne s'intéresser qu'aux dancings et aux bains de soleil. Entre deux parties de baby-foot, excités par ces longues journées oisives, les amis de Selma clamaient qu'ils n'avaient pas de comptes à rendre à ces vieillards sinistres qui leur servaient de parents. Marre d'entendre parler de Verdun et de Monte Cassino, des tirailleurs sénégalais et des soldats espagnols. Marre des souvenirs de famine, d'enfants morts en bas âge, de terres perdues à l'issue d'une bataille. Les jeunes ne juraient que par le rock'n'roll, les films américains, les belles voitures et les virées avec des filles qui ne craignaient pas de faire le mur. De toutes, Selma était leur préférée. Pas parce qu'elle était la plus belle ou la plus délurée, mais parce qu'elle les faisait rire et qu'on sentait en elle un désir de vivre si intense que rien ne semblait pouvoir le brider. Elle était irrésistible quand elle imitait Vivien Leigh dans *Autant en emporte le vent*, qu'elle secouait la tête et disait d'une voix aiguë : « La guerre, la guerre, la guerre, taratata ! » D'autres fois, elle se moquait d'Amine et l'assemblée était pliée en deux devant cette jeune fille superbe, les sourcils froncés, le torse bombé comme un vieux soldat fier de ses médailles. « Estime-toi heureuse de n'avoir jamais eu faim, disait-elle d'une grosse voix, l'index tendu en l'air. Toi, tu n'as pas connu la guerre, petite écervelée. » Selma n'avait pas peur. Jamais elle ne pensa qu'elle pourrait être reconnue, qu'on pourrait la dénoncer. Qu'elle faisait quelque chose de mal. Elle croyait à sa chance et elle rêvait d'amour. Chaque jour, elle mesurait un peu plus, avec un mélange d'effroi et d'excitation, l'étendue du monde et des possibilités qui s'offraient à elle. Meknès lui semblait si petite, comme un vêtement trop étroit dans lequel on étouffe et qu'on craint, à chaque geste, de voir se déchirer. Il lui venait alors des emportements, des accès de colère. Elle quittait en râlant la chambre d'une amie, elle renversait sur la table du café les verres de thé brûlants. Elle disait : « Vous tournez en rond. Toujours, toujours les mêmes conversations ! » Elle trouvait ses amis ordinaires et devinait derrière leurs révoltes d'adolescents une vraie tendance au conformisme et à la docilité. Des filles, déjà, s'étaient mises à la fuir. On ne voulait pas risquer sa réputation en étant vue à ses côtés.

L'après-midi, Selma trouvait parfois refuge chez sa voisine, Mademoiselle Fabre. La Française vivait en médina depuis la fin des années 1920, dans un ancien riad qui tombait en ruine. Il y régnait un désordre effroyable ; le salon était encombré de banquettes sales, de coffres éventrés, de livres sur lesquels on avait renversé du thé ou de la nourriture. Les tentures avaient été grignotées par les souris et il flottait une odeur d'entrejambe et d'œuf pourri. Mademoiselle recueillait tout ce que la médina comptait de misérables et il n'était pas rare de voir dormir, à même le sol ou dans un des coins du salon, des orphelins ou de jeunes veuves sans ressources. En hiver, le toit fuyait et au bruit des gouttes de pluie, qui s'écrasaient contre des cuves en fer, se mêlaient les cris des enfants, le grincement des roues des carrioles qui passaient dans la rue, le claquement des machines à tisser installées à l'étage. Mademoiselle était laide. Son nez, aux pores dilatés, était gros et difforme, ses sourcils gris et pelés, et depuis quelques années un léger tremblement secouait sa mâchoire et rendait son élocution difficile. Sous les larges gandouras qu'elle portait, on pouvait deviner sa bedaine et ses jambes épaisses, couvertes de varices violettes. Au cou, elle portait une croix en ivoire qu'elle caressait sans cesse comme un grigri ou une amulette. Elle l'avait rapportée d'Afrique centrale, où elle avait grandi et dont elle n'aimait pas parler. Personne ne savait rien de son enfance ni des années qui avaient précédé son arrivée au Maroc. En médina, on disait qu'elle avait été religieuse, qu'elle était la fille d'un riche industriel, qu'un homme dont elle était folle l'avait entraînée jusqu'ici avant de l'abandonner.

Depuis plus de trente ans, Mademoiselle vivait parmi les Marocains, parlait leur langue, connaissait leurs coutumes. On l'invitait aux mariages et aux cérémonies religieuses et personne ne remarquait plus cette femme que rien ne distinguait des indigènes, qui buvait en silence son verre de thé brûlant et savait bénir les enfants et appeler sur une maison la miséricorde de Dieu. Dans les assemblées de femmes, elle recueillait des confidences. Elle distillait des conseils, écrivait des lettres pour celles qui ne savaient pas lire, s'inquiétait des maladies honteuses et des traces de coups. Un jour, une femme lui avait dit : « Si le pigeon n'avait pas crié, le loup ne serait pas venu à lui. » Et Mademoiselle s'était toujours astreinte à une infinie discrétion. Elle se refusait à perturber à grands cris les fondations de ce monde où elle n'était qu'une étrangère mais elle enrageait néanmoins devant la misère et les injustices. Une fois, une fois seulement, elle osa taper à la porte d'un homme dont la fille présentait des dons exceptionnels. Elle avait supplié ce père sévère de soutenir l'enfant dans ses études et s'était proposée de l'envoyer en France pour qu'elle obtienne un diplôme. L'homme ne s'était pas mis en colère. Il ne l'avait pas jetée dehors et ne l'avait pas accusée de vouloir semer la débauche et le désordre. Non, le vieil homme avait ri. Il s'était esclaffé et il avait levé les bras en l'air. « Des études ! » et d'un geste presque tendre, il avait raccompagné Mademoiselle Fabre à la porte et il lui avait dit merci.

On pardonnait à Mademoiselle Fabre son

excentricité parce qu'elle était vieille et sans attraits. Parce qu'on la savait bonne et généreuse. Pendant la guerre, elle avait nourri des familles acculées à la misère, elle avait habillé des enfants qui traînaient en guenilles. Elle avait choisi son camp et ne perdait jamais une occasion de le rappeler. En septembre 1954, un journaliste parisien était venu faire un reportage dans la ville de Meknès. On lui avait conseillé de rencontrer cette Française qui avait monté un atelier de tissage et qui était si sensible au sort des miséreux. Le jeune homme fut reçu un après-midi et il faillit se trouver mal dans cette maison brûlante, où n'entrait pas un brin d'air. Sur le sol, des enfants triaient par couleur des bouts de laine qu'ils rangeaient ensuite dans des couffins. À l'étage, des jeunes femmes, assises devant de grands métiers verticaux, faisaient danser les fils en discutant. Dans la cuisine, deux vieilles Noires trempaient leur pain dans une bouillie marronnasse. Le reporter demanda un verre d'eau et Mademoiselle Fabre lui tapota le front en disant : « Pauvre petit. Ne vous agitez pas, ne cherchez pas à lutter. » Ils parlèrent de ses bonnes œuvres, de la vie dans la médina, de la situation sanitaire et morale des jeunes femmes qui travaillaient. Puis le journaliste lui demanda si elle craignait les terroristes, si, comme le reste de la communauté française, elle était en proie à la nervosité. Mademoiselle leva les yeux. Elle regarda au-dessus d'elle le ciel blanc de cette fin d'été et elle serra les poings, comme pour se contenir. « Il fut un temps pas si lointain où nous appelions terroristes ceux qui sont devenus des résistants. Après plus de quarante ans de protectorat, comment ne pas comprendre que les Marocains revendiquent cette liberté pour laquelle ils se sont battus, cette liberté dont nous leur avons transmis le goût, dont nous leur avons enseigné la valeur ? » Le journaliste, qui suait à grandes eaux, rétorqua que l'indépendance se ferait, certes, mais petit à petit. Qu'on ne pouvait s'en prendre à ces Français qui avaient sacrifié leur vie pour ce pays. Que deviendrait le Maroc une fois que les Français seraient partis ? Qui dirigerait ? Qui travaillerait la terre ? Mademoiselle Fabre le coupa. « Je ne me préoccupe pas de ce que pensent ces Français, si vous voulez savoir. Ils ont l'impression que ce sont eux qui sont envahis, par ce peuple qui grossit et qui s'affirme. Qu'ils se le tiennent pour dit : ils sont des étrangers. » Elle mit le journaliste dehors sans proposer de le faire raccompagner jusqu'à son hôtel de la ville nouvelle.

Le jeudi après-midi, la Française recevait un groupe de jeunes filles de bonne famille à qui elle prétendait apprendre le point de croix, le tricot et les rudiments du piano. Les parents lui faisaient confiance car ils savaient que jamais Mademoiselle n'oserait s'adonner à quelque prosélytisme devant leurs enfants. Certes, elle ne parlait pas de Jésus, elle ne disait rien de Son amour qui irradiait sur le monde mais elle faisait néanmoins des converties. Aucune jeune fille n'apprit à jouer plus de deux notes et elles étaient bien incapables de repriser une chaussette. Elles passaient ces heures dans le patio ou le petit salon marocain, couchées sur des matelas, s'empiffrant de gâteaux au miel. Mademoiselle mettait un disque, elle leur apprenait à danser, elle leur lisait des poèmes qui les faisaient rougir et certaines s'enfuyaient en criant « *Ouili, ouili*[1] ! ». Elle leur prêtait *Paris Match* dont on voyait ensuite les pages déchirées s'envoler de terrasse en terrasse et les portraits de la princesse Margaret finir dans le caniveau.

Un après-midi du mois de mars 1955, alors qu'elle s'apprêtait à servir le thé, Mademoiselle Fabre surprit ses élèves en grande conversation. Depuis une semaine, les lycéens étaient en grève à cause d'une jeune étudiante qu'un professeur avait humiliée. Il l'avait accusée d'avoir écrit une composition subversive sur le combat de Jeanne d'Arc contre les Anglais et d'avoir profité du cours d'histoire pour manifester ses amitiés nationalistes. À l'étage, on entendait rire les ouvriers qui réparaient le toit et les filles ne pouvaient s'empêcher de chercher à les apercevoir. Mademoiselle Fabre versa, à la façon des Marocains, dans un geste ample et cérémonieux, le thé à la menthe dans des verres ébréchés. Elle s'approcha de Selma.

« Venez, mademoiselle, j'ai à vous parler. »

1. « Oh là là, oh là là ! »

Selma la suivit dans la cuisine. Elle se demanda ce qui lui valait cet aparté. Elle faillit dire qu'elle se fichait de la politique, que sa belle-sœur était française, qu'elle ne prenait pas parti, mais Mademoiselle Fabre lui sourit et l'invita à s'asseoir autour d'une petite table en bois sur laquelle était posée une corbeille de fruits couverts de moucherons. Mademoiselle allongea ses jambes. Pendant quelques minutes, qui semblèrent interminables à Selma, elle se perdit dans la contemplation du bougainvillier qui s'étalait, en énormes grappes mauves, sur le mur au fond du jardin. Elle se saisit d'une pêche véreuse dont la peau se décolla et découvrit une chair noire et ramollie.

« J'ai appris que vous n'alliez plus au lycée. »

Selma haussa les épaules.

« Pour quoi faire ? Je n'y comprenais rien.

— Vous êtes une idiote. Sans instruction, vous n'arriverez à rien. »

Selma fut surprise. Jamais elle n'avait entendu Mademoiselle s'exprimer ainsi, faire preuve auprès d'une jeune fille d'une telle sévérité.

« Il s'agit d'un garçon, c'est ça ? »

Selma rougit, et si elle avait pu, elle se serait enfuie en courant et ne serait jamais revenue dans cette maison. Ses jambes se mirent à trembler et Mademoiselle Fabre posa une main sur son genou.

« Vous pensez que je ne comprends pas ?

Vous vous imaginez sans doute que je n'ai jamais été amoureuse. »

« Faites qu'elle se taise. Faites qu'elle me laisse m'en aller », pensa Selma, mais la vieille femme continua, effleurant du bout des doigts sa croix en ivoire, qui à force de caresses était comme lustrée.

« Aujourd'hui vous êtes amoureuse et c'est merveilleux. Vous croyez tout ce que les garçons vous disent. Vous vous imaginez que cela durera et qu'ils vous aimeront toujours autant qu'ils vous aiment à présent. À côté de cela les études n'ont pas d'importance. Mais vous ne savez rien de la vie ! Un jour, vous aurez tout sacrifié pour eux, vous serez dépossédée de tout et dépendante du moindre de leurs gestes. Dépendante de leur bonne humeur et de leur affection, à la merci de leur brutalité. Croyez-moi quand je vous dis que vous devez penser à votre avenir et étudier. Les temps ont changé. Vous n'avez pas à embrasser le même destin que celui de votre mère. Vous pourriez devenir quelqu'un, une avocate, une professeure, une infirmière. Ou même une aviatrice ! N'avez-vous pas entendu parler de cette jeune fille, cette Touria Chaoui, qui a obtenu son brevet de pilote à seize ans à peine ? Vous serez ce que vous voudrez, pourvu que vous vous en donniez la peine. Et jamais, jamais vous ne demanderez d'argent à un homme. »

Selma l'écouta, les deux mains serrées autour de son verre de thé. Elle l'écouta avec tant d'attention que Mademoiselle Fabre pensa qu'elle l'avait convaincue. « Retournez au lycée. Préparez vos examens et je vous aiderai si vous en avez besoin. Mademoiselle, promettez-moi de ne pas abandonner. » Selma la remercia, elle embrassa les joues fripées de sa voisine et elle dit : « Je vous le promets. »

Mais sur la route du retour, tandis qu'elle marchait vers la maison de Berrima, Selma repensa au visage de l'ancienne religieuse, à sa peau blanche comme la chaux, à ses lèvres si fines qu'il semblait qu'elle avait mangé sa propre bouche. Elle rit toute seule dans les rues étroites et elle se dit : « Que connaît-elle aux hommes ? Que sait-elle de l'amour ? » Elle éprouva un mépris immense pour le corps gras et triste de la vieille femme, pour sa vie solitaire, pour ses idéaux qui n'étaient rien d'autre qu'une manière de masquer le manque de tendresse. Selma, la veille, avait embrassé un garçon. Et depuis, elle ne cessait de se demander comment il était possible que les hommes, qui l'empêchaient, qui la dominaient, soient aussi ceux pour qui elle avait tant envie d'être libre. Oui, un garçon l'avait embrassée et elle se souvenait avec une exactitude inhumaine du chemin qu'avaient emprunté ses baisers. Depuis hier, sans cesse, elle avait besoin de fermer les yeux pour vivre encore, avec une excitation jamais tarie, ce moment délicieux. Elle revoyait les yeux clairs du garçon, elle entendait sa voix, les mots qu'il avait prononcés – « Tu trembles ? » – et son corps était parcouru d'un frisson. Elle était comme prisonnière de ce souvenir, qu'elle ne cessait de ressasser, et elle passait ses mains sur sa bouche, sur son cou comme pour y chercher la trace d'une blessure, d'une marque que la bouche de l'homme aurait laissée. À chaque fois qu'il avait posé ses lèvres sur sa peau, il lui avait semblé qu'il la délivrait de la peur, de la lâcheté dans laquelle on l'avait élevée.

Était-ce à ça que servaient les hommes? Était-ce pour cela qu'on parlait tant d'amour? Oui, ils vous arrachaient le courage tapi au fond du cœur, ils le ramenaient en plein jour, le forçaient à s'épanouir. Pour un baiser, pour un nouveau baiser, elle se sentait investie d'une force immense. Comme ils ont raison, pensa-t-elle en montant dans sa chambre. Comme ils ont raison de se méfier et de nous mettre en garde car ce que nous cachons là, sous nos voiles et nos jupons, ce que nous dissimulons est plein d'un feu pour lequel nous pouvons tout trahir.

À la fin du mois de mars, une vague de froid s'abattit sur Meknès et, dans le patio, l'eau du puits gela. Mouilala tomba malade et elle garda le lit pendant des jours, son maigre visage dépassant à peine des épaisses couvertures que Yasmine disposait sur elle. Mathilde vint souvent la voir, elle la soigna malgré sa résistance, malgré son refus d'avaler les remèdes, et il fallut la traiter comme un petit enfant capricieux et effrayé. Elle guérit mais lorsqu'elle put enfin se lever et qu'elle rejoignit la cuisine, habillée d'une robe de chambre que Mathilde lui avait offerte, elle se rendit compte que quelque chose clochait. Elle ne sut pas d'abord ce qui provoquait en elle cette panique, ce sentiment d'être comme une étrangère dans sa propre maison. Elle marcha dans le couloir, rabrouant Yasmine, montant et descendant les escaliers malgré ses jambes qui lui faisaient mal. Elle se pencha à la fenêtre, elle regarda la rue qui lui sembla terne, comme dépossédée de quelque chose.

Était-il possible que pendant ces quelques semaines de maladie le monde ait à ce point changé ? Elle pensa qu'elle était devenue folle, que comme de son fils Jalil les démons avaient pris possession d'elle. Elle se souvint des histoires qu'on lui racontait sur ses ancêtres, qui se promenaient à moitié nus dans les rues, qui parlaient à des fantômes. Voilà qu'elle était rattrapée par la malédiction familiale, que son esprit se mettait lentement à lui échapper. Elle avait peur et pour se calmer elle fit ce qu'elle faisait toujours. Elle s'assit dans la cuisine et se saisit d'une botte de coriandre qu'elle hacha finement. Elle approcha ses vieilles mains, ses mains tordues et couvertes d'herbes, de sa bouche, de son nez, s'enduisit le visage de coriandre hachée et se mit à pleurer. Elle enfonçait ses doigts dans ses narines, se frottait les yeux comme une aliénée. Elle ne sentait rien. La maladie, par un maléfice qu'elle ne comprenait pas, lui avait ôté l'odorat.

C'est ainsi qu'elle ne sentit pas sur les vêtements de sa fille l'odeur du tabac froid et de la poussière des chantiers. Mouilala ne sentit pas non plus sur les chemisiers de l'adolescente le parfum bon marché que Selma avait acheté en médina avec de l'argent volé. La vieille femme ne perçut pas, surtout, qu'à la fragrance sucrée s'était mêlée l'odeur d'une eau de Cologne, fraîche et citronnée, de ces parfums à la mode dont les Européens s'enduisaient le cou et les aisselles. Selma rentrait le soir, les joues rouges, les cheveux emmêlés, son haleine chargée de l'odeur d'une autre bouche. Elle chantait dans le patio, elle parlait à sa mère avec les yeux brillants et elle serrait la vieille femme contre elle. Elle disait : « Comme je t'aime, Maman ! »

Un soir, Mathilde attendit Amine derrière la porte. « J'étais en ville aujourd'hui, dit-elle. J'ai vu ta mère. » Mouilala s'était comportée d'une manière étrange avec Aïcha. Quand l'enfant avait approché sa bouche de la main de sa grand-mère, la vieille s'était mise à hurler. « Elle a accusé Aïcha de vouloir la mordre. Elle sanglotait et tenait sa main contre son ventre. Elle avait vraiment peur, tu comprends ? » Oui, Amine comprenait. Il avait remarqué la maigreur de sa mère, son regard vide, ses absences. Elle avait cessé de se teindre les cheveux au henné et elle sortait parfois de sa chambre sans avoir noué son foulard autour de ses cheveux gris. Quand elle était allée la voir, Mathilde aurait juré que Mouilala ne l'avait pas reconnue. La vieille femme l'avait fixée pendant quelques secondes, la langue pendue, le regard vitreux, et puis elle avait semblé soulagée. Elle n'avait pas prononcé le prénom de sa belle-fille – elle ne le faisait jamais –, mais elle avait souri et posé sa main sur le bras de la jeune femme. Mouilala passait des heures assise à la table de la cuisine, les bras ballants devant des corbeilles de légumes. Quand son esprit retrouvait un peu de vigueur, elle se levait, mettait le repas en route mais les plats n'avaient plus le goût d'autrefois. Elle oubliait des ingrédients ou bien elle s'endormait sur sa chaise en bois et le fond du tajine était brûlé. Elle, qui avait toujours été silencieuse et austère, passait à présent ses journées à chantonner des airs enfantins qui la faisaient rire aux éclats. Elle tournait sur elle-même et soulevait des deux mains le bas de son caftan en tirant la langue à Yasmine et en se moquant d'elle.

« On ne peut pas la laisser comme ça », affirma Mathilde. Amine enleva ses bottes, il posa sa veste sur la chaise de l'entrée et demeura ainsi, silencieux. « Il faut la prendre avec nous. Et prendre Selma aussi. » Sa femme le contemplait avec tendresse, les mains posées sur ses hanches. Amine lui jeta un regard brûlant, qui la surprit, et dans un geste de coquetterie elle rajusta sa coiffure et dénoua le tablier qui lui enserrait la taille. À cet instant, il regretta de ne pas avoir les mots. De ne pas être de ces hommes qui ont du temps pour l'esprit et pour la tendresse, du temps pour dire tout ce qu'ils portent dans leur cœur. Il l'observa longuement et il pensa qu'elle était devenue une femme de ce pays, qu'elle souffrait autant que lui, qu'elle travaillait avec le même acharnement et qu'il était incapable de l'en remercier.

« Oui, tu as raison. De toute façon je n'étais pas rassuré de les savoir seules, en médina, sans homme pour les protéger. » Il s'approcha de Mathilde, se hissa sur la pointe des pieds et, lentement, il posa un baiser sur son visage, qu'elle avait baissé vers lui.

Au début du printemps, Amine aida sa mère à déménager. On envoya Jalil chez un oncle, un homme saint qui vivait près d'Ifrane et qui leur assura que l'altitude ferait du bien à cet esprit faible. Yasmine, qui n'avait jamais vu la neige, se proposa de l'accompagner. On installa Mouilala dans la pièce la plus claire, à l'entrée de la maison. Selma devait partager la chambre d'Aïcha et de Selim mais Mourad avait réussi à se fournir en briques et en ciment et il entreprit de construire une nouvelle aile à la maison.

Mouilala sortait peu de sa chambre. Souvent, Mathilde la trouvait assise sous la fenêtre, son regard plongé dans la contemplation des carreaux rouges sur le sol. Tout enroulée de blanc, elle dodelinait de la tête, revisitant une vie de silence, une vie muette où il était interdit d'avoir du chagrin. Sur le blanc du tissu ressortaient ses mains sombres et ridées, ces mains qui semblaient contenir toute la vie de cette femme, comme un livre sans mots. Selim passait beaucoup de temps avec elle. Il se couchait sur le sol, la tête posée sur les genoux de sa grand-mère et il fermait les yeux, pendant qu'elle caressait son dos et sa nuque. Il refusait de manger ailleurs que dans la chambre de la vieille et il fallut accepter qu'il prenne de mauvaises habitudes, qu'il mange avec les doigts et rote bruyamment. Mouilala, que Mathilde avait toujours connue maigre et qui s'était contentée pendant toute sa vie des restes des autres, manifestait à présent cette gourmandise écœurante des vieillards qui trouvent dans ces plaisirs triviaux un dernier sens à leur vie.

Toute la journée, Mathilde courait, de l'école à la maison, de la cuisine à la buanderie. Elle nettoyait les cuisses de la vieille femme et celles de son fils. Elle préparait à manger pour tout le monde et elle-même mangeait debout, entre deux missions à accomplir. Le matin, en revenant de l'école, elle soignait les malades puis faisait les lessives et du repassage. L'après-midi, elle se rendait chez des fournisseurs, acheter des produits chimiques ou des pièces détachées. Elle vivait dans un état d'inquiétude permanent : pour leurs finances, pour la santé de Mouilala et celle des enfants. Elle s'inquiétait de l'humeur sombre d'Amine, qui l'avait prévenue le jour où Selma était arrivée à la ferme : « Je ne veux pas qu'elle s'approche des ouvriers. Je ne veux pas qu'elle traîne. C'est le lycée et la maison, tu m'entends ? » Mathilde avait hoché la tête, le cœur dévoré d'angoisse. Quand son frère n'était pas là – la plupart du temps –, Selma se montrait insolente et cruelle. Mathilde lui donnait des ordres mais Selma s'en fichait. Elle répondait : « Tu n'es pas ma mère. »

Mathilde craignait les violentes pluies de mars, la grêle que les ouvriers prédisaient à cause du ciel jaunâtre des fins d'après-midi. Elle sursautait quand le téléphone sonnait et elle priait, la main sur le combiné, pour que ce ne soit ni la banque, ni le lycée, ni le pensionnat. Souvent, Corinne l'appelait à l'heure de la sieste, elle l'invitait à prendre le thé, elle lui disait : « Tu as bien le droit de t'amuser ! »

Mathilde n'écrivait plus à Irène que des lettres sèches, dénuées de confidences et de sentiments. Elle demandait à sa sœur de lui envoyer des recettes de plats de leur enfance dont elle avait la nostalgie. Elle aurait voulu être une maîtresse de maison irréprochable, de celles qui apparaissaient en photo dans les magazines que Corinne lui prêtait. Celles qui savent conduire un ménage, qui en protègent la paix, celles sur qui tout repose et qu'on aime et qu'on craint. Mais comme le lui avait un jour dit Aïcha, de sa voix haut perchée : « De toute façon, tout finit toujours par tourner mal », et Mathilde ne l'avait pas détrompée. La journée, elle épluchait les légumes, un livre étalé devant elle. Elle cachait des livres dans les poches de ses tabliers et elle s'asseyait parfois sur un tas de linge à repasser pour lire des romans d'Henri Troyat ou d'Anaïs Nin que la veuve Mercier lui avait prêtés. Elle cuisinait des plats qu'Amine trouvait infects. Des salades de pommes de terre couvertes d'oignons et puant le vinaigre, des platées de chou qu'elle avait fait bouillir si longtemps que la maison empestait pendant des jours, des pains de viande si secs qu'Aïcha les recrachait et dont elle cachait les restes dans la poche de sa blouse. Amine se plaignait. Il repoussait, du bout de sa fourchette, les escalopes baignant dans la crème, qui ne convenaient pas à ce climat. Il regrettait les plats de sa mère et il se persuadait que c'était par provocation que Mathilde prétendait ne pas aimer le couscous et les lentilles à la viande boucanée. À table, elle incitait les enfants à parler, elle leur posait des questions, elle riait quand ils tapaient du bout de leur cuillère sur la table et réclamaient un dessert. Alors, Amine se mettait en colère contre ces enfants irrespectueux et bruyants. Il maudissait cette maison où il ne pouvait trouver le calme qu'un homme travailleur est en droit d'exiger. Mathilde prenait Selim dans ses bras, elle tirait de sa manche un mouchoir sale et elle pleurait. Un soir, sous les yeux médusés d'Aïcha, Amine se mit à chanter un vieil air : « Elle pleurait comme une Madeleine, elle pleurait pleurait, pleurait... Elle pleurait toutes les larmes de son corps... » Il poursuivit Mathilde jusque dans le couloir en criant : « Quel cafard ! Quel cafard... » et Mathilde, folle de rage, hurla en alsacien des insultes dont elle refusa toujours de leur dire ce qu'elles signifiaient.

Mathilde grossit et une mèche blanche apparut sur sa tempe. La journée, elle portait un large chapeau en raphia comme ceux des paysannes, et des sandales en caoutchouc noir. Sur les joues et le cou, sa peau s'était couverte de petites taches brunes et de fines rides y étaient apparues. Parfois, à la fin de ces journées interminables, elle sombrait dans une profonde mélancolie. Sur la route de l'école, le visage caressé par le vent, elle se disait qu'il y avait déjà dix ans qu'elle arpentait ce paysage et il lui semblait qu'elle n'avait rien réalisé. Quelle trace allait-elle laisser? Des centaines de repas avalés et disparus, des joies fugaces dont il ne restait rien, des chansons murmurées au bord d'un lit d'enfant, des après-midi à consoler des chagrins dont plus personne ne se souvenait. Des manches reprisées, des angoisses solitaires qu'elle ne partageait pas, par peur d'être moquée. Quoi qu'elle fît et malgré la gratitude immense de ses enfants et de ses malades, il lui semblait que sa vie n'était rien d'autre qu'une entreprise d'engloutissement. Tout ce qu'elle accomplissait était voué à disparaître, à s'effacer. C'était le lot de sa vie domestique et minuscule, où la répétition des mêmes gestes finissait par vous ronger les nerfs. Elle regardait par la fenêtre les plantations d'amandiers, les arpents de vigne, les jeunes arbustes qui arrivaient à maturité et qui, dans un an ou deux, porteraient des fruits. Elle était jalouse d'Amine, jalouse de ce domaine qu'il avait construit pierre à pierre et qui, en cette année 1955, lui donna ses premières satisfactions.

La récolte des pêches avait été bonne et il avait vendu ses amandes à un prix avantageux. Au grand dam de Mathilde, qui réclamait de l'argent pour les fournitures scolaires et de nouveaux vêtements, Amine décida d'investir tous ses bénéfices dans le développement du domaine. « Une femme d'ici n'oserait jamais se mêler de ce genre de choses », lui reprocha-t-il. Il fit construire une deuxième serre, engagea une dizaine d'ouvriers supplémentaires pour les récoltes et il paya un ingénieur français pour étudier la construction d'un bassin de rétention d'eau. Depuis longtemps, Amine se passionnait pour la culture de l'olivier. Il avait lu tout ce qu'il avait pu trouver sur le sujet et avait mis au point des plantations expérimentales à grande densité. Il était convaincu de pouvoir, à lui tout seul, développer de nouvelles variétés, plus résistantes à la chaleur, au manque d'eau. Lors de la foire de Meknès, au printemps 1955, il présenta ses travaux et dans un discours confus, froissant ses notes dans ses mains moites, il tenta d'exposer sa théorie devant un public sceptique. « Toutes les innovations ont été moquées à leurs débuts, n'est-ce pas ? se confia-t-il à son ami Dragan. Si les choses se passent comme prévu, ces arbres auront un rendement jusqu'à six fois supérieur aux variétés présentes actuellement sur le domaine. Et leurs besoins en eau sont si réduits que je pourrais revenir à des méthodes traditionnelles d'irrigation. »

Pendant toutes ces années de labeur, Amine s'était habitué à travailler seul, à ne compter sur l'aide de personne. Son exploitation était encerclée par celles des colons dont la richesse et la puissance l'avaient longtemps effrayé. Au sortir de la guerre, les colons de Meknès disposaient encore d'un pouvoir considérable. On disait d'eux qu'il pouvaient faire ou défaire un résident général; qu'il suffisait qu'ils bougent un doigt pour infléchir la politique de Paris. À présent, les voisins d'Amine se montraient plus agréables à son endroit. À la chambre d'agriculture, où il vint demander des subventions, on le reçut avec déférence et même si on lui refusa l'argent qu'il demandait, il fut félicité pour sa créativité et son acharnement. Quand il raconta son rendez-vous au médecin hongrois, celui-ci sourit.

« Ils ont peur, voilà tout. Ils sentent que le vent tourne, que les indigènes seront bientôt leurs propres patrons. Ils assurent leurs arrières en te traitant comme un égal.

— Un égal ? Ils disent qu'ils veulent me soutenir, qu'ils croient dans mon avenir mais ils me refusent des crédits. Et quand j'échouerai ils diront que j'étais paresseux, que les Arabes sont tous les mêmes, que sans les Français et leur force de travail nous n'arriverions à rien. »

En mai, la ferme de Roger Mariani brûla. Dans les étables les porcs moururent et pendant des jours se propagea une odeur de chair brûlée. Les ouvriers, qui mirent peu d'entrain à éteindre le feu, se cachaient le visage avec des torchons et certains vomissaient. « C'est haram[1], disaient-ils, de respirer cette fumée maudite. » La nuit de l'incendie, Roger Mariani vint sur la colline et Mathilde l'installa dans le

1. Péché.

salon où il but, à lui tout seul, une bouteille de tokay. L'homme, qui avait été si puissant autrefois, qui avait menacé le général Noguès jusque dans son bureau de Rabat et obtenu gain de cause, pleurait comme un enfant dans le vieux fauteuil de velours. « Parfois, mon cœur se serre, je n'arrive plus à penser, j'ai l'esprit comme envahi par un épais brouillard. Je ne sais plus ce que l'avenir nous réserve, où est la justice, si je dois payer pour des forfaits que je nierai toujours avoir commis. J'ai cru en ce pays, comme un illuminé croit en Dieu, sans réfléchir, sans poser de questions. Et j'entends qu'on veut me tuer, que mes paysans cachent dans des trous des armes pour m'abattre, qu'ils me pendront peut-être. Qu'ils n'ont fait que semblant de cesser d'être des sauvages. »

Depuis les vacances de Noël, les relations entre Amine et Mourad s'étaient distendues et pendant des semaines Amine ne put rien faire d'autre que fuir son ancien aide de camp. À chaque fois que la silhouette de Mourad se dessinait sur le chemin de terre qui allait de la ferme au douar, qu'il apercevait le visage creusé, les yeux jaunes de l'ancien soldat, son estomac se soulevait. Il lui donnait des ordres les yeux baissés et quand Mourad venait vers lui pour lui exposer un problème ou se féliciter d'une récolte à venir, Amine ne pouvait pas rester en place. C'était plus fort que lui, il se mettait à piétiner et souvent il lui fallait serrer les poings et les dents pour ne pas s'enfuir en courant.

Pendant le ramadan, qui tomba au mois d'avril, Mourad refusa que les fellahs travaillent la nuit et organisent eux-mêmes leurs horaires de travail en fonction de la chaleur et de leur fatigue. « L'arrosage, les moissons c'est le jour ! Ni Dieu ni moi n'y pouvons rien ! » hurla-t-il devant un paysan qui mit sa main devant sa bouche et récita une prière. La journée, il les laissait faire la sieste mais il les insultait ensuite, les harcelait, les accusant de profiter des largesses du patron. Un jour, il frappa un homme qu'il avait surpris dans le jardin, à quelques mètres de la maison. Il l'attrapa par les cheveux et le roua de coups, l'accusant d'épier la famille Belhaj, de suivre la jeune Selma, de chercher à apercevoir la patronne française à travers les moustiquaires du salon. Mourad épiait la bonne qu'il accusait de larcins imaginaires. Il questionnait les malades de Mathilde qu'il soupçonnait de vouloir profiter d'elle.

Un jour, Amine le convoqua dans son bureau et, comme à l'époque de la guerre, il lui parla d'une façon simple et martiale, se contentant de donner des ordres et aucune explication. « À partir de maintenant, si un paysan des alentours vient réclamer de l'eau, nous lui donnons de l'eau. De mon vivant, il ne sera refusé à personne de se servir dans le puits. Si des malades veulent être soignés, tu t'assureras qu'ils le sont. Personne ne sera battu sur mon domaine et chacun aura droit au repos. »

La journée, Amine ne quittait pas la ferme mais le soir, il fuyait le piaillement des enfants, les plaintes de Mathilde, le regard fâché de sa sœur qui n'en pouvait plus de vivre sur cette colline éloignée. Amine jouait aux cartes dans des cafés enfumés. Il buvait du mauvais alcool dans des troquets aux murs aveugles avec d'autres hommes aussi honteux et aussi soûls que lui. Souvent, il retrouvait d'anciens amis de garnison, des militaires taiseux et il leur savait gré de ne pas lui faire la conversation. Un soir, Mourad lui emboîta le pas. Le lendemain, Amine fut incapable de se souvenir dans quelles circonstances et par quelle ruse le contremaître l'avait convaincu de le laisser l'accompagner. Mais ce soir-là, Mourad monta dans la voiture et ils se rendirent ensemble dans un troquet au bord de la grand-route. Ensemble, ils burent et Amine ne lui prêta aucune attention. « Qu'il se soûle, pensa-t-il. Qu'il se soûle et qu'il roule dans un fossé, abruti et stupide. » Dans le cabaret minable où ils avaient échoué, un accordéoniste jouait et Amine eut envie de danser. Il eut envie d'être quelqu'un d'autre, quelqu'un sur qui personne ne compterait, qui aurait une vie facile et légère, une vie jalonnée de péchés. Un homme l'attrapa par l'épaule et ils se balancèrent de gauche à droite. Son compagnon fut pris d'un fou rire qui se répandit dans la salle et qui comme un sortilège contamina l'ensemble des convives. Leurs bouches grandes ouvertes découvraient des dents gâtées. Certains tapaient dans leurs mains ou battaient le rythme avec les pieds. Un homme grand et mal nourri émit un sifflement et tous se retournèrent vers lui. « On y va », dit-il, et ils savaient tous où ils allaient.

Ils marchèrent à la lisière de la médina et ils rejoignirent le Mers, le « quartier réservé ». Amine était soûl, il voyait mal et il titubait. Des inconnus se relayaient pour le soutenir. Quelqu'un se soulagea contre un mur et tous les hommes furent pris d'une envie de pisser. Amine, hagard, observa le long filet d'urine qui coulait du mur des remparts jusque sur le sol pavé. Mourad s'approcha de lui, pour le dissuader de s'avancer dans la large rue le long de laquelle se succédaient les maisons closes tenues par des matrones acariâtres. La rue devenait ruelle, sombre et étroite, puis se terminait dans une sorte d'impasse où des voyous attendaient les hommes qu'une partie de jambes en l'air avait rendus imprudents. Amine le repoussa avec rudesse, il jeta un regard mauvais à la main que Mourad avait posée sur son épaule et ils s'arrêtèrent devant une porte sur laquelle un des hommes frappa. On entendit un cliquètement puis le glissement des babouches sur le sol et une rangée de bracelets qui s'entrechoquaient. La porte s'ouvrit et des femmes, à moitié nues, se ruèrent sur eux comme les sauterelles sur les récoltes. Mourad ne vit pas disparaître Amine. Il voulut repousser la brune qui l'avait pris par la main et l'avait entraîné dans une pièce minuscule meublée d'un lit et d'un bidet qui fuyait. L'alcool l'avait ralenti, il ne parvenait pas à rester fixé sur son objectif de sauver Amine, et la colère, déjà, se soulevait en lui. La fille, qui n'avait pas d'âge, portait sur ses cheveux un turban et sa peau sentait le clou de girofle. Elle baissa le pantalon de Mourad avec une dextérité qui l'horrifia. Il la regarda dégrafer ce qui lui tenait lieu de jupon. Elle avait sur les jambes de récentes scarifications qui formaient un dessin, un symbole dont Mourad ne parvenait pas à comprendre le sens. Il eut alors envie de planter ses doigts dans les yeux de la prostituée, il eut envie de la punir. La fille, qui devait connaître ce regard, eut un moment d'hésitation. Elle tourna son visage vers la porte puis, visiblement soûle elle aussi ou abrutie par le kif, elle renonça et s'allongea sur le matelas. « Dépêche-toi. Il fait chaud. »

Plus tard, il fut incapable de dire si c'était cette phrase ou bien la transpiration qui coulait entre les seins de la jeune femme, si c'étaient les grincements qui parvenaient des autres chambres ou l'impression qu'il eut de reconnaître la voix d'Amine. Mais là, devant cette fille aux pupilles dilatées, lui revinrent les images de la guerre d'Indochine et de ces bordels militaires que les officiers des affaires indigènes organisaient pour les soldats. Lui revinrent les bruits de là-bas et la moiteur de l'air, le paysage échevelé qu'il avait tenté une fois de décrire à Amine mais dont celui-ci ne comprenait pas la noirceur, le caractère cauchemardesque. Il avait dit : « Une telle jungle, ça fait rêver. » Mourad passa ses mains sur ses bras nus, il se sentit glacé et il eut l'impression que des nuées de moustiques avaient envahi la pièce, qu'à nouveau sa nuque et son ventre se couvraient de ces larges plaques rouges qui l'avaient maintenu éveillé des nuits durant. Dans son dos, il entendait les cris des officiers français et il se dit qu'il en avait vu, des entrailles de Blancs, qu'il en avait vu mourir, des chrétiens essorés par la diarrhée, rendus fous par les guerres inutiles. Non, ce n'était pas tuer qui était le plus dur. Et en se disant cela, le cliquetis de la détente se mit à résonner dans son crâne et il se tapa la tempe comme pour vider son esprit de toutes ses idées noires.

La prostituée, à qui la matrone répétait qu'il fallait faire vite et que les clients attendaient, se leva d'un air las. Nue, elle avança vers Mourad. Elle dit : « Tu es malade ? » et elle appela à l'aide quand l'ancien soldat, le corps secoué de sanglots, se mit à taper son front contre le mur de pierre. On les jeta dehors et la matrone cracha au visage de l'aide de camp qui délirait. Les prostituées se jetèrent sur lui, hurlant, se moquant, l'accablant d'insultes. « Sois maudit. Soyez tous maudits. » Amine et lui marchèrent sans but. Ils étaient seuls à présent, tout le monde les avait fuis et Amine ne savait plus où il avait laissé sa voiture. Sur le bord du chemin, il s'arrêta et alluma une cigarette dont la première bouffée lui donna envie de vomir.

Aux ouvriers, le lendemain, il dit que le contremaître était malade et il ne put s'empêcher d'être triste en voyant, sur leur visage, l'expression du soulagement et de la joie. Mathilde, qui proposa son aide et des médicaments, se vit répondre sèchement que Mourad avait besoin de repos. « Seulement de repos. » Et Amine ajouta : « Je crois que nous devrions le marier. Ce n'est pas bon d'être aussi seul. »

VIII

Depuis vingt ans, Mehki travaillait comme photographe sur l'avenue de la République. Quand le temps le permettait, c'est-à-dire souvent, il arpentait l'avenue, son appareil en bandoulière, et il proposait aux passants de les prendre en photo. Les premières années, il avait eu du mal à s'imposer face à la concurrence et notamment à ce jeune Arménien qui connaissait tout le monde, du cireur de chaussures au tenancier du bar, et qui raflait les clients. Mehki avait fini par comprendre qu'il ne fallait pas seulement compter sur le hasard pour dénicher des modèles. Qu'il ne suffisait pas d'insister, de baisser les prix ou de faire l'article de son talent. Non, ce qu'il fallait c'était repérer ceux qui désiraient garder un souvenir de ce moment précis. Ceux qui se trouvaient beaux, qui se sentaient vieillir ou qui regardaient grandir leurs enfants et répétaient « Ça passe tellement vite ». Pas la peine de s'attarder sur les vieillards, les hommes d'affaires, les ménagères au visage creusé par les soucis. Ce qui marchait toujours c'était les enfants. Il leur faisait des grimaces, il leur expliquait la façon dont l'appareil fonctionnait et les parents ne résistaient pas à l'envie de fixer sur un bout de carton le visage angélique de leur bambin. Mehki n'avait jamais pris de photo de sa propre famille. Sa mère pensait que son appareil était un engin démoniaque, qui soustrayait leur âme à ceux dont l'orgueil les poussait à poser. Au début de sa carrière, il avait travaillé comme photographe pour l'état civil et souvent les maris refusaient que leurs femmes soient prises en photo. Certains hauts dignitaires marocains avaient même envoyé des lettres menaçantes à la résidence générale expliquant qu'ils s'opposaient de toutes leurs forces à l'idée que leurs femmes montrent leur visage à des inconnus. Les Français avaient cédé et nombreux furent les caïds ou les pachas qui se contentèrent de fournir une brève description de leurs épouses que l'on accolait aux papiers d'identité.

Mais les amoureux étaient ses proies favorites. Et en ce jour de printemps, Mehki tomba sur le plus beau des couples. L'air était doux et plein de promesses. Une lumière onctueuse inondait le centre-ville, caressant les façades blanches des immeubles, soulignant le rouge vif des géraniums et des fleurs d'hibiscus. Un couple se détacha dans la foule, il courut vers eux, le doigt sur le déclencheur de l'appareil et il était sincère quand il dit : « Vous êtes tellement beaux que je pourrais vous photographier gratis!» Il l'avait dit en arabe et le jeune homme, qui était européen, leva les mains pour montrer qu'il n'avait pas compris. De sa poche, il tira un billet qu'il tendit à Mehki. «Les amoureux sont généreux, pensa-t-il. Ils veulent impressionner leur petite amie, ça se gâtera avec les années mais entretemps, c'est bon pour Mehki!»

Voilà ce que le photographe pensa et il était si heureux, si enthousiaste qu'il ne prêta pas attention à la nervosité de la jeune femme qui regardait autour d'elle comme une fugitive. Elle sursauta quand le jeune homme, qui portait un blouson à la coupe américaine, lui effleura l'épaule. Ils étaient si beaux, si terriblement beaux que Mehki en fut ébloui. Pas une seconde il ne pensa qu'ils étaient mal assortis. Il n'eut pas la perspicacité de comprendre que ces deux-là n'étaient pas censés être ensemble.

Que faisait-elle sur l'avenue en ce mardi après-midi, elle qui n'était qu'une enfant, une fille de bonne famille sans doute, une famille honorable qui lui faisait coudre des jupes droites et des vestes dans un tissu austère? Elle n'avait rien de ces gourgandines qui montaient l'avenue de bas en haut, qui échappaient à la surveillance des pères et des frères, qui tombaient enceintes après un égarement à l'arrière d'une voiture. Celle-ci était d'une fraîcheur renversante et tandis qu'il saisissait son appareil, Mehki pensa qu'il y avait quelque chose de merveilleux à être celui qui figerait pour l'éternité cet instant. Il se sentait porté par une espèce de grâce. Ce moment si fugace, ce visage qui n'avait encore été sali par rien, ni par la main d'un homme, ni par des vices, ni par la dureté de la vie. C'est cela qui s'imprimerait sur la pellicule, la naïveté d'une jeune fille et ce regard où planait déjà un désir d'aventure. L'homme aussi était d'une grande beauté et il suffisait de voir comment les passants se retournaient, hommes et femmes, sur ce corps tout en muscles, ce corps long et sec, cette nuque solide, bronzée par le soleil. Il souriait et c'est le genre de chose auquel Mehki était sensible. La beauté des dents et des lèvres qui n'ont pas encore été tachées par l'excès de cigarettes et le mauvais café. Heureusement, la plupart de ses modèles fermaient la bouche quand ils posaient mais ce jeune homme était si transporté de joie, il se sentait tellement chanceux qu'il ne pouvait cesser de rire et de parler.

La fille refusa de poser. Elle voulut partir et elle chuchota à l'oreille du jeune homme quelque chose que Mehki n'entendit pas. Mais l'amoureux insista, il saisit la jeune fille par le poignet, la fit tourner sur elle-même et dit : « Allez viens, ça ne prendra qu'un instant, ça nous fera un souvenir. » Mehki n'aurait pas pu mieux dire. Quelques secondes pour un souvenir qui durera toute une vie, c'était son slogan. Elle était si raide, si fermée, là, debout sur l'avenue, que Mehki s'approcha d'elle et, en arabe, lui demanda son prénom. « Voilà, Selma, souris et regarde-moi. »

Une fois la photo prise, Mehki leur tendit un ticket que le jeune homme glissa dans la poche de son blouson. « Reviens demain. Si tu ne me trouves pas sur l'avenue je laisserai la photo au studio qui est là, celui qui fait le coin. » Et Mehki les regarda partir et se perdre dans la foule qui arpentait le trottoir. Le lendemain, le jeune homme ne revint pas. Mehki l'attendit pendant des jours et il changea même d'itinéraire dans l'espoir de le croiser par hasard. La photographie était très réussie et Mehki pensa que c'était peut-être le plus joli portrait qu'il avait jamais réalisé. Il avait réussi à capter la lumière de cet après-midi de mai, il avait cadré de façon qu'on aperçoive en arrière-plan les palmiers et l'enseigne du cinéma. Les deux amoureux se regardaient. Elle, frêle et timide, avait tourné son regard vers le visage du beau jeune homme dont la bouche était restée entrouverte.

Un soir, Mehki entra dans le studio de Lucien, qui développait ses pellicules et lui avait fait crédit pour s'acheter un appareil neuf. Ils réglèrent leurs affaires, firent les comptes et à la fin de leur conversation, Mehki tira la photo de sa petite besace en cuir. « C'est dommage, dit-il, ils ne sont pas venus la chercher. » Lucien, qui mettait toute son énergie à cacher son désir pour les hommes, se pencha sur la photographie et il s'exclama : « Quel beau garçon ! Dommage qu'il ne soit pas revenu. » Mehki haussa les épaules et quand il tendit la main pour récupérer le cliché, Lucien lui dit :

« C'est une très belle photographie, Mehki, vraiment très belle. Tu t'améliores, tu le sais, ça ? Écoute, voilà ce que je te propose. Je vais mettre la photographie dans ma vitrine, ça attirera le chaland et puis comme ça toute l'avenue saura que tu photographies les amoureux comme personne. Qu'est-ce que tu en penses ? »

Mehki hésita. Certes, il était sensible à la flatterie et à la publicité que cette photographie pourrait lui faire auprès des passants de l'avenue. Mais il avait aussi l'étrange envie de garder cette image pour lui tout seul, de se faire de ce couple des amis, des compagnons anonymes. Il craignait un peu de les jeter en pâture à la foule de l'avenue mais Lucien se montra très persuasif et Mehki céda. Ce soir-là, juste avant de fermer boutique, Lucien afficha dans sa vitrine la photo du pilote Alain Crozières et de la jeune Selma Belhaj. Moins d'une semaine plus tard, Amine passa devant et il la vit.

Plus tard, Selma et Mathilde pensèrent que le hasard s'acharnait contre elles. Que même le hasard était du côté des hommes, des puissants, du côté de l'injustice. Car en ce printemps 1955, Amine se rendait rarement en ville nouvelle. La multiplication des attentats, des meurtres, des enlèvements, la réponse de plus en plus violente de Présence française aux actions des nationalistes avaient contribué à installer en ville une atmosphère pesante à laquelle le paysan ne voulait pas être mêlé.

Mais ce jour-là, il rompit avec ses habitudes et se rendit au bureau de Dragan Palosi qui avait décidé de commander des plants d'arbres fruitiers en Europe. « Viens à mon bureau, nous parlerons affaires et je t'accompagnerai à la banque pour négocier le crédit dont tu as besoin. » C'est ce qui s'était passé. Amine avait attendu, confit de honte, dans la salle d'attente remplie de femmes dont la moitié étaient enceintes. Il discuta pendant près d'une heure avec le médecin qui lui présenta, sur une sorte de catalogue en papier glacé, des variétés de pêchers, de pruniers et d'abricotiers. Ensuite, ils marchèrent côte à côte vers la banque où un homme à la peau squameuse les accueillit. D'après Dragan, il était marié à une Algérienne et vivait un peu à l'extérieur de la ville, près d'un de ces vergers que les citadins louaient pour y passer le dimanche et pique-niquer. Le banquier s'intéressa aux projets agricoles d'Amine avec un enthousiasme et une précision qui surprirent celui-ci. À la fin de l'entretien, ils se serrèrent la main, l'affaire était conclue et Amine les quitta avec le sentiment du devoir accompli.

Il était heureux et c'est pour cela qu'il marchait lentement sur l'avenue. Il pensait qu'il avait bien le droit de flâner, de regarder les femmes, de s'approcher si près qu'il pourrait sentir leur parfum. Il ne voulait pas rentrer chez lui et c'est pour cela que, les mains dans les poches, les yeux tournés vers les vitrines, il marcha, oubliant les événements, son frère, oubliant les reproches que Mathilde lui avait faits sur ses nouveaux investissements. Il regarda la lingerie dans les vitrines, les soutiens-gorge pointus et les culottes en satin. Il admira les chocolats présentés sur la devanture d'un pâtissier dont la spécialité était les cerises confites. Et puis, dans la vitrine d'un studio de photographie, il aperçut le cliché. Pendant quelques secondes, il n'y crut pas. Il ricana nerveusement et pensa que cette fille, celle qui était sur la photographie, ressemblait étrangement à Selma. Ce devait être une Italienne ou une Espagnole, une Méditerranéenne en tout cas, et il la trouva bien jolie. Mais sa gorge se serra. Il eut l'impression qu'on venait de lui donner un coup dans le ventre et tout son corps se raidit sous l'effet de la colère. Il s'approcha de la vitre moins pour observer les détails du cliché que pour en barrer la vue aux passants qui se promenaient. Il avait l'impression que sa sœur était nue sous les yeux de la foule et qu'il n'avait que le barrage de son corps à proposer pour préserver l'honneur de Selma. Amine dut se retenir pour ne pas briser la vitre avec son front, récupérer la photo et partir en courant.

Il entra dans la boutique et trouva Lucien qui faisait une réussite derrière le comptoir en bois.

« Je peux vous aider ? » demanda le patron du studio. Il regarda Amine avec inquiétude. Que pouvait lui vouloir cet Arabe aux sour-cils froncés, au regard méchant ? C'était bien

346

sa chance. Le studio était vide et voilà qu'un agité, un nationaliste, un terroriste peut-être s'apprêtait à lui faire la peau juste parce qu'il était seul, sans défense et français. Amine tira un mouchoir de sa poche et s'essuya le front.

« Je voudrais voir la photographie en vitrine. Celle avec la jeune fille.

— Celle-ci ? » dit Lucien qui se dirigea lentement vers les étagères, saisit le cliché et le posa sur le comptoir.

Amine l'observa longuement, silencieux, et il finit par demander :

« Combien ?

— Je vous demande pardon ?

— Combien pour la photo ? Je voudrais l'acheter.

— C'est qu'elle n'est pas à vendre. Ce couple a payé pour cette photographie et il devait venir la récupérer. Ils ne se sont pas présentés pour l'instant mais il ne faut pas désespérer », affirma Lucien d'une voix aigre, avant de se mettre à rire.

Amine lui lança un regard noir.

« Dites-moi combien vous voulez pour la photo et je vous paierai.

— Mais puisque je vous dis que...

— Écoutez-moi. Cette jeune fille, dit-il en pointant l'index sur la feuille cartonnée, cette jeune fille-là est ma sœur et je n'ai pas l'intention de la laisser une minute de plus dans la vitrine de votre magasin. Dites-moi combien je vous dois et je m'en irai. »

Lucien ne voulait pas d'histoires. Il avait

quitté la France, victime d'un humiliant chantage, et il était arrivé dans ce nouveau monde, ce monde tout aussi méchant mais plus ensoleillé, avec l'idée de s'en tenir à ses vœux de discrétion. Il avait trop souvent entendu parler du sens de l'honneur des Arabes pour oser les provoquer. « Touche à leurs femmes et ils te feront le grand sourire », lui avait dit un client alors qu'il venait d'ouvrir le studio. Et Lucien avait pensé : « Il n'y a pas de risque. » Quelques jours auparavant, il avait lu dans le journal qu'un fonctionnaire, à Rabat ou à Port-Lyautey, avait été poignardé par un vieux Marocain. Ce dernier lui reprochait d'avoir touché le foulard qui cachait le visage de sa femme, de s'être exclamé en riant : « Mais c'est qu'elle est aussi blonde qu'une Allemande, la fatma. Et des yeux bleus avec ça ! » Lucien frissonna et il tendit le cliché à Amine :

« Prenez-la. Après tout, c'est votre sœur, je suppose qu'elle vous revient. Vous pourrez la lui donner. Faites-en ce que vous voulez, ça ne me concerne pas. »

Amine prit la photo et sortit du studio sans dire au revoir à Lucien qui baissa le store et décida de fermer plus tôt.

Quand il rentra à la ferme, il faisait nuit et Mathilde reprisait dans le salon. Debout dans l'entrebâillement de la porte, il la regarda longtemps sans qu'elle s'en aperçoive. Il avalait de grosses gorgées de sa propre salive qui était gluante et salée.

Mathilde l'aperçut et baissa presque aussitôt les yeux sur son ouvrage. « Tu rentres tard », dit-elle, et elle ne s'étonna pas de ne pas recevoir de réponse. Son mari s'approcha, il regarda le cardigan dont la manche était déchirée et le majeur de Mathilde, protégé par un dé à coudre argenté. Il tira la photographie de la poche de son blouson et quand il la posa sur le vêtement d'enfant, Mathilde porta les mains à sa bouche. Le dé à coudre cogna contre ses dents. Elle avait le visage d'un meurtrier devant une preuve accablante. Elle était confondue, piégée.

« C'est tout à fait innocent, bredouilla-t-elle. J'avais l'intention de t'en parler. Ce garçon a des intentions sérieuses, il voudrait venir à la ferme, demander sa main, l'épouser. C'est un bon garçon, je t'assure. »

Il la fixa et Mathilde eut alors l'impression que les yeux d'Amine s'agrandissaient, que ses traits se déformaient, que sa bouche devenait énorme et elle sursauta quand il se mit à hurler : « Mais tu es complètement folle ! Jamais ma sœur n'épousera un Français ! »

Il attrapa Mathilde par la manche et la tira de son fauteuil. Il la traîna vers le couloir plongé dans l'obscurité. « Tu m'as humilié ! » Il lui cracha au visage et, du revers de la main, il la gifla.

Elle pensa aux enfants et resta silencieuse. Elle ne sauta pas au cou de son mari, elle ne le griffa pas, elle ne se défendit pas. Ne rien dire, laisser passer la colère, prier pour qu'il ait honte et que cette honte l'arrête. Elle se laissa traîner, comme un corps mort, un corps si lourd à présent que cela décupla la rage d'Amine. Il voulait en découdre et qu'elle se défende. De sa grande main sombre il attrapa une mèche de ses cheveux, l'obligea à se redresser et approcha son visage du sien. « On n'a pas fini », lui dit-il en la cognant du poing. À l'entrée du couloir qui menait aux chambres, il la lâcha. Elle se tenait devant lui, à genoux, le nez en sang. Il défit les boutons de sa veste puis se mit à trembler. Il renversa le petit meuble en bois dans lequel Mathilde rangeait ses livres. Le meuble se brisa et les livres s'étalèrent sur le sol.

Dans l'entrebâillement de la porte, Mathilde

aperçut la silhouette d'Aïcha qui les épiait. Amine regarda dans la direction de sa fille. Les traits de son visage se détendirent. On aurait pu croire qu'il allait se mettre à rire, prétendre que tout cela n'était qu'un jeu avec Maman, un jeu que les enfants ne peuvent pas comprendre et qu'il fallait aller se coucher maintenant. Mais d'un pas furieux, d'un pas dément, il se dirigea vers la chambre.

Mathilde fixa sur le sol la couverture d'un livre. L'histoire du voyage de Nils Holgersson que lui lisait son père lorsqu'elle était petite. Elle concentra toute son attention sur le dessin du petit Nils, assis sur le dos d'une oie. Elle ne leva pas les yeux quand lui parvinrent les cris de Selma, elle ne bougea pas quand sa belle-sœur l'appela à l'aide. Puis elle entendit la voix d'Amine qui les menaçait.

« Je vais toutes vous tuer ! »

Dans sa main, il tenait un revolver dont le canon était pointé vers le beau visage de Selma. Quelques semaines auparavant, il avait demandé une autorisation de port d'arme. Il disait que c'était pour protéger sa famille, que la campagne était dangereuse, qu'on ne pouvait compter que sur soi-même. Mathilde posa ses mains sur ses yeux. C'était la seule chose qu'elle pût faire. La seule idée qui lui vint. Elle ne voulait pas voir ça, voir venir la mort en face, des mains de son mari, du père de ses enfants. Puis elle pensa à sa fille, à son bébé qui dormait tranquillement, à Selma qui sanglotait, et elle tourna la tête vers la porte de la chambre d'enfants.

Amine suivit son regard et il aperçut Aïcha, sa chevelure éclairée par un mince halo de lumière. Elle ressemblait à un fantôme. « Je vais toutes vous tuer ! » hurla-t-il de nouveau, et il agita le canon dans tous les sens. Il ne savait pas par qui commencer mais une fois décidé il les abattrait, les unes après les autres, avec froideur et détermination. Leurs sanglots se mêlèrent, leurs hurlements, Mathilde et Selma implorèrent son pardon puis il entendit son nom, il entendit « Papa » et il transpira dans sa veste devenue trop petite. Il avait tiré déjà, sur un homme, un inconnu. Il avait déjà tiré, il savait qu'il pouvait le faire, que cela irait très vite, que la peur se calmerait et que lui succéderait un immense soulagement, un sentiment, même, de toute-puissance. Mais il entendit « Papa » et ça venait de là-bas, de la chambre au seuil de laquelle se tenait son enfant dont la chemise de nuit était trempée, ses pieds pataugeant dans une flaque. Pendant un instant, il songea à retourner le canon contre lui-même. Ça résoudrait tout, il n'y aurait plus de mots à dire ou d'explications à avoir. Et sa veste du dimanche serait couverte de son sang. Il lâcha le revolver et, sans les regarder, il sortit de la pièce.

Mathilde posa son index sur sa bouche. Elle pleurait en silence et elle fit signe à Selma de ne pas bouger. À quatre pattes, elle se précipita sur l'arme. Elle avait les yeux embués de larmes, son nez saignait abondamment et elle avait du mal à respirer. Des éclairs lui transperçaient le crâne et elle dut poser ses mains sur ses tempes pendant quelques secondes pour ne pas s'effondrer. Elle prit le revolver des deux mains, il lui parut très lourd et elle se mit à tourner sur elle-même, comme une possédée. Elle regarda autour d'elle, elle chercha quelque chose, une solution pour le faire disparaître. Elle lança un regard désespéré à sa fille et puis, se hissant sur la pointe de ses pieds nus, elle attrapa l'énorme vase en terre cuite qui était posé sur la bibliothèque. Elle le fit légèrement basculer et elle jeta l'arme à l'intérieur. Elle replaça le vase, qui tangua lentement et pendant ces quelques secondes elles furent toutes les trois comme pétrifiées, terrorisées à l'idée que le vase se brise, qu'Amine revienne, qu'il aperçoive le désastre et les tue.

« Écoutez-moi, mes chéries. » Mathilde attira vers elle Selma et sa fille et elle les serra contre son cœur qui battait si fort que cela effraya l'enfant. L'odeur de pisse lui monta au nez, mêlée à celle du sang. « Ne dites jamais où est le revolver, vous m'entendez ? Même s'il vous supplie, même s'il vous menace ou qu'il vous promet quelque chose en échange. Ne dites jamais qu'il est dans le vase. » Elles hochèrent lentement la tête. « Je veux vous entendre dire "C'est promis". Dites-le ! » Mathilde avait l'air fâché à présent et les filles s'exécutèrent.

Mathilde les emmena dans la salle de bains et remplit une grande bassine d'eau tiède, dans laquelle elle plongea Aïcha. Elle lava la petite chemise de nuit puis elle passa sur son visage et sur celui de Selma un linge imbibé d'alcool et d'eau glacée. Son nez la faisait terriblement souffrir. Elle n'osa pas le toucher mais elle sut qu'il était brisé et malgré sa peine, malgré sa colère, elle ne put s'empêcher de penser qu'elle en resterait enlaidie. Qu'en plus de lui avoir volé sa dignité, Amine la laisserait avec un nez de boxeur, un visage de chien galeux.

Aïcha connaissait ces femmes aux visages bleus. Elle en avait vu souvent, des mères aux yeux mi-clos, à la joue violette, des mères aux lèvres fendues. À l'époque, elle croyait même que c'était pour cela qu'on avait inventé le maquillage. Pour masquer les coups des hommes.

Cette nuit-là, elles dormirent dans la même chambre, toutes les trois, leurs jambes tressées les unes aux autres. Avant de s'endormir, le dos collé contre le ventre de sa mère, Aïcha récita à voix haute sa prière. « *Bénissez, ô mon Dieu, le repos que je vais prendre pour réparer mes forces, afin de Vous mieux servir. Vierge sainte, mère de mon Dieu, et, après lui, ma principale espérance, mon bon ange, mon Saint Patron, intercédez pour moi, protégez-moi pendant toute cette nuit, tout le temps de ma vie et à l'heure de ma mort. Ainsi soit-il.* »

Elles se réveillèrent dans la même position, comme figées par la peur qu'il revienne, convaincues qu'à elles trois elles formaient un corps invincible. Dans leur sommeil agité, elles s'étaient muées en une sorte d'animal, un bernard-l'hermite, un crustacé enfoncé dans sa coquille. Mathilde serra sa fille contre elle, elle voulut la faire disparaître et s'évanouir avec elle. Dors, dors mon enfant, tout ça n'est qu'un mauvais rêve.

★

Toute la nuit, Amine marcha dans la campagne. Dans le noir, il se cogna aux arbres, les branches lui griffèrent le visage. Il marcha, maudissant chaque arpent de cette terre ingrate. Fou, délirant, il se mit à compter les pierres et il se persuada qu'elles conspiraient contre lui, se reproduisant dans l'ombre, se disséminant par milliers dans chaque hectare de terre pour la rendre impossible à labourer, impossible à enfanter. Cette rocaille il aurait voulu la broyer tout entière sous ses doigts, sous ses dents, la mâcher et recracher un immense nuage de poussière qui recouvrirait tout. L'air était glacé. Il s'assit au pied d'un arbre. Tout son corps tremblait, il rentra les épaules, se replia sur lui-même et sombra dans un demi-sommeil, abruti par l'alcool et par la honte.

Il ne rentra à la maison que deux jours plus tard. Mathilde ne lui demanda pas où il avait été et Amine ne chercha pas le revolver. Pendant plusieurs jours, la maison fut plongée dans un silence profond, opaque, un silence que nul n'osa briser. Aïcha parlait avec les yeux. Selma ne sortit pas de sa chambre. Elle passa ses journées allongée dans le lit, pleurant dans son oreiller, maudissant son frère et jurant de se venger. Amine avait décidé qu'elle ne terminerait pas le lycée. Il ne voyait pas l'intérêt de perturber encore un peu plus cette fille et de lui mettre des idées folles dans la tête.

Amine passait ses journées dehors. Il ne pouvait supporter de regarder le visage de Mathilde, ses cernes violacés sous les yeux, son nez qui avait doublé de volume, sa lèvre fendue. Il n'en était pas sûr mais il lui semblait qu'elle avait perdu une dent. Il partait à l'aube et rentrait quand sa femme dormait. Il couchait dans son bureau et faisait ses besoins dans les toilettes extérieures, au grand dam de Tamo que cette promiscuité choquait. Pendant des jours, il vécut comme un lâche.

Le samedi suivant, il se leva aux aurores. Il se lava, se rasa, se parfuma. Il entra dans la cuisine où Mathilde, de dos, faisait frire des œufs. Elle sentit l'odeur de l'eau de Cologne et elle fut incapable de bouger. Debout devant la cuisinière, une spatule en bois à la main, elle pria pour qu'il ne dise rien. C'était la seule chose qui la préoccupait. « Faites qu'il ne soit pas bête au point d'ouvrir la bouche, de m'accabler avec une banalité, de faire comme si rien ne s'était passé. » S'il disait « Je m'excuse », elle se promettait de le gifler. Mais le silence ne fut pas rompu. Amine marcha à petits pas derrière Mathilde qui ne le voyait pas mais qui devinait que comme un fauve son mari tournait en rond, les narines dilatées, le souffle court. Il s'adossa au grand placard bleu et il l'observa. Elle passa sa main dans ses cheveux, elle resserra la ceinture de son tablier. Elle laissa brûler les œufs et elle toussa dans son poing à cause de la fumée.

Elle avait un peu honte de l'admettre mais le silence qui s'était installé entre eux eut sur elle d'étranges effets. Elle pensa que s'ils ne se parlaient plus jamais, ils pourraient redevenir des bêtes et plein de choses seraient alors possibles. De nouveaux horizons s'offriraient à eux, ils apprendraient de nouveaux gestes, ils pourraient rugir, se battre, se griffer jusqu'au sang. Ils n'auraient plus à avoir ces explications interminables où chacun s'épuisait à avoir raison, où l'on ne résolvait rien. Elle n'avait pas de désir de vengeance. Et ce corps, ce corps qu'il avait dévasté, qu'il avait brisé, elle eut envie de le lui abandonner. Pendant des jours ils ne se dirent rien mais ils firent l'amour, debout contre un mur, derrière une porte et même dehors, une fois, contre l'échelle qui menait au toit. Pour lui faire honte elle perdit toute pudeur, toute retenue. Elle lui jeta à la figure sa luxure et sa beauté de femme, son vice et sa lubricité. Elle lui donna des ordres dont la crudité le choquait et nourrissait son excitation. Elle lui prouva qu'il y avait en elle quelque chose d'insaisissable, quelque chose de sale mais qu'il n'avait pas sali, lui. Une noirceur qui était à elle et à laquelle il ne comprendrait jamais rien.

Un soir, alors que Mathilde repassait, Amine entra dans la cuisine et dit : « Viens. Il est là. »

Mathilde posa le fer. Elle sortit de la cuisine puis fit marche arrière. Sous les yeux d'Aïcha, elle se pencha au-dessus du robinet. Elle mouilla son visage et lissa ses cheveux. Elle ôta son tablier et elle dit : « Je reviens. » Bien sûr, l'enfant la suivit, discrète comme une souris, et ses yeux brillaient dans le couloir sombre où elle s'avança. Elle s'assit derrière la porte et à travers un interstice elle aperçut un homme trapu, à la peau boutonneuse, qui portait une djellaba marron et qui était mal rasé. Sous ses yeux, il avait des poches si gonflées qu'il aurait suffi qu'une main les effleure ou même un coup de vent pour qu'elles éclatent et que s'en échappe un liquide visqueux. Il était assis dans un des fauteuils du bureau et un jeune homme se tenait debout derrière lui. Sur l'épaule de sa veste kaki, il y avait une grande trace jaune, comme si un oiseau venait de lui chier dessus.

Il tendit au vieil homme un grand cahier recouvert de cuir.

« Ton nom ? » dit le vieil homme en regardant dans la direction de Mathilde.

Elle répondit mais l'adoul se tourna alors vers Amine. Les sourcils froncés, il répéta : « Son nom ? » et Amine épela le nom de sa femme. « Mathilde.

— Le nom de son père ?

— Georges », dit Amine et il se pencha au-dessus du cahier, un peu gêné d'avoir eu à dévoiler ce prénom chrétien, ce prénom impossible à écrire.

« Jourge ? Jourge ? » répéta l'adoul qui se mit à mâchouiller son stylo. Derrière lui le jeune homme s'agitait.

« Je vais l'écrire comme ça s'entend, ça ira », conclut l'homme de loi et, derrière lui, son assistant poussa un soupir de soulagement.

L'adoul leva les yeux vers Mathilde. Il la fixa pendant quelques secondes, examina son visage puis ses mains qu'elle tenait serrées l'une contre l'autre. Alors, Aïcha entendit s'élever la voix de sa mère qui, en arabe, récita : « Je jure qu'il n'y a de dieu que Dieu et que Mohammed est son prophète. »

« Très bien, dit l'homme de loi, et quel nom vas-tu porter à présent ? »

Mathilde n'y avait pas réfléchi. Amine lui avait parlé de la nécessité de se rebaptiser, de prendre un prénom musulman mais ces derniers jours, elle avait le cœur si lourd, l'esprit préoccupé par tant de soucis qu'elle n'avait pas songé à son nouveau prénom.

« Mariam », dit-elle finalement, et l'adoul parut très satisfait de ce choix. « Qu'il en soit ainsi, Mariam. Bienvenue dans la communauté de l'islam. »

Amine s'approcha de la porte. Il vit Aïcha et lui dit : « Je n'aime pas cette façon que tu as d'espionner tout le temps. Va dans ta chambre. » Elle se leva et marcha dans le long couloir où son père la suivit. Elle se coucha dans son lit et elle vit Amine saisir Selma par le bras, comme les sœurs tenaient les écolières lorsqu'elles étaient punies et que la mère supérieure demandait à les recevoir.

Aïcha dormait déjà quand Selma et Mourad se retrouvèrent dans le bureau et que, sous les yeux de Mathilde et d'Amine et de deux ouvriers qu'on avait fait venir pour servir de témoins, l'adoul les maria.

Selma ne voulut rien entendre. Quand Mathilde vint frapper à la porte de la remise, où Selma dormait désormais avec son mari, celle-ci refusa d'ouvrir. L'Alsacienne donna des coups de pied dans la porte, elle tambourina avec ses poings, elle y posa son front et, après avoir hurlé, elle se mit à parler tout doucement comme si elle espérait que Selma tendrait l'oreille. Qu'elle placerait elle aussi son visage contre le chambranle et qu'elle écouterait, comme autrefois, les conseils de sa belle-sœur. D'une voix douce, sans réfléchir, sans calculer, Mathilde demanda pardon. Elle parla de liberté intérieure, de la nécessité d'apprendre à se résigner, des chimères sur le grand amour qui précipitait les filles dans le désespoir et l'échec. « Moi aussi j'ai été jeune. » Et elle parla au futur, « un jour tu comprendras », « un jour tu nous remercieras ». Il fallait, disait-elle, voir le bon côté des choses. Ne pas laisser le chagrin assombrir la naissance de son premier enfant, ne pas cultiver le regret d'un homme qui était beau, certes, mais lâche et inconséquent. Selma ne répondit pas. Elle se tint loin de la porte, accroupie contre le mur, ses mains collées à ses oreilles. Elle s'était confiée à Mathilde, elle lui avait fait toucher ses seins douloureux, son ventre qui était plat encore et Mathilde l'avait trahie. Non, Selma n'écouterait pas, elle s'enfoncerait du goudron dans les oreilles s'il le fallait. Sa belle-sœur avait agi par jalousie. Elle aurait pu l'aider à fuir, à tuer ce bébé, à épouser Alain Crozières, elle aurait pu mettre en application tous ces beaux discours sur la libération des femmes et le droit d'aimer. Mais non, elle avait préféré laisser la loi des hommes se dresser entre elles. Elle l'avait dénoncée et son frère n'avait rien trouvé d'autre que les méthodes anciennes pour régler le problème. « Sans doute ne supportait-elle pas l'idée que je sois heureuse, pensa Selma, plus heureuse qu'elle et mieux mariée. »

Quand elle n'était pas enfermée dans sa chambre, Selma restait à proximité des enfants ou de Mouilala, rendant impossible une conversation intime, torturant Mathilde qui rêvait de se faire pardonner. Elle courait derrière la jeune fille quand elle la trouvait seule dans le jardin. Une fois, elle attrapa son chemisier dans le dos et elle manqua de l'étrangler. « Laisse-moi t'expliquer. Je t'en prie, arrête de me fuir. » Mais Selma se retourna vivement et elle se mit à frapper Mathilde des deux mains, à la rouer de coups de pied. Tamo entendit les cris des deux femmes qui se battaient comme des enfants et elle n'osa pas s'en mêler. « Elles trouveront une façon de dire que c'est ma faute », pensa-t-elle et elle tira le rideau. Mathilde se protégeait le visage et elle suppliait Selma : « Sois un peu raisonnable. De toute façon ton bel aviateur a fui dès qu'il a su pour l'enfant. Tu devrais t'estimer heureuse qu'on t'ait évité la honte. »

La nuit, alors qu'Amine ronflait à ses côtés, Mathilde repensa à ce qu'elle avait dit. Y croyait-elle vraiment ? Était-elle devenue ce genre de femme ? De celles qui poussent les autres à se montrer raisonnables, à renoncer, celles qui placent la respectabilité devant le bonheur ? Au fond, pensa-t-elle, je n'aurais rien pu faire. Et elle se le répéta, encore et encore, non pour se lamenter mais pour se convaincre de son impuissance et atténuer sa culpabilité. Elle se demanda ce que Mourad et Selma faisaient à cet instant. Elle imagina le corps nu de l'aide de camp, ses mains sur les hanches de la jeune fille, sa bouche édentée contre ses lèvres. Elle se figura leur étreinte avec un réalisme tel qu'elle dut se retenir de hurler, de pousser son mari hors du lit, de pleurer sur le sort de cette enfant qu'elle avait abandonnée. Elle se leva et se mit à marcher dans le couloir pour calmer ses nerfs. Dans la cuisine, elle mangea jusqu'à l'écœurement les restes d'une Linzer Torte à la confiture. Puis elle se pencha à la fenêtre persuadée qu'elle finirait par entendre un gémissement ou un râle. Mais elle n'entendit rien que les rats qui couraient sur le tronc du palmier géant. Elle comprit alors que ce qui la torturait, ce qui la révoltait, c'était moins le mariage lui-même ou la moralité du choix d'Amine que cette copulation contre nature. Et elle dut admettre que si elle poursuivait Selma ce n'était pas tant pour lui demander pardon que pour lui poser des questions sur cet accouplement infâme, monstrueux. Elle voulait savoir si l'adolescente avait eu peur, si elle avait éprouvé du dégoût quand le sexe de son mari l'avait pénétrée. Si elle avait fermé les yeux et pensé à son aviateur pour oublier la laideur et la vieillesse du soldat.

★

Un matin, un pick-up se gara dans la cour et deux garçons déchargèrent un grand lit en bois. Le plus vieux n'avait pas dix-huit ans. Il portait un pantalon qui lui arrivait à mi-mollet et une casquette en toile délavée par le soleil. L'autre était plus jeune encore et son visage poupon contrastait avec son corps massif et musclé. Il se tenait en retrait, attendant que son compagnon lui donne des ordres. Mourad leur indiqua la remise mais le garçon à casquette haussa les épaules. « Ça ne rentrera pas », dit-il en désignant la porte. Mourad, qui avait acheté le lit chez un des meilleurs artisans de la ville, s'emporta. Il n'était pas là pour discuter et il leur ordonna de mettre le lit en biais et de le faire glisser sur le sol. Pendant plus d'une heure, ils poussèrent le lit, le portèrent, le retournèrent. Ils s'abîmèrent le dos et les mains. Le front couvert de transpiration, le visage cramoisi, les deux garçons riaient devant l'entêtement de Mourad. « Sois raisonnable mon vieux ! Quand ça veut pas ça veut pas », dit le plus jeune avec un ton égrillard qui dégoûta le contremaître. Épuisé, l'adolescent s'assit sur le sommier et fit un clin d'œil à son compagnon : « C'est madame qui va pas être contente. C'est un bien joli lit pour une si petite maison. » Mourad fixa les garçons qui sautillaient sur le lit et qui s'esclaffaient. Il se sentit bête, bête à pleurer. Quand il l'avait vu dans la boutique de la médina, ce lit lui avait semblé parfait. Il avait alors pensé à Amine et il s'était dit que son patron serait fier de lui. Qu'enfin il le considérerait et qu'il penserait qu'un homme capable d'acheter un tel lit était le meilleur mari possible pour sa sœur. « Je suis un idiot », se répéta Mourad, et s'il ne s'était pas retenu, il aurait frappé les adolescents et il aurait détruit le lit à la hache, là, au pied du grand palmier. Mais il regarda disparaître le pick-up dans un nuage de poussière, le cœur empli d'un calme désespoir.

Pendant deux jours, le lit resta là et personne ne posa de questions. Ni Amine, ni Mathilde, qui étaient si gênés, si honteux qu'ils firent comme si ce meuble était à sa place, au milieu de la cour sablonneuse. Puis un matin, Mourad demanda à prendre sa journée et

Amine la lui accorda. Le contremaître se saisit d'une masse et il abattit le mur de la remise qui donnait sur les champs. Et par le trou, il fit entrer le lit. Il récupéra des briques et du ciment et il entreprit d'agrandir la pièce dans laquelle il vivait désormais avec Selma. Toute la journée et jusque tard dans la nuit il monta un nouveau mur. Il avait l'intention d'installer une salle de bains pour sa femme qui jusque-là se lavait dans les toilettes extérieures. Tamo se mit sur la pointe des pieds pour observer, par la fenêtre, le contremaître qui travaillait. « Ne sois pas indiscrète. Mêle-toi de ce qui te regarde », lui dit l'Alsacienne.

Quand la maison fut prête, Mourad en fut fier mais il ne changea rien à ses habitudes. La nuit venue, il laissa le grand lit à Selma, et toujours il se coucha par terre.

Pour retrouver Omar, il fallait suivre l'odeur du sang. C'est ce que se disait Amine et en cet été 1955 le sang ne manquait pas. Il coulait dans les villes où les meurtres en pleine rue se multipliaient, où des bombes déchiquetaient les corps. Le sang se répandait dans les campagnes où les récoltes étaient brûlées, les patrons battus à mort. Dans ces assassinats se mêlaient la politique et les vengeances personnelles. On tuait au nom de Dieu, de la patrie, pour effacer une dette, pour se venger d'une humiliation ou d'une femme adultère. Aux colons égorgés répondaient les ratonnades et les tortures. À force de changer de camp, la peur régnait partout.

À chaque fois qu'un attentat avait lieu, Amine s'interrogeait : Omar est-il mort? Omar a-t-il tué? Il y pensa quand un industriel fut assassiné à Casablanca, quand un soldat français mourut à Rabat, quand un vieillard marocain périt à Berkane, quand, à Marrakech, un officier des affaires urbaines fut la cible d'une attaque. Il pensa à Omar quand, deux jours après l'assassinat du patron de presse modéré Jacques Lemaigre Dubreuil par le contre-terrorisme, il écouta le résident général Francis Lacoste s'exprimer à la radio. « La violence, toutes les formes de violence nous font horreur et sont également méprisables. » Francis Lacoste fut remplacé quelques jours plus tard par Gilbert Grandval qui débarqua dans un pays au comble de la tension. Grandval suscita d'abord l'espoir que le terrorisme prenne fin, qu'un dialogue soit rétabli entre les communautés. Il annula certaines condamnations et des mesures d'éloignement. Il se confronta aux plus ultras dans la communauté française. Mais le 14 juillet, l'attentat de Mers Sultan, à Casablanca, vint briser tous ces espoirs. Des femmes endeuillées, un voile noir sur le visage, refusèrent de tendre la main au représentant français. « Rien ne nous attache à la métropole et voilà que nous allons perdre ce que nous avons mis des années à construire, le pays où nous avons élevé nos enfants. » Des Européens se jetèrent dans la médina de la Ville blanche, arrachant sur leur passage les drapeaux tricolores qui ornaient les rues pour la fête nationale. Ils se livrèrent à des pillages, à des incendies, à toutes sortes d'atrocités que la police, parfois, encourageait. Désormais, un fossé de sang coulait entre les communautés.

Dans la nuit du 24 juillet 1955, Omar réapparut. Il arriva à Meknès caché à l'arrière d'une voiture conduite par un Casablancais d'à peine dix-huit ans. Ils se garèrent en contrebas de la médina, dans une impasse où flottaient des relents d'urine, et ils attendirent le lever du jour en fumant des cigarettes. Le cortège de Gilbert Grandval devait traverser la place El-Hedim aux alentours de neuf heures du matin et Omar et ses compagnons se faisaient un devoir de l'accueillir. Dans le coffre de la voiture, ils avaient dissimulé de grands sacs remplis de détritus, deux revolvers et quelques couteaux. Le jour se leva et les troupes de la garnison firent leur apparition sur la place, engoncées dans leurs uniformes d'apparat. Ils allaient rendre les honneurs au passage du cortège et escorter le résident général jusqu'à la porte El-Mansour où lui seraient offerts des dattes et du lait. Des femmes se postèrent près des barrières. Elles agitaient mollement des poupées en forme de croix, dont la robe consistait en un bout de chiffon et un petit bouquet de fleurs. Elles avaient reçu, en échange de leur présence, quelques pièces de monnaie et elles riaient entre elles. Malgré leur gaieté, on voyait bien que leur ferveur était factice, que leurs « Vive la France » n'étaient qu'une pauvre comédie. Des amputés, à qui il manquait un bras ou une jambe, essayaient de se placer le plus près du passage du cortège dans l'espoir de faire connaître leur triste sort à une France qui les avait oubliés. Aux policiers qui les repoussaient, ils firent la description de leurs états de service. « Nous avons combattu pour la France et nous sommes dans la misère. »

À l'aube, les groupes spéciaux de protection commencèrent à monter des barrages devant chaque porte de la ville ancienne. Mais bientôt, ils se trouvèrent dépassés par la foule qui jaillissait de toutes parts. Un camion se gara sur la place El-Hedim et les policiers, affolés, ordonnèrent aux passagers de descendre et de jeter au sol les drapeaux marocains qu'ils brandissaient. Les hommes refusèrent et ils se mirent à taper des pieds à l'arrière du camion qui tangua et dont le bruit galvanisa la foule. Des garçons et des vieillards, des paysans descendus de la montagne, des bourgeois et des commerçants se massèrent aux abords de la place. Ils portaient des drapeaux, des photographies du sultan et ils hurlaient : « Youssef ! Youssef ! » Certains tenaient des bâtons, d'autres des couteaux de boucher. Près de la tribune où le résident devait prononcer un discours, des notables, inquiets, transpiraient dans leurs djellabas blanches.

Omar fit signe à ses compagnons et ils sautèrent hors de la voiture. Ils marchèrent jusqu'à la foule et se fondirent dans cet essaim dont la nervosité ne cessait de croître. Derrière eux, des femmes aux visages voilés s'étaient hissées sur des tréteaux et elles hurlaient « Indépendance ! ». Omar serra le poing, il se mit à crier lui aussi et il tendit aux hommes qui l'entouraient les sacs remplis d'ordures. Ils jetèrent au visage des policiers des écorces d'orange, des fruits pourris, de la merde séchée. La voix d'Omar, grave et vibrante, excitait ses compagnons. Il tapait du pied, il crachait, et sa rage se répandait autour de lui, gonflant de courage les torses d'adolescents et les dos voûtés des vieillards. Un jeune homme, qui n'avait pas plus de quinze ans et portait un simple tricot de peau blanc et un pantalon dévoilant ses mollets glabres, prit son élan et lança des pierres aux gardes de la sécurité. Les autres manifestants l'imitèrent et ils lapidèrent les policiers. On n'entendit plus que le bruit des cailloux qui s'écrasaient contre le pavé et les hurlements des policiers qui, en français, appelaient au calme. L'un d'eux, dont l'arcade sourcilière saignait, se saisit de sa mitraillette. Il tira en l'air puis, les mâchoires contractées, le regard empli de terreur, pointa son arme sur la foule et tira à nouveau. Aux pieds d'Omar, le jeune Casablancais tomba. Malgré la confusion, les courses affolées, les pleurs des femmes, les compagnons se réunirent autour du blessé et l'un d'eux chercha à le dégager. « Il y a des ambulances qui arrivent. Il faut atteindre les bouchons de sécurité[1]. » Mais Omar, d'un geste coupant, l'arrêta.

« Non. »

Les jeunes hommes, habitués à la froideur de leur chef, se regardèrent. Le visage d'Omar était empreint de calme. Il affichait un sourire satisfait. Les choses se passaient exactement comme il l'avait souhaité et ce désordre, cette

1. Dispositif mis en place pendant les manifestations afin d'évacuer les blessés en ambulance.

confusion étaient la meilleure chose qui pût arriver.

« Si on l'emmène à l'hôpital et qu'il survit, ils le tortureront. Ils le menaceront de l'envoyer à Darkoum ou ailleurs et il parlera. Pas d'ambulance. »

Omar se baissa et de ses bras maigres il souleva le blessé qui hurlait de douleur.

« Courez ! »

Dans la panique, Omar perdit ses lunettes, et plus tard il penserait que c'était grâce à cette cécité qu'il avait pu traverser la foule, éviter les balles et parvenir jusqu'à la porte de la médina pour s'enfoncer dans les ruelles. Il ne chercha pas à savoir si ses compagnons le suivaient, il ne consola pas le blessé qui appelait sa mère et implorait Allah. Il ne vit pas non plus, en quittant la place, les centaines de babouches abandonnées qui jonchaient ce lieu de son enfance, les tarbouches tachés de sang, les hommes qui pleuraient.

Dans les rues de Berrima, il fut accueilli par les youyous des femmes qui s'étaient regroupées sur les terrasses. Il lui sembla qu'elles l'encourageaient, qu'elles le guidaient vers la maison de sa mère et, comme un somnambule, il parvint devant la vieille porte cloutée et frappa. Un vieillard lui ouvrit. Il le poussa, pénétra dans le patio et, une fois la porte fermée derrière lui, il demanda :

« Qui es-tu ?

— Et toi, qui es-tu ? répondit le vieil homme.

— C'est la maison de ma mère. Où sont-ils ?

— Ils sont partis. Ça fait des semaines. Je garde la maison en attendant. » Le gardien jeta un regard inquiet au corps qu'Omar portait sur son dos et il ajouta : « Je ne veux pas d'histoires. »

Omar allongea le blessé sur une banquette humide. Il approcha son visage tout près du jeune homme et posa son oreille contre sa bouche. Il respirait.

« Garde un œil sur lui », ordonna Omar qui monta les escaliers à quatre pattes, les mains posées à plat sur les marches. Il ne voyait rien que des formes indistinctes, des halos de lumière, des mouvements inquiétants. Il sentit alors l'odeur de la fumée et il comprit que partout des maisons brûlaient, que l'on avait mis le feu aux commerces des traîtres, que la ville entière se soulevait. Il entendit le rugissement d'un avion qui survolait la médina et le bruit des tirs, au loin. Il se réjouit en pensant que dehors les hommes continuaient à se battre et que la France, en la personne de Gilbert Grandval, devait trembler devant ce désastre. À la fin de la matinée, les goumiers en tenue et les gendarmes mobiles avaient entièrement isolé la médina de la ville nouvelle. Près du camp Poublan trois tanks prirent position, pointant leurs canons vers la ville indigène.

Quand Omar redescendit, le garçon s'était évanoui. Le vieux gardien était auprès de lui, il reniflait et se tapait le front. Omar lui ordonna de se taire et comme les chats autrefois, le vieillard traversa le patio et alla se cacher dans l'ancienne chambre de Mouilala. Tout l'après-midi, Omar resta assis dans le patio brûlant. Il se massait parfois les tempes et ouvrait grand ses yeux de hibou, comme s'il espérait que la vue lui serait rendue. Il ne pouvait pas prendre le risque de sortir et d'être arrêté par les policiers qui arpentaient les ruelles de la médina, qui tapaient contre les portes des maisons, qui menaçaient les habitants d'entrer de force et de tout mettre à sac. Des Jeeps sillonnaient les rues pour évacuer les Européens qui vivaient encore dans la ville ancienne et les emmener vers le champ de foire ou l'hôtel de Bordeaux, réquisitionné pour l'occasion.

Au bout de quelques heures, Omar sombra dans le sommeil. Le vieillard, qui sursautait au moindre bruit, se mit à prier. Il regarda Omar et il se dit qu'il fallait avoir un cœur bien froid, qu'il fallait être dénué de morale et de sentiment, pour parvenir à dormir dans cette situation. Pendant la nuit, le blessé s'agita. Le gardien s'approcha, il lui prit la main et tenta de saisir ce que le petit chuchotait. Le garçon n'était qu'un paysan, un pauvre blédard qui avait fui la pauvreté des montagnes pour venir rejoindre les bidonvilles de Casablanca. Pendant des mois, il avait essayé de se faire embaucher sur un de ces chantiers dont on lui avait vanté les merveilles. On n'avait pas voulu de lui et il était allé, comme des milliers d'autres culs-terreux, ronger son frein dans les carrières, à la périphérie de la Ville blanche, trop pauvre et trop honteux pour songer à retourner chez lui. C'est là, au milieu des maisons de tôle, dans ces quartiers où les gosses sans père chiaient par terre et mouraient d'une angine, c'est là qu'un recruteur l'avait trouvé. Dans ses yeux, il avait dû voir la haine et le désespoir et estimer que c'était une bonne recrue. En proie à la fièvre et à une douleur intense, le jeune homme demandait qu'on prévienne sa mère.

Au petit matin, Omar appela le gardien.

« Tu vas aller chercher un médecin. Si la police te demande où tu vas, dis qu'une femme accouche, que c'est très urgent. Dépêche-toi. Tu vas là-bas et tu reviens, tu as compris ? »

Il tendit un billet au vieil homme qui, trop heureux de sortir de cette maison maudite, se jeta dehors.

Deux heures plus tard, Dragan entra dans la maison. Il n'avait pas posé de questions au vieillard et s'était contenté de le suivre, portant à la main sa vieille sacoche de cuir. Il ne s'attendait pas à voir Omar et il eut un mouvement de recul quand le long corps du jeune homme se déplia.

« Il y a un blessé. »

Dragan le suivit et il se pencha au-dessus de l'adolescent dont la respiration s'était affaiblie. Derrière lui, le frère d'Amine s'agitait. Sans ses lunettes, on voyait mieux son visage d'enfant, ses traits fins et tirés. Ses cheveux étaient collés par la transpiration et son cou était couvert de sang séché. Il puait.

Dragan fouilla dans sa sacoche. Il demanda au vieillard de l'aider et le gardien fit bouillir de l'eau et nettoya des instruments. Le médecin désinfecta la plaie, il fit une sorte de pansement autour du bras blessé et il administra au jeune homme un calmant. Pendant qu'il le soignait, il lui parlait doucement, lui caressait le front et le rassurait.

Tandis que Dragan était occupé à recoudre la blessure, les compagnons d'Omar étaient entrés dans la maison. Quand le gardien avait vu avec quelle déférence ils traitaient leur chef, il devint brusquement obséquieux. Il s'agita, courut vers la cuisine et entreprit de préparer du thé pour les combattants de la résistance. Il maudit les Français par deux fois, traita les chrétiens d'infidèles et quand il croisa le regard de Dragan, celui-ci haussa les épaules pour signifier que cela ne le concernait pas.

Le médecin s'approcha d'Omar pour prendre congé.

« Il faut surveiller la plaie et la nettoyer régulièrement. Je pourrai repasser ce soir si vous voulez. J'apporterai un bandage propre et des médicaments pour la fièvre.

— C'est très aimable mais ce soir nous ne serons plus là, répondit Omar.

— Votre frère s'est fait du souci pour vous. Il vous a cherché. Le bruit courait que vous étiez en prison.

— Mais nous sommes tous en prison. Tant

que nous vivrons dans un pays colonisé, nous ne pouvons pas nous dire libres. »

Dragan ne sut pas quoi répondre. Il serra la main d'Omar et sortit. Il marcha dans les rues désertes de la médina et les rares visages qu'il croisa étaient marqués par le deuil et le chagrin. La voix d'un muezzin s'éleva. On avait enterré, ce matin-là, quatre jeunes garçons. Les policiers français avaient installé à l'aube un cordon de sécurité et c'est sous leur protection que la procession avait rejoint la mosquée, dans le calme et le recueillement. Omar, lorsqu'il avait reconduit Dragan à la porte, avait proposé de l'argent au médecin et celui-ci avait sèchement refusé. « Il est cruel », pensa-t-il en rentrant chez lui. Le frère d'Amine lui rappelait ces hommes qu'il avait croisés autrefois, sur la route de son exil. Des hommes pleins de grands mots, des hommes bouffis d'idéal, qui à force de grands discours avaient épuisé en eux toute forme d'humanité.

Dragan congédia le chauffeur pour la journée. Il s'installa au volant de sa voiture et roula, les fenêtres ouvertes, jusqu'à la ferme des Belhaj. Dehors, le ciel était d'un bleu tendre et la chaleur si lourde qu'il semblait qu'à tout moment un champ pourrait s'embraser. Dragan ouvrit la bouche et il inspira le vent chaud, le vent mauvais qui lui réchauffa la poitrine et qui le fit tousser. Dans l'air, se mêlait une odeur de lauriers et de punaises écrasées. Comme toujours dans ces moments de mélancolie, il pensa à ses arbres et aux oranges mûres et juteuses qui viendraient un jour rouler sur les tables tchèques et hongroises, comme s'il avait envoyé un morceau de soleil sur ces terres de nuit.

Quand il arriva sur la colline, il se sentit presque coupable d'apporter avec lui ces tristes nouvelles. Il n'était pas de ceux qui croyaient au mythe d'un bon bled peuplé de paysans berbères, débonnaires et joyeux. Mais il savait malgré tout que régnait ici une sorte de paix, une harmonie, dont Amine et Mathilde se voulaient les gardiens. Il n'ignorait pas qu'ils se tenaient sciemment à l'écart de la fureur de la ville ; qu'ils gardaient le poste de radio éteint et que les journaux servaient à emballer les œufs frais et à faire de petits chapeaux ou des avions pour Selim. Il gara sa voiture et, au loin, il aperçut Amine qui se hâtait de rentrer. Dans le jardin, Aïcha avait grimpé à un arbre et Selma était assise sur la balançoire qu'Amine avait pendue aux branches du « citrange ». On avait mouillé les carreaux de ciment brûlants et un nuage de vapeur s'élevait du sol. Dans les feuillages, on entendait voler les oiseaux et Dragan eut les larmes aux yeux devant l'indifférence de la nature à la bêtise des hommes. Ils se tueront, pensa-t-il, et les papillons continueront à voler.

Mathilde accueillit Dragan avec une gaieté qui lui serra un peu plus le cœur. Elle voulut l'entraîner dans le dispensaire, lui montrer les progrès qu'elle avait faits dans le rangement des instruments et des remèdes. Elle demanda des nouvelles de Corinne qui s'était installée dans leur cabanon de bord de mer et qui lui manquait. Elle lui proposa de déjeuner avec eux et elle s'excusa, les joues et le cou couverts de plaques rouges, parce qu'elle n'avait prévu que du café au lait et des tartines. « C'est ridicule mais ça plaît aux enfants. » Dragan, qui craignait d'être entendu, chuchota qu'il s'agissait d'une affaire sérieuse et qu'il valait mieux s'installer dans le bureau. Il s'assit face à Amine et Mathilde et il raconta, d'une voix blanche, les événements de la veille. Amine s'agitait sur son siège, il regardait dehors comme si une affaire urgente l'attendait. Il semblait dire : « En quoi est-ce que ça m'intéresse ? » Quand Dragan prononça le nom d'Omar, le couple se figea dans une même attention, dans un égal recueillement. Pas une seule fois ils ne se regardèrent mais Dragan vit qu'ils se tenaient la main. À cet instant, ils n'étaient pas dans deux camps opposés. Ils ne se réjouissaient pas du malheur de l'autre. Ils n'attendaient pas que l'un pleure ou se félicite pour lui tomber dessus et l'accabler de reproches. Non, à cet instant, ils appartenaient tous deux à un camp qui n'existait pas, un camp où se mêlaient de manière égale, et donc étrange, une indulgence pour la violence et une compassion pour les assassins et les assassinés. Tous les sentiments qui s'élevaient en eux leur apparaissaient comme une traîtrise et ils préféraient donc les taire. Ils étaient à la fois victimes et bourreaux, compagnons et adversaires, deux êtres hybrides incapables de donner un nom à leur loyauté. Ils étaient deux excommuniés qui ne peuvent plus prier dans aucune église et dont le dieu est un dieu secret, intime, dont ils ignorent jusqu'au nom.

IX

L'Aïd el-Kébir devait tomber le 30 juillet. En ville comme au bled, on craignait que la fête ne soit l'occasion de débordements, que la célébration du sacrifice d'Abraham ne tourne au massacre. La résidence générale donna des instructions très strictes aux militaires stationnés à Meknès et aux fonctionnaires qui enragèrent de ne pouvoir rejoindre la métropole pour l'été. Dans les alentours de la ferme, de nombreux colons quittèrent leurs domaines. Roger Mariani partit pour Cabo Negro, où il possédait une maison.

Une semaine avant la fête, Amine acheta un bélier qu'on attacha au saule pleureur et que Mourad nourrissait de paille. Depuis la haute fenêtre du salon, Aïcha et son frère observaient l'animal, sa laine jaunasse, ses yeux tristes, ses cornes menaçantes. Le petit garçon voulut aller caresser la bête mais sa sœur l'en empêcha. « Papa l'a acheté pour nous », répéta-t-il, et Aïcha, dans un accès de cruauté irrépressible, lui décrivit avec un déluge de détails ce qui allait arriver à l'animal. On ne permit pas aux enfants de regarder quand le boucher se chargea d'égorger la bête dont le sang gicla puis se répandit, en gros bouillons, sur l'herbe du jardin. Tamo alla chercher une bassine et elle nettoya l'herbe rouge en remerciant Dieu pour sa générosité.

Des femmes entonnèrent des youyous et un ouvrier dépeça la bête à même le sol. La peau fut pendue au portail. Tamo et ses sœurs allumèrent dans l'arrière-cour de grands feux sur lesquels la viande serait grillée. Par la fenêtre de la cuisine on voyait voler les braises et on entendait les mains qui plongeaient dans les entrailles de la bête et qui faisaient un bruit d'éponges gorgées d'eau, un bruit de succion et de muqueuses.

Dans une grande cuve en fer, Mathilde recueillit le cœur, les poumons et le foie. Elle appela Aïcha et approcha le visage de l'enfant du cœur violacé. « Regarde, c'est exactement comme dans le livre. Le sang passe par là. » Mathilde enfonça le doigt dans l'artère aortique puis elle nomma les deux ventricules, l'oreillette et elle conclut : « Ça, je ne sais plus comment ça s'appelle, j'ai oublié. » Elle se saisit ensuite des poumons sous l'œil scandalisé des bonnes qui trouvaient ce manège indigne et sacrilège. Mathilde plaça les deux poches grises et visqueuses sous le robinet et elle les regarda se remplir d'eau. Selim tapa dans ses mains et elle lui embrassa le front. « Imagine que c'est de l'air à la place de l'eau.

Tu vois, mon amour, c'est comme ça que l'on respire. »

Trois jours après la fête, des hommes de l'armée de libération débarquèrent dans le douar, en pleine nuit, leurs visages camouflés sous des passe-montagnes noirs. Ils ordonnèrent à Ito et à Ba Miloud de les nourrir et de leur trouver de l'essence. Et ils repartirent au matin en promettant que la victoire était proche et que le temps de la spoliation était derrière eux.

★

À cette époque, Mathilde pensait que ses enfants étaient trop petits pour saisir ce qui se passait et si elle ne leur expliqua rien, ce n'était ni par indifférence ni par excès d'autorité. Elle était persuadée que les enfants vivaient, quoi qu'il arrive, dans une bulle d'innocence que les adultes étaient incapables de percer. Mathilde croyait comprendre sa fille mieux que personne, lire dans son âme comme on regarde un beau paysage à travers une fenêtre. Elle traitait Aïcha comme une amie, une complice, lui confiant des choses qui n'étaient pas de son âge et elle se rassurait en pensant : « Si elle ne comprend pas, ça ne lui fait pas de mal. »

Et Aïcha, en effet, ne comprenait pas. À ses yeux, le monde des adultes était brumeux, indistinct, comme l'était la campagne à l'aube ou à la fin du jour, dans ces heures où les contours des choses disparaissent. Ses parents parlaient devant elle, elle saisissait des bribes de ces conversations où les voix baissaient en prononçant le mot de meurtre et celui de disparition. Aïcha parfois se posait des questions silencieuses. Elle se demandait pourquoi Selma ne dormait plus avec elle. Pourquoi les ouvrières se faisaient entraîner dans les herbes hautes par des ouvriers aux mains craquelées et au cou rougi par le soleil. Elle soupçonnait qu'il existait quelque chose qui s'appelait le malheur et que les hommes étaient capables de cruauté. Et dans la nature qui l'entourait elle cherchait des explications.

Cet été-là, elle retrouva sa vie de sauvageonne, sa vie sans horaires et sans contraintes. Elle explora le monde de la colline qui était pour elle comme une île au milieu de la plaine. Il y avait d'autres enfants parfois, des garçons de son âge qui tenaient dans leurs bras des agneaux apeurés et sales. Ils traversaient les champs torse nu, et leurs peaux étaient brunies par le soleil, leurs poils sur la nuque et les bras étaient devenus blonds. Des filets de sueur formaient, sur leurs poitrines poussiéreuses, des sillons un peu plus clairs. Aïcha fut troublée quand ces bergers vinrent vers elle et qu'ils lui proposèrent de caresser les bêtes. Elle ne pouvait détacher son regard de leurs épaules musclées, de leurs chevilles épaisses et elle voyait en eux les hommes qu'ils allaient devenir. Pour l'instant, ils étaient des enfants comme elle, ils flottaient dans une sorte d'état de grâce mais Aïcha comprenait, sans tout à fait en avoir conscience, que la vie adulte, déjà, les rattrapait. Que le travail, la pauvreté faisaient vieillir ces corps plus vite que ne grandissait le sien.

Chaque jour, elle suivait sous les arbres la procession des ouvriers dont elle imitait les gestes, dont elle s'appliquait à ne pas perturber le travail. Elle les aida à construire un épouvantail avec de vieux vêtements d'Amine et de la paille fraîche. Elle accrocha dans les arbres fruitiers de petits miroirs brisés qui faisaient fuir les oiseaux. Pendant des heures, elle pouvait observer le nid du hibou dans l'avocatier ou le terrier d'une taupe tout au bout du jardin. Elle était patiente et silencieuse et apprit à chasser les caméléons et les lézards qu'elle cachait dans une boîte dont elle soulevait le couvercle très vite pour observer sa proie. Un matin, elle trouva sur un chemin un minuscule embryon d'oiseau, pas plus grand que son auriculaire. La bête, qui n'était même pas tout à fait une bête, possédait un bec, des griffes, un squelette si petit que c'en était presque irréel. Aïcha se coucha, joue contre terre, et elle observa le travail des fourmis qui couraient sur le cadavre. Elle pensa : « Ce n'est pas parce qu'elles sont petites qu'elles ne sont pas cruelles. » Elle aurait voulu interroger la terre, lui demander de témoigner de ce qu'elle avait vu, des autres qui avaient vécu ici avant elle, de ceux qui étaient morts et qu'elle n'avait jamais connus.

Précisément parce qu'elle se sentait libre,

Aïcha voulut trouver les limites du domaine. Elle n'avait jamais vraiment su jusqu'où elle avait le droit de s'avancer, jusqu'où c'était chez eux et où commençait le monde des autres. Ses forces la portaient chaque jour plus loin et elle s'attendait parfois à tomber sur un mur, un grillage, une falaise, quelque chose qui lui fasse dire : « C'est là que ça s'arrête. On ne peut pas aller plus loin. » Un après-midi, elle dépassa le hangar où était garé le tracteur. Elle traversa les champs de cognassiers et d'oliviers, elle se fraya un chemin entre les hautes tiges de tournesols que le soleil avait brûlés. Elle se retrouva sur un terrain couvert d'orties qui lui arrivaient à la taille et là, elle aperçut un muret d'un mètre de hauteur. Il était peint à la chaux et formait un petit enclos envahi par les mauvaises herbes. Elle était déjà venue ici. Il y a très longtemps, elle était toute petite et elle tenait la main de Mathilde qui avait cueilli des fleurs couvertes de moucherons. Sa mère avait alors montré le mur et elle avait dit : « C'est là que nous serons enterrés, ton père et moi. » Aïcha s'approcha de l'enclos. Des cactus couverts de figues de Barbarie répandaient une odeur de miel et elle se coucha sur le sol, à l'endroit où, comme elle l'imaginait, serait enseveli le corps de sa mère. Était-il possible qu'un jour Mathilde soit très vieille, aussi vieille et ridée que Mouilala ? Elle posa son coude sur ses yeux pour protéger son visage du soleil et elle rêva des planches d'anatomie que Dragan leur avait offertes. Elle connaissait par cœur le nom de certains os en hongrois : *combcsont* pour le fémur, *gerinc* pour la colonne vertébrale et *kulcscsont* pour la clavicule.

★

Un soir, au cours du dîner, Amine leur annonça qu'ils allaient passer deux jours à la mer, sur la plage de Mehdia. La destination n'avait rien d'étonnant; c'était la plage la plus proche de Meknès et il fallait moins de trois heures de voiture pour l'atteindre. Mais Amine avait toujours moqué les loisirs auxquels Mathilde rêvait de s'adonner. Les pique-niques, les promenades en forêt, les excursions dans la montagne. De ceux qui aimaient s'amuser, il disait qu'ils étaient des fainéants, des bons à rien, des traîne-savates. S'il avait organisé ce voyage, c'était peut-être à cause de l'insistance de Dragan qui y avait un cabanon et qui, éternel complice de Mathilde, voyait dans les yeux de la jeune femme briller des éclairs de jalousie quand il évoquait les vacances. Une jalousie qui n'était pas malveillante ni acide, mais une jalousie triste comme un enfant qui regarde un autre câliner un jouet qu'il s'est résigné déjà à ne jamais posséder. Ou peut-être Amine avait-il été guidé par des sentiments plus profonds, par un désir de se faire pardonner ou de rendre heureuse cette femme qu'il voyait un peu s'éteindre sur la colline, dans cet univers où ne régnait que le travail.

Ils prirent la voiture à l'aube. Le ciel était rose et c'était l'heure où embaumaient les fleurs que Mathilde avait fait planter à l'entrée du domaine. Amine pressa les enfants, il voulait profiter de la fraîcheur du matin pour rouler. Selma resta à la ferme. Elle ne se leva pas pour leur dire au revoir et Mathilde pensa que c'était mieux ainsi. Elle n'aurait pas pu affronter le regard de la jeune fille. Selim et Aïcha s'installèrent à l'arrière de la voiture. Mathilde portait son chapeau en raphia et dans un grand panier elle avait rangé deux petites pelles et un vieux seau qui servait au ménage.

À quelques kilomètres de la mer, il y eut des encombrements. Selim avait été malade et dans la voiture flottait une odeur de vomi. Odeur de lait caillé mêlé au Coca-Cola. Ils se perdirent dans des rues où marchaient des familles en vacances et ils mirent du temps à trouver le cabanon des Palosi. Sur la terrasse, Corinne prenait le soleil et Dragan, dont le visage était rouge et suant, avait un peu abusé de la bière. Il était joyeux et il porta Aïcha dans ses bras. Il la fit voler et ce souvenir-là, ce souvenir de légèreté dans ces mains immenses et poilues, serait plus tard presque aussi fort, presque aussi insoutenable que le souvenir de la mer. « Quoi ? dit le médecin. Tu n'as jamais vu l'océan ? Il faut réparer ça. » Il entraîna l'enfant sur le sable mais elle aurait voulu qu'il agisse avec moins de précipitation. Elle aurait voulu rester encore quelques instants, les yeux fermés, sur cette terrasse en plein soleil et écouter le bruit troublant, le bruit étourdissant de la mer. C'est cela d'abord qui lui plut. C'est cela qu'elle trouva beau. Ce bruit, comme celui d'un souffle dans un journal que l'on roule en forme de longue-vue et que l'on colle contre l'oreille d'un autre. Ce bruit, comme la respiration de quelqu'un qui dort, heureux et plein de rêves. Ce ressac, cette fureur tendre à laquelle se mêlaient, un peu assourdis, les rires des enfants qui jouaient, les recommandations des femmes – « Ne t'approche pas trop, tu pourrais te noyer ! » –, la complainte des vendeurs de pépites et de beignets qui se brûlaient les pieds sur le sable. Dragan, la portant toujours dans ses bras, s'avança vers l'eau. Il posa la petite fille qui ne s'était pas encore déchaussée et qui s'assit par terre pour ôter ses sandales en cuir beige. L'eau la frôla et pas un instant elle n'eut peur. Elle chercha, du bout des doigts, à attraper la mousse qui se formait à la lisière des vagues. « L'écume », lui dit Dragan avec son fort accent. Et il semblait fier de connaître ce mot.

Les adultes déjeunèrent sur la terrasse. « Un pêcheur est venu ce matin nous présenter ses poissons du jour. Jamais vous ne mangerez quelque chose d'aussi frais. » La bonne, que Corinne avait amenée de Meknès, avait préparé une salade de tomates et des carottes marinées, et ils mangèrent avec les doigts les sardines grillées et une sorte de poisson blanc, long comme une anguille, à la chair ferme et fade. Mathilde, sans cesse, plongeait ses doigts dans l'assiette des enfants. Elle réduisait le poisson en charpie. Elle disait : « Il ne manquerait plus qu'ils s'étouffent avec une arête. Tout serait gâché. »

Dans son enfance, Mathilde avait été une baigneuse hors pair. Ses camarades disaient qu'elle avait le corps pour cela. Des épaules larges, des cuisses fermes et une peau épaisse. Dans le Rhin, elle avait plongé même en automne, même lorsque le printemps ne venait pas, et elle en sortait les lèvres violettes, les doigts fripés. Elle pouvait retenir son souffle très longtemps et elle n'aimait rien tant que d'avoir la tête sous l'eau, de s'étourdir de ce qui n'était pas un silence, mais un sifflement des profondeurs, une absence d'agitation humaine. Une fois, elle devait avoir quatorze ou quinze ans, elle s'était laissée flotter, le visage à moitié immergé sous l'eau, comme une vieille branche, si longtemps qu'un camarade avait fini par plonger pour la secourir. Il avait cru qu'elle était morte, lui étaient venues des histoires romantiques de jeunes filles noyées dans le fleuve à cause d'un chagrin d'amour. Mais Mathilde avait relevé la tête, elle avait ri : « Je t'ai bien eu ! » Le garçon s'était mis en colère. « Et mon pantalon tout neuf ! Ma mère va me gronder. »

Corinne enfila un maillot et Mathilde la suivit sur la plage. Plus loin, des familles avaient installé de grandes tentes sur le sable et elles campaient là pendant un mois, cuisinant sur de petits canouns en terre cuite, se lavant dans les douches publiques. Mathilde avança et quand l'eau lui arriva à la poitrine, elle ressentit un bonheur si intense qu'elle faillit se précipiter au-devant de Corinne, la serrer dans ses bras. Elle nagea, aussi loin qu'elle le put, elle s'enfonça aussi profondément que ses poumons le lui permettaient. Par instants, elle se retournait et voyait le cabanon devenir de plus en plus petit, de plus en plus indistinct dans cet alignement de maisons dont l'architecture était en tout point semblable. Sans savoir pourquoi, elle se mit alors à agiter les bras, pour saluer ses enfants peut-être, pour dire « Regardez jusqu'où je suis arrivée ».

Selim, à qui l'on avait mis un chapeau de paille trop grand, creusa dans le sable un trou qui attira la curiosité des autres enfants. « On va faire un château », dit une petite fille. « Il ne faut pas oublier les douves », s'exclama un garçon à qui il manquait trois dents et qui zozotait. Aïcha s'assit avec eux. Comme la mer et le sable rendaient les amitiés faciles ! À moitié nus, leurs peaux brunies par le soleil, ils s'amusaient ensemble et ne pensaient à rien d'autre qu'à creuser aussi profond que possible, jusqu'à atteindre l'eau et à voir se former un petit lac au pied de leur château. Grâce à l'eau de mer et au vent, les cheveux d'Aïcha, d'ordinaire emmêlés et crépus, étaient joliment bouclés et elle passa ses mains dedans. Elle pensa qu'à la ferme il faudrait demander à Mathilde de verser de grands sachets de sels dans l'eau du bain.

En fin d'après-midi, Corinne aida Mathilde
à laver les enfants. En pyjama, épuisés par cet
après-midi de jeux et de baignades, les petits
s'allongèrent sur la terrasse. Aïcha sentit ses
paupières s'alourdir mais la splendeur du spectacle qui s'offrait à elle la maintint éveillée. Le
ciel devint rouge, puis rose, et enfin un halo
violet vint habiller l'horizon tandis que le soleil,
plus incandescent que jamais, descendait vers
les flots pour y être englouti. Sur la plage passa
un vendeur de maïs grillé et Aïcha accepta
l'épi que Dragan lui tendait. Elle n'avait pas
faim mais elle avait envie de ne dire non à rien,
de profiter de tout ce que cette journée avait
à lui offrir. Elle croqua dans l'épi, des grains
restèrent coincés entre ses dents, c'était un
peu désagréable et elle se mit à tousser. Avant
de sombrer dans le sommeil, elle entendit le
rire de son père, un rire qu'elle n'avait jamais
entendu avant, déchargé de soucis, d'arrière-
pensées.

*

Quand Aïcha se réveilla le lendemain, les
adultes dormaient encore et elle marcha seule
sur la terrasse. Dans la nuit, elle avait fait un
rêve long comme la pelure des pommes que
Mathilde épluchait les lèvres serrées, jurant
qu'elle parviendrait à faire une longue guir-
lande avec la peau du fruit. Les Palosi prirent
le petit déjeuner en maillot de bain, ce qui eut
l'air de choquer Amine. « Nous vivons comme

des Robinsons, expliqua Dragan, dont la peau laiteuse avait pris la couleur de la cerise, dans le plus simple appareil, et nous mangeons ce que nous offre la mer. »

À midi, il se mit à faire si chaud qu'une nuée de libellules, au corps rouge et brillant, se forma au-dessus de l'eau dans laquelle elles plongeaient en piqué avant de se remettre à planer. Le ciel était blanc, la lumière aveuglante. Mathilde approcha le parasol et les serviettes le plus près possible de l'eau, pour profiter de la fraîcheur de la mer et pour mieux surveiller les enfants qui ne se lassaient pas de jouer dans les vagues, d'enfoncer leurs mains dans le sable mouillé, de regarder les poissons minuscules frôler leurs pieds. Amine vint s'asseoir à côté de sa femme. Il ôta sa chemise puis son pantalon sous lequel il portait un maillot que Dragan lui avait prêté. La peau de son ventre, de son dos et de ses mollets était pâle et l'on pouvait voir la marque de bronzage sur ses bras nus. Jamais, semblait-il, il n'avait offert son corps dénudé à la caresse du soleil.

Amine ne savait pas nager. Mouilala avait toujours eu peur de l'eau et elle interdisait à ses petits de s'approcher de l'oued ou même du puits. « L'eau pourrait vous engloutir », leur disait-elle. Mais en regardant les enfants qui plongeaient dans les vagues et les femmes frêles et blanches qui rajustaient leur bonnet de bain et nageaient la tête droite, à la surface de l'eau, Amine pensa que ce ne devait pas être trop compliqué. Qu'il n'y avait pas de raison qu'il n'y arrive pas, lui qui courait plus vite que la plupart de ses camarades, qui montait à cru, qui pouvait grimper à un arbre sans appuis, par la seule force de ses bras.

Il s'apprêtait à rejoindre ses enfants quand il entendit Mathilde crier. Une vague, plus grosse que les autres, avait atteint les serviettes et emporté avec elle les vêtements d'Amine. Les pieds dans l'eau, il vit son pantalon qui allait et venait à la surface des flots. Comme une maîtresse jalouse, l'océan se moquait de lui et pointait du doigt sa nudité. Les enfants se mirent à rire, ils firent la course pour rattraper les vêtements d'Amine et gagner la récompense que, leur semblait-il, ils méritaient. Mathilde finit par récupérer le pantalon qu'elle essora entre ses mains. Amine lui dit : « Ne tardons pas. Il faut rentrer. »

Quand ils les appelèrent, les enfants refusèrent de venir. « Non, disaient-ils. On ne veut pas rentrer. » Amine et Mathilde leur faisaient face, debout sur le sable, et ils les grondaient. « Vous sortez maintenant. Ça suffit. Vous voulez qu'on vienne vous chercher ? » Les petits ne leur laissèrent pas le choix. Mathilde sauta dans la mer avec grâce et Amine, lui, marcha prudemment jusqu'à ce que l'eau lui arrive aux aisselles. Furieux, la voix glacée par la colère, il tendit le bras vers son fils et l'agrippa violemment par les cheveux. Selim poussa un cri. « Ne t'avise plus jamais de désobéir à ton père, tu as compris ? »

Pendant le voyage du retour, Aïcha ne put

retenir ses larmes. Elle fixait l'horizon et refusait de répondre à sa mère qui tentait vainement de la consoler. Au bord d'une route, elle
vit marcher des hommes, les mains attachées,
dans des vêtements loqueteux, des hommes
aux cheveux couverts de poussière et elle pensa
qu'on avait dû les sortir d'une grotte ou d'un
trou. Mathilde lui dit : « Ne les regarde pas. »

★

Ils arrivèrent à la ferme en pleine nuit.
Mathilde prit Selim dans ses bras et Amine
porta Aïcha endormie dans son lit. Alors qu'il
s'apprêtait à fermer la porte de la chambre, sa
fille lui demanda :
« Papa, ce ne sont que les méchants Français
qui sont attaqués, n'est-ce pas? Les gentils, les
ouvriers les protègent, tu ne crois pas? »
Amine eut l'air surpris et il s'assit sur le lit.
Il réfléchit quelques instants, la tête basse, les
mains serrées devant sa bouche.
« Non, asséna-t-il d'une voix ferme, cela n'a
rien à voir avec la gentillesse ou avec la justice.
Il y a des hommes bons dont les fermes sont
brûlées et des salauds qui échappent à tout.
Dans les guerres, il n'y a plus de gentils, plus
de méchants, plus de justice.
— C'est la guerre alors?
— Pas vraiment », dit Amine, et comme s'il
se parlait à lui-même, il ajouta : « En réalité,
c'est pire que la guerre. Car nos ennemis ou
ceux qui devraient l'être, nous vivons avec eux

397

depuis longtemps. Certains sont nos amis, nos voisins, notre famille. Ils ont grandi avec nous et quand je les regarde, je ne vois pas un ennemi à abattre, non, je vois un enfant.

— Mais nous, est-ce que nous sommes du côté des gentils ou bien des méchants ? »

Aïcha s'était redressée et le regardait avec inquiétude. Il pensa qu'il ne savait pas parler aux enfants, qu'elle ne comprenait sans doute pas ce qu'il essayait de lui expliquer.

« Nous, dit-il, nous sommes comme ton arbre, à moitié citron et à moitié orange. Nous ne sommes d'aucun côté.

— Et nous aussi ils vont nous tuer ?

— Non, il ne nous arrivera rien. Je te le promets. Tu peux dormir sur tes deux oreilles. »

Il attrapa doucement les oreilles de sa fille pour approcher son visage du sien et déposer sur sa joue un baiser. Il ferma la porte délicatement et dans le couloir il songea que les fruits du citrange étaient immangeables. Leur pulpe était sèche et leur goût si amer que cela faisait monter les larmes aux yeux. Il pensa qu'il en allait du monde des hommes comme de la botanique. À la fin, une espèce prenait le pas sur l'autre et un jour l'orange aurait raison du citron ou l'inverse et l'arbre redonnerait enfin des fruits comestibles.

*

Non, se persuada-t-il, personne ne viendra nous tuer, et il avait bien l'intention de s'en

398

assurer. Pendant tout le mois d'août, il dormit avec la carabine sous son lit et il demanda à Mourad de faire de même. Le contremaître aida Amine à fabriquer une trappe dans le placard de la chambre conjugale. Ils le vidèrent, dévissèrent les étagères et bricolèrent une sorte de double fond. « Venez ici », dit-il un jour aux enfants, et Selim et Aïcha se présentèrent devant lui.

« Entrez là-dedans. »

Selim, qui trouvait ce jeu très amusant, se glissa sous la trappe et sa sœur le suivit. Amine rabattit alors la planche sur eux et les enfants se trouvèrent plongés dans le noir. Depuis leur cachette, ils entendaient la voix de leur père comme étouffée et les pas des adultes qui tournaient en rond dans la chambre.

« Si quelque chose arrive, si nous sommes en danger, c'est là qu'il faudra vous cacher. »

Amine apprit à Mathilde à manier une grenade au cas où la ferme serait attaquée en son absence. Elle l'écouta avec une concentration de soldate, prête à tout pour protéger son territoire. Quelques jours auparavant, un homme s'était présenté au dispensaire. C'était un vieil ouvrier, qui travaillait sur la propriété depuis toujours et qui avait même connu le vieux Kadour Belhaj. Elle imagina que c'était par pudeur qu'il avait demandé à lui parler dehors, sous le grand palmier. Peut-être était-il malade et craignait-il que cela se sache. Peut-être, comme cela arrivait souvent, voulait-il lui demander une avance sur son salaire ou un travail pour des cousins éloignés. L'ouvrier parla du temps, de cette chaleur accablante et de ce vent sec qui était très mauvais pour les récoltes. Il demanda des nouvelles des enfants et les couvrit de bénédictions. Lorsqu'il fut à court de banalités, il posa sa main sur le bras de Mathilde et il chuchota : « Si un jour, surtout la nuit, je viens te voir, n'ouvre pas. Même si c'est moi, même si je te dis que c'est urgent, que quelqu'un est malade ou qu'on a besoin d'aide, surtout garde ta porte fermée. Préviens tes enfants, dis-le à la bonne. Si je viens, ce sera pour te tuer. Parce que j'aurai fini par croire ceux qui disent que pour aller au paradis, il faut tuer des Français. » Cette nuit-là, Mathilde se saisit de la carabine cachée sous le lit et elle marcha pieds nus jusqu'au grand palmier. Dans la pénombre, elle tira sur le tronc jusqu'à vider les munitions. Le lendemain matin, quand Amine se réveilla, il trouva les cadavres de rats pris au piège du lierre. Mathilde haussa les épaules quand il lui demanda des explications. « Je ne supportais plus ce bruit. Les entendre grimper dans les feuilles me filait des cauchemars. »

À la fin du mois, la grande nuit arriva. C'était une nuit d'août, belle et silencieuse. Entre les pointes des cyprès, une lune rousse scintillait et les enfants s'étaient allongés sur l'herbe pour apercevoir des étoiles filantes. À cause du chergui, ils avaient pris l'habitude de dîner dans le jardin, une fois la nuit tombée. Des mouches aux reflets verts mouraient, piégées dans la cire des bougies. Des dizaines de chauves-souris volaient d'arbre en arbre et Aïcha mettait sa main sur ses cheveux car elle craignait que les bêtes y fassent leurs nids.

Les femmes, les premières, entendirent les détonations. Leurs oreilles étaient exercées à percevoir les cris de leurs petits, les gémissements des malades, et elles s'assirent dans leurs lits, la poitrine écrasée par un mauvais pressentiment. Mathilde courut dans la chambre des enfants. Elle porta les corps chauds et ramollis par le sommeil. Elle serra Selim contre elle : « Tout va bien, tout va bien. » Elle chargea Tamo de les cacher dans le placard et Aïcha, encore à moitié plongée dans un rêve, comprit qu'on rabattait la trappe sur elle et qu'elle devait rassurer son frère. Ce n'était pas le moment de pleurer ni de désobéir et ils se tinrent calmes. Aïcha pensa à la lampe torche, celle qui servait à attraper les oiseaux. Si seulement son père avait songé à la lui donner.

Depuis sa cachette, elle entendit les cris de Tamo, qui voulait rejoindre le douar pour prendre des nouvelles de ses parents et les hurlements d'Amine qui ordonna : « Personne ne sort ! » La bonne resta assise dans la cuisine, sursautant au moindre bruit, pleurant, le visage enfoui dans son coude.

D'abord, il y eut une clarté immense, une explosion violette au loin qui faisait comme une trouée de lumière en pleine nuit. L'incendie traçait un nouvel horizon et il semblait que le jour voulait se lever au milieu des ténèbres. À la clarté bleutée succéda l'orange des flammes. Pour la première fois de leur vie, la campagne était trouée de lumière. Leur monde n'était plus qu'un énorme brasier, une boule crépitante. Le paysage, d'habitude mutique, était gonflé du bruit des tirs, des hurlements arrivaient jusqu'à eux, mêlés à ceux des chacals et des hiboux.

À quelques kilomètres, les premières cultures s'embrasèrent, les branches des amandiers, des pêchers furent dévorées par le feu. On aurait dit que des milliers de femmes s'étaient entendues pour préparer un repas diabolique et le vent terrible charriait l'odeur du bois et des feuilles brûlées. Au crépitement des flammes se mêlèrent les cris des ouvriers qui, sur les terres des colons, couraient du puits à l'étable, du puits aux meules de foin qui se consumaient. La cendre et les braises volaient, recouvrant le visage des paysans, brûlant leurs dos, leurs mains, mais ils ne sentaient rien et s'agitaient, leurs seaux d'eau à la main. Dans les étables, les animaux moururent brûlés vifs. « Toute la bonne volonté du monde ne viendrait pas à bout de ce massacre, pensait Amine. Rien ne les arrêtera. Nous serons pris au milieu du brasier. Il n'y a pas de raison que cela soit autrement. »

Dans la nuit, un char de l'armée française entra sur la propriété. Amine et Mourad, qui avaient fait des rondes depuis le coucher du soleil, déclinèrent leur identité d'anciens soldats. Le militaire leur demanda s'ils avaient besoin d'aide. Amine regarda l'énorme engin, l'uniforme du soldat, et sa présence sur ses terres le mit mal à l'aise. Il ne voulait pas que les ouvriers le voient parlementer avec cet homme qu'ils qualifieraient d'envahisseur.

« Non, non, tout va bien, commandant. Nous n'avons besoin de rien ici. Vous pouvez continuer votre chemin. » Le soldat repartit et Mourad se mit au repos.

Sous la trappe, Selim pleurait. Il s'accrochait à sa sœur, il la couvrait de morve et de larmes et elle lui disait : « Mais tais-toi imbécile. Les méchants vont nous entendre, ils vont venir nous chercher et ils nous tueront. » Elle mit ses mains sur la bouche du petit qui ne cessa pas de s'agiter. Elle cherchait à entendre les bruits de la maison, la voix de sa mère surtout car c'était pour elle qu'elle s'inquiétait. Que feraient-ils à Mathilde s'ils la trouvaient? Selim se calma. Il posa son visage sur le torse de sa sœur, surpris que le cœur de celle-ci ne batte pas plus fort, rassuré, aussi, qu'elle semble ne pas avoir peur. Aïcha récita une prière, les lèvres collées à l'oreille de son petit frère. « *Ange du ciel, mon fidèle et charitable guide, obtenez-moi d'être si docile à vos inspirations et de régler si bien mes pas, que je ne m'écarte en rien de la voie des commandements de mon Dieu. Sainte Vierge, Mère de Dieu, ma mère et ma patronne, je me mets sous votre protection.* » Et ils sombrèrent dans le sommeil, comme apaisés tous les deux par l'image de cet ange qui les protégeait.

Aïcha se réveilla la première. Elle ignorait combien de temps elle avait dormi. Dehors, elle n'entendait plus rien. Il semblait que les tirs avaient cessé, que le calme était revenu, et elle se demanda pourquoi personne n'était venu les délivrer. « Et si nous étions seuls au monde? songea-t-elle. Et s'ils étaient tous morts? » Elle poussa des deux mains la planche qui les écrasait et une fois debout, elle ouvrit la porte du placard. Selim était allongé au fond et il émit, quand elle se leva, un petit gémissement. La chambre était plongée dans le noir. Aïcha marcha lentement dans le couloir, ses mains devant elle. Elle connaissait l'emplacement de chaque meuble et elle prit garde à ne rien déranger, à ne faire aucun bruit qui puisse attirer l'attention sur elle. Elle arriva dans la cuisine qui était vide elle aussi et son cœur se serra. Des mouches volaient au-dessus des restes du dîner. « Ils sont venus, se dit-elle, et ils ont pris Tamo, mes parents et même Selma. » À cet instant, la maison lui parut immense et hostile. Elle se vit, mère de son propre frère, petite fille promise à un destin extraordinaire. Elle se raconta des histoires d'orphelinat et de souffrances, qui lui firent monter les larmes aux yeux, des contes qui à la fois la terrifiaient et lui donnaient du courage. Et puis elle entendit la voix de Selma, lointaine, mourante. Aïcha se retourna mais il n'y avait personne. D'abord, elle pensa qu'elle avait rêvé puis la voix de sa tante, à nouveau, lui parvint. L'enfant s'approcha de la fenêtre et de là, elle distingua encore plus nettement le bruit d'une conversation. « Ils sont sur le toit », comprit-elle et elle ouvrit la porte, soulagée qu'ils soient en vie et furieuse qu'ils les aient oubliés. Dans le noir, elle grimpa à l'échelle qui menait sur la terrasse et elle aperçut d'abord le bout incandescent des cigarettes que Mourad et Amine fumaient. Les deux hommes étaient assis côte à côte, sur les cageots d'amandes que les ouvriers faisaient sécher et leurs femmes, qui étaient restées debout, se tournaient le dos. Mathilde regardait vers la ville dont on pouvait, depuis ce point culminant, deviner les lumières. Selma, elle, contemplait l'incendie. « Ça n'arrivera pas jusqu'à nous. Dieu merci la colline sera épargnée. Le vent est tombé et l'orage ne va pas tarder à éclater. » Selma ouvrit les bras, comme le Christ sur la croix, et elle poussa de grands cris. Des cris rauques et interminables qui répondaient à ceux des chacals que l'incendie excitait. Mourad jeta sa cigarette et il tira sur la jupe de sa femme avec rudesse pour la faire asseoir.

Aïcha, les pieds sur un barreau de l'échelle, le visage dépassant à peine de la bordure du toit, hésita à se montrer. Ils allaient peut-être la gronder. Son père lui reprocherait de traîner dans leurs pattes, de se mêler toujours de la vie des adultes, de ne pas savoir rester à sa place. Au loin, elle aperçut un nuage dont la forme rappelait celle d'un cerveau et qui, par instants, semblait s'illuminer, se gonfler d'électricité. Selma avait raison. Il allait pleuvoir et ils seraient sauvés. Ses prières n'avaient pas été vaines et son ange avait tenu ses promesses. Elle enjamba le rebord avec prudence et s'avança doucement vers Mathilde qui, quand elle l'aperçut, ne dit rien. Elle serra la tête de sa fille contre son ventre et tourna son visage vers les flammes qui mouraient.

Un monde était en train de disparaître sous leurs yeux. En face brûlaient les maisons des colons. Le feu dévorait les robes de gentilles petites filles, les manteaux chics des mamans, les meubles profonds au fond desquels on range, enroulées dans des draps, des robes précieuses portées une seule fois. Les livres étaient réduits en cendres comme les héritages venus de France et exhibés avec fierté au nez des indigènes. Aïcha ne pouvait détacher ses yeux de ce spectacle. Jamais la colline ne lui parut aussi belle. Elle aurait pu crier tellement elle se sentait heureuse. Elle aurait voulu dire quelque chose, se mettre à rire ou à danser comme ces chouafas dont lui avait parlé sa grand-mère et qui tournaient sur elles-mêmes jusqu'à s'évanouir. Mais Aïcha ne bougea pas. Elle s'assit auprès de son père et elle serra ses jambes contre son torse. « Qu'ils brûlent, pensa-t-elle. Qu'ils s'en aillent. Qu'ils crèvent. »

Mes remerciements vont d'abord à mon éditeur, Jean-Marie Laclavetine, sans qui ce livre n'aurait jamais vu le jour. Sa confiance, son amitié, sa passion pour la littérature m'ont portée à chaque page. Je remercie également Marion Butel, dont l'efficacité et la grâce m'ont aidée à voler du temps pour l'écriture. Toute ma gratitude va à l'historien Hassan Aourid, à Karim Boukhari, aux professeurs Mustapha Bencheikh et Maati Monjib dont les travaux m'ont inspirée et qui ont eu la gentillesse de m'éclairer sur la vie au Maroc dans les années 1950. Merci à Jamal Baddou pour ses confidences et pour sa générosité. Enfin, je remercie de tout mon cœur mon mari, Antoine, qui me pardonne mes absences, qui tient tendrement la garde devant la porte de mon bureau et qui, chaque jour, me prouve à quel point il m'aime et me soutient.

DE LA MÊME AUTRICE

Aux Éditions Gallimard

DANS LE JARDIN DE L'OGRE, 2014 (Folio nº 6062). Prix littéraire de la Mamounia 2015.

CHANSON DOUCE, 2016 (Folio nº 6492). Prix Goncourt 2016, prix des Lecteurs Gallimard 2016, Grand Prix des Lectrices de *Elle* 2017 et Grand Prix des Lycéennes de *Elle* 2017.

LE PAYS DES AUTRES, 2020 (Folio nº 6943). Grand Prix de l'héroïne *Madame Figaro* 2020.

Aux Éditions Stock

LE PARFUM DES FLEURS LA NUIT, 2021.

Aux Éditions Les Arènes

SEXE ET MENSONGES : LA VIE SEXUELLE AU MAROC, 2017.

PAROLES D'HONNEUR, illustré par Laetitia Coryn et Sandra Desmazières, 2017.

À MAINS NUES, illustré par Clément Oubrerie et Sandra Desmazières, 2020.

Aux Éditions de l'Aube

LE DIABLE EST DANS LES DÉTAILS, 2015.

SIMONE VEIL, MON HÉROÏNE, illustré par Pascal Lemaître, 2017.

COMMENT J'ÉCRIS. Conversation avec Éric Fottorino, 2018.